中国文学名家名作鉴赏精华

李渔曲文鉴赏辞典

文学鉴赏辞典编纂中心 编

上海辞书出版社

上海辞书出版社

《李渔曲文鉴赏辞典》

撰稿人：（按姓氏笔画排列）

王恒展 成　玮 许莉莉 沈鸣鸣
张成全 张明非 陈　多 苗　壮
周中明 周　秦 徐城北 盛志梅
章　原

目　录

文

曲

小说

诗

前　言

李渔(1611—1680),明末清初文学家、戏曲家、小说家。初名仙侣,字谪凡,号天徒,改名渔,字笠鸿,号湖上笠翁、随庵主人、新亭樵客、觉世稗官等。兰溪(今属浙江)人,生于如皋(今属江苏)。十余岁时迁回兰溪。李渔"家素富,园亭罗绮甲邑内",后来其父去世,家道中落,他不得已变卖家产维持生计。李渔在明末曾考中秀才,参加乡试后却屡屡名落孙山。明清鼎革之际,颇受兵乱之苦,他在《闲情偶寄·饮馔部》谈"鳖"一条中说:"至于甲申、乙酉之变,予虽避兵山中,然亦有时入郭,其至幸者,才徙家而家焚,甫出城而城陷,其出生于死,皆在斯须倏忽之间。噫!予何修而得此于天哉?报施无地,有强为善而已矣。"其间经历,可谓惊心动魄。清顺治年间李渔举家迁居杭州,以编写出售白话小说、剧本及其他通俗读物为业,以此养家糊口,成为古代较早的一位职业文人,投身文化产业的先行者。后移家南京,开设芥子园书肆。芥子园除编刻销售通俗读物、教科书、工具书外,更以刻印精美的《芥子园画谱》、笺简等艺术品而闻名于世。在杭州、南京时,李渔和吴伟业、尤侗以及"西泠十子"等名士交游,诗酒唱和,优游卒岁。同时,李渔还组建了家庭戏班卖艺四方,广交达官名流。后因才艺出众的台柱乔、王二姬先后死去而中止。

李渔为人机智风趣、好奇爱玩，在经历了著述、交游、演艺、出版、经商等精彩的传奇人生后，于康熙十六年(1677)，复徙居杭州，未几在贫病交迫中去世。李渔一生创作了大量的戏曲传奇和小说，在戏曲理论和园林艺术方面亦颇多创见和实践，此外还有散文杂著《闲情偶寄》，诗文集《笠翁一家言》。今人辑有《李渔全集》。

李渔的《闲情偶寄》是清代小品文的代表著作之一，充分体现了作者的散文艺术成就。书中处处闪现着李渔对于生活的热爱，对美的敏锐感受，以及对艺术人生的丰富体验与深切理解。举凡戏曲艺术、叙事理论、园林建筑、风景花木、美食美器、娱乐养生，皆能娓娓道来，令人倍感轻松愉快、赏心悦目。《闲情偶寄》可以说是一部关于艺术与生活的百科全书。他的戏曲理论，主要见于《闲情偶寄》的《词曲部》《演习部》。这是我国古代较为系统、完整的戏曲理论专著，从结构、词采、音律、宾白、科诨、布局几个方面全面阐述了戏曲的创作方法，明确地提出了“结构第一”的命题，特别标举“立头脑”，即确立作为全剧结构枢纽的“一人一事”；倡“填词之设，专为登场”，比较周全地总结了戏曲演出方面的理论。这是古典戏曲理论的重要文献，后人曾专刊为《李笠翁曲话》行世。

李渔一生钟情于戏曲艺术，作为小说家，他甚至把小说也称作“无声戏”，并以此给小说集命名。他的小说《无声戏》

(别名《连城璧》)、《十二楼》、《合锦回文传》等,为人所推重。他的戏曲创作成果更加丰硕,所作传奇《怜香伴》《风筝误》《意中缘》《玉搔头》《蜃中楼》《奈何天》《比目鱼》《凰求凤》先行于世,后来加上《慎鸾交》和《巧团圆》,是为通行的《笠翁十种曲》。李渔作品娱乐性很强,倾动一时,妇孺皆知,并很快传入日本。日本学者青木正儿在《中国近世戏曲史》中说:"德川时代之人,苟言及中国戏曲,无有不立举湖上笠翁者。"李渔不仅自编、自导戏曲,而且作为家庭戏班老板,还亲自粉墨登场,过把戏瘾。在"戏子"之称尚流行的时代,若不是真心喜爱戏曲,并与梨园子弟惺惺相惜、平等以待的士人,断不会如此行事。前代文人中,如北宋词人柳永,自称"奉旨填词柳三变",以此傲岸于世,可谓与李渔精神相契,故《闲情偶寄·演习部》中作者自谓:"予作一生柳七。"

本书是上海辞书出版社中国文学名家名作鉴赏精华系列之一,精选李渔代表作品 34 篇,其中文 18 篇(均选自《闲情偶寄》)、曲 11 出、小说 3 篇(含节选)、诗 2 首,邀请学者专家为每篇作品撰写鉴赏文章。其中诠词释句,发明妙旨,有助于读者了解李渔文学名篇,更通过其文学成就进而领略作者其人多才多艺、风流放旷的神韵风姿。

上海辞书出版社文学鉴赏辞典编纂中心

二〇二三年八月

文

立主脑

原文

古人作文一篇，定有一篇之主脑。主脑非他，即作者立言之本意也。传奇亦然。一本戏中有无数人名，究竟俱属陪宾，原其初心，止对一人而设。即此一人之身，自始至终，离合悲欢，中具无限情由，无穷关目，究竟俱属衍文[①]，原其初心，又止为一事而设。此一人一事，即作传奇之主脑也。然必此一人一事果然奇特，实在可传而后传之，则不愧传奇之目，而其人其事与作者姓名皆千古矣。如一部《琵琶》[②]，止为蔡伯喈一人，而蔡伯喈一人又止为"重婚牛府"一事，其余枝节皆从此一事而生。二亲之遭凶，五娘之尽孝，拐儿之骗财匿书，张大公之疏财仗义，皆由于此。是"重婚牛府"四字，即作《琵琶记》之主脑也。一部《西厢》[③]，止为张君瑞一人，而张君瑞一人，又止为"白马解围"一事，其余枝节皆从此一事而生。夫人之许婚，张生之望配，红娘之勇于作合，莺莺之敢于失身，与郑恒之力争原配而不得，皆由于此。是"白马解围"四字，即作《西厢记》之主脑也。余剧皆然，不能悉指。后人作传奇，但知为一人而作，不知为一事而作。尽此一人所行之事，逐节铺陈，有如散金碎玉，以作零出则可，谓之全本，则为断线之珠，无梁之屋。作者茫然无绪，观者寂然无声，无怪乎有识梨园望之而却走也。此语未经提破，故犯者孔多，而今而后，吾知鲜矣[4]。

——《闲情偶寄·词曲部·结构第一》

注

① 情由：事件的来龙去脉。关目：戏曲小说中的情节。衍文：多余的文字。

② 《琵琶》：高明所作南戏《琵琶记》。写东汉蔡邕（字伯喈）进京赶考，取中状元。牛丞相不顾他已有妻室，强迫他娶了自己女儿。蔡邕托人赍书信、金珠回乡，却被此人中饱私囊，消息并未带到。蔡氏原配赵五娘在故乡侍奉公婆，多次得到邻里张大公热心接济。待为公婆送终后，五娘毅然上京寻夫，历经波折，方与蔡邕团聚。

③ 《西厢》：王实甫所作杂剧《西厢记》。写张君瑞在普救寺中，对崔莺莺一见钟情。适逢叛将孙飞虎发兵围寺，欲掳莺莺为妻。崔母承诺谁能退兵，便将莺莺许配给他。张君瑞向白马将军杜确求援，后者赶来解围，事后崔母却反悔前言。幸得侍女红娘撮合，莺莺私下委身张君瑞。其后崔母之侄郑恒，倚仗与莺莺曾有婚约，又来争夺，终未得逞。最后张君瑞高中状元，荣归迎娶莺莺。

④ 提破：点破，说明白。孔：很，非常。鲜：稀少。

鉴赏

“主脑”是李渔创造的戏曲新术语，内涵也是全新的。在他之前，明代王骥德、徐复祚等人曾提出“头脑”一词，貌若相近而本质有别。王氏批评张凤翼的《红拂记》与《窃符记》：“红拂私奔、如姬窃符，皆本传大头脑，如何草草放过？”（《曲律》卷三《论剧戏第三十》）徐氏也批评《红拂记》：“原本《虬髯客传》而作，惜其增出徐德言合镜一段，遂成两家门,头脑觉多,与本传亦不合。”(《曲论》)他们所说“头脑”,主要指戏曲核心情节;而李渔所说“主脑”,既非核心情节,也非有些学者所解释的全剧主旨。那么,“主脑”究竟是何意思?

李渔将“主脑”界定为单一角色身上的单一事件,焦点十分集中。这一人身上之一事,在剧中起什么作用?他举杂剧与南戏各一部为例,加以阐发。可见“立主脑”是不分剧种,皆须恪守的普遍律令。其中杂剧《西厢记》之例,尤能说明问题。众所周知,《西厢记》的情节核心,在于张君瑞与崔莺莺如何相爱,最终修成正果。孙飞虎兵围普救寺,张君瑞请白马将军杜确解救,仅是剧情进程中的一环,绝非故事主体,更非剧作主旨所寄。李渔指“白马解围”为一剧之主脑,是因为“夫人之许婚,张生之望配,红娘之勇于作合,莺莺之敢于失身,与郑恒之力争原配而不得,皆由于此”。崔母被困寺中,急于脱险,才会把女儿莺莺许配给解难之人。有了这句承诺,张君瑞才生出同莺莺结合的希冀。崔母事后反悔,实为不义。红娘背着她牵针引线,乃至于莺莺主动委身张生,才多少有些理由可讲。郑恒与莺莺先有婚约,也是听闻她因此事另许张生,才来争抢。假使没有“白马解围”,上述情节不会这样发生。“皆由于此”一语,明白道出“解围”事件的戏剧功能:它是后续情节发生的动力源。

“主脑”既要催生各式情节,自身必须蕴含充沛的能量。

李渔要求它“果然奇特”,“实在可传”,令观众出乎意料,印象深刻。他自己的剧作,即以此为特色。清初钱谦益写道:“有读笠翁传奇,始而疑,既而眩,终而狂易却走。余为解之曰:子未读《山海经》乎?”(《绛云楼题跋》卷十《李笠翁传奇戏题》)他生动描摹出社会大众对李渔剧作的观感,且取荒诞不经的《山海经》相拟,足见李渔戏曲情节之奇,当时已有定评。从这里,不难看到创作与理论的相互支持。

戏剧理论聚焦一人身上之一事,中外均不乏其例。古希腊亚里士多德《诗学》称:“根据定义,悲剧是对一个完整划一,且具一定长度的行动的模仿。”(第7章,陈中梅译)这便是紧扣单一事件。后文进一步解说:“有人以为,只要写一个人的事,情节就会整一,其实不然。在一个人所经历的许多,或者说无数的事件中,有的缺乏整一性。同样,一个人可以经历许多行动,但这些并不组成一个完整的行动。”(同上第8章)他也是先缩小到单一人物,再从人物身上提炼单一事件。所不同者,亚里士多德讲的一人之一事,仍是情节主体,不是情节动力源。本质上,他的观点更接近王骥德、徐复祚而非李渔。由此观之,李渔谈完“立主脑”,特地声言“此语未经提破”,自负发人之所未发,不是没道理的。

(成玮)

重机趣

原文

“机趣”二字，填词家必不可少。机者，传奇之精神；趣者，传奇之风致。少此二物，则如泥人土马，有生形而无生气。因作者逐句凑成，遂使观场者逐段记忆，稍不留心，则看到第二曲，不记头一曲是何等情形；看到第二折，不知第三折要作何勾当。是心口徒劳，耳目俱涩，何必以此自苦，而复苦百千万亿之人哉？故填词之中，勿使有断续痕，勿使有道学气[①]。所谓无断续痕者，非止一出接一出，一人顶一人，务使承上接下，血脉相连，即于情事截然绝不相关之处，亦有连环细笋伏于其中[②]，看到后来方知其妙。如藕于未切之时，先长暗丝以待；丝于络成之后，才知作茧之精，此言机之不可少也。所谓无道学气者，非但风流跌宕之曲、花前月下之情当以板腐为戒，即谈忠孝节义与说悲苦哀怨之情，亦当抑圣为狂[③]，寓哭于笑，如王阳明之讲道学[④]，则得词中三昧矣。阳明登坛讲学，反复辨说“良知”二字，一愚人讯之曰：“请问‘良知’这件东西，还是白的？还是黑的？”阳明曰：“也不白，也不黑，只是一点带赤的，便是良知了。”照此法填词，则离合悲欢，嬉笑怒骂，无一语一字不带机趣而止矣。

予又谓填词种子，要在性中带来，性中无此，做杀不佳。人问：性之有无，何从辩识？予曰：不难，观其说话行文，即知之矣。说话不迂腐，十句之中，定有一二句超脱；行文不板实，一篇之内，但有一二段空灵，此即可以填词之人也。不则另寻别计，不当以有用精神，费之无益之地。噫！"性中带来"一语，事事皆然，不独填词一节。凡作诗文书画、饮酒斗棋与百工技艺之事，无一不具夙根[⑤]，无一不本天授。强而后能者，毕竟是半路出家，止可冒斋饭吃[⑥]，不能成佛作祖也。

——《闲情偶寄·词曲部·词采第二》

注

① 道学：原指宋明兴起的新儒学，这里代指拘泥、迂腐的作风。
② 笋：同"榫"，器物上凸起的、与另一部件接口的地方。
③ 抑圣为狂：把神圣庄严变为狂放。
④ 王阳明：王守仁（1472—1529），字伯安，号阳明，明代著名思想家。他认为人人先天皆有"良知"，只是多被私欲遮蔽。若能洗涤私欲，重新发现"良知"，便可成圣成贤。
⑤ 夙根：前世带来的灵根，这里指天赋。
⑥ 冒：冒领。

鉴赏

"机趣"这一概念，在明代戏曲理论中已经出现。例如王骥德便称关汉卿《拜月亭》"语似草草，然时露机趣"（《曲律》卷三《杂论第三十九上》）。什么是机趣呢？吕天成措辞更加显豁："本色不在摹勒家常语言，此中别有机神情趣，一毫妆点不来。"（《曲品》卷上）两相对照，"机趣"即是机神情趣，指一种微妙难以言传的趣味。

到了清代李渔手里，“机趣”的内涵大幅更新。他把这个词拆分为二，用“机”指称连贯前后的线索，所谓“承上接下，血脉相连”；用“趣”指称超脱空灵的表达，所谓“抑圣为狂，寓哭于笑”。两者并举，等于要求剧本既谨严，又灵动，标准不能说不周详。

线索关乎剧本整体，表达则属局部问题，前者显然更为根本。李渔正是这样考量的。《词曲部·结构第一》序谓：“至于‘结构’二字，则在引商刻羽之先，拈韵抽毫之始”，相形之下，“词采似属可缓”。这里“结构”包括框架、线索等。在李渔看来，这些应成形于动笔之前，比表达重要得多。

李渔所言线索，不是寥寥几条，而是千丝万缕、远近纵横，把整部戏织成一张密网。《词曲部·结构第一》“密针线”条，就此作了详细探讨。那一条倡言：“每编一折，必须前顾数折，后顾数折，顾前者欲其照映，顾后者便于埋伏。照映埋伏，不止照映一人，埋伏一事，凡是此剧中有名之人、关涉之事，与前此后此所说之话，节节俱要想到。”这里“有名之人”意为剧中有名字的人，绝大多数角色皆是。依此说，几乎一切人物、事件、语言，悉成线索。本条所提之“机”，实质与“密针线”并无不同。李渔特意拈出一例，以小见大：“即于情事截然绝不相关之处，亦有连环细笋伏于其中。”两处情节毫不相干，细节却仍暗相勾连。细节尚且如此，其他内容自不待言。这对于创作思维的精密度，无疑是种考验。

李渔所言表达，以超脱空灵为尚，力戒死板迂腐。当然，这合乎一般艺术规律，不仅戏曲为然。另外，此说还与他个人的禀赋、趣味有关，可能也受到“近日人情喜读闲书，畏听庄论”（《闲情偶寄・凡例》）的风气推动。不过，戏曲有其特殊性。它是代言体，唱词、宾白从属于角色。角色各有性格，表达随之变化，无法一概而论。李渔明确谈到：“如填生旦之词，贵于庄雅；制净丑之曲，务带诙谐，此理之常也。乃忽遇风流放佚之生旦，反觉庄雅为非；作迂腐不情之净丑，转以诙谐为忌。”（《词曲部・结构第一》序）写到死板迂腐的角色，以其口吻发言，唱词、宾白倒必须死板迂腐，才算得体了。这些都说明“填词之理，变幻不常”，不可“执死法为文”。李渔对此具有充分觉悟，他的全部戏曲理论，均应作如是观。

本条最后，“予又谓填词种子”以下，延伸讨论了剧本表达如何会有“趣”。李渔认为归根结底，趣味是“性中带来”，天分使然，纯凭后天努力效果有限。他持有旗帜鲜明的天才论。天才论只要不推向极端，自然也有一定道理。这段话议论风发，锋芒毕露，甚至劝没有天分的作者“另寻别计”，别再写戏了。李渔想必自信天分过人，所以这般居高临下，斩钉截铁。读者念及此点，亦当破颜一笑。

（成玮）

剂冷热

原文

今人之所尚，时优之所习，皆在“热闹”二字；冷静之词，文雅之曲，皆其深恶而痛绝者也。然戏文太冷，词曲太雅，原足令人生倦，此作者自取厌弃，非人有心置之也。然尽有外貌似冷而中藏极热，文章极雅而情事近俗者，何难稍加润色，播入管弦？乃不问短长，一概以冷落弃之，则难服才人之心矣。予谓传奇无冷热，只怕不合人情。如其离合悲欢，皆为人情所必至，能使人哭，能使人笑，能使人怒发冲冠，能使人惊魂欲绝，即使鼓板不动，场上寂然，而观者叫绝之声，反能震天动地。是以人口代鼓乐，赞叹为战争，较之满场杀伐，钲鼓雷鸣而人心不动，反欲掩耳避喧者为何如？岂非冷中之热，胜于热中之冷；俗中之雅，逊于雅中之俗乎哉？

——《闲情偶寄·演习部·选剧第一》

鉴赏

《闲情偶寄》的《演习部》专论戏曲表演。这部分将选择剧本放在首位，因为若剧本不佳，则表演再出彩，也将事倍功半。李渔谋定而后动，有如《孙子兵法》谈战争，先从庙算讲起，可见他对于表演艺术体会之深。

李渔挑剧本的眼光颇为独到。本条“剂冷热”，一反爱热闹的流俗趣味，提出表面冷静、文雅的剧本，有时反而更具感染力。这里“冷静”指没有态度激越的表达，没有渲染声色的场面。“文雅”指措辞雅致，和口头语言拉开一定距离。当然，彻头彻尾的冷静、文雅，也为李渔所不取。他推崇的剧本，关键是要“中藏极热”“情事近俗”。后一点即下文所谓“合人情”“为人情所必至”，剧中人物言行反应，合乎普遍人情，可引发观众共鸣。前一点即下文所谓“能使人哭，能使人笑，能使人怒发冲冠，能使人惊魂欲绝”，剧中情感饱满深厚，足使观众忘我投入。

合人情是李渔对戏曲的一贯要求，《闲情偶寄》屡屡道之。值得注意的是，在他看来，人情既有普遍性，又有时代性，并非一成不变。《演习部·变调第二》“变旧成新”条指出：“世道迁移，人心非旧，当日有当日之情态，今日有今日之情态。”与本条合而观之，方得李渔想法之全。

尽管“剂冷热”条并举冷静与文雅两点，但李渔对戏曲语言，原是主张浅显、通俗而非文雅的。《词曲部·词采第二》专列“贵显浅”一条，开宗明义即谓：“诗文之词采，贵典雅而贱粗俗，宜蕴藉而忌分明。词曲不然，话则本之街谈巷议，事则取其直说明言。”后文“忌填塞”一条又说：“文章做与读书人看，故不怪其深。戏文做与读书人与不读书人同看，又与不读书之妇人小儿同看，故贵浅不贵深。”他本人的剧作，也属浅白一路，当时人称“谐俗则笠翁为甚”（《光绪兰溪县志》卷五《文学门·李渔传》）。所以文雅在此，只不过是陪衬，重点实在于冷静。试看本条"予谓传奇无冷热，只怕不合人情"以下，充分展开时，论说偏向冷静一面，行文轻重有别，便不难明白。正如"剂冷热"题目所示，扣住"冷静—热闹"这组对立范畴，也就窥破了本条主旨。

表面冷静、内在热烈的剧作，经得住反复寻味。李渔本人创作，出手略失轻率，未必做到。其传奇《慎鸾交》第一出开场词《蝶恋花》，自评"年少填词填到老，好看词多，耐看词偏少"，可谓恰切。"剂冷热"一条所悬标准，不妨视为他的理想，虽不能至，心向往之。而观众欣赏这类剧作，也须有一定品鉴力与耐心。戏曲依赖于观众而存在，始终必须面对一个问题：怎样处理与观众的关系，迎合抑或引导？此处，李渔显然不希望一味迎合。看来这位"谐俗"之人，也有不那么"谐俗"的一面。

（成玮）

房舍第一

原文

人之不能无屋，犹体之不能无衣。衣贵夏凉冬燠[①]，房舍亦然。“堂高数仞，榱题数尺”[②]，壮则壮矣，然宜于夏而不宜于冬。登贵人之堂，令人不寒而栗，虽势使之然，亦寥廓有以致之[③]；我有重裘，而彼难挟纩故也[④]。及肩之墙，容膝之屋，俭则俭矣，然适于主而不适于宾。造寒士之庐，使人无忧而叹，虽气感之耳，亦境地有以迫之；此耐萧疏，而彼憎岑寂故也[⑤]。吾愿显者之居，勿太高广。夫房舍与人，欲其相称。画山水有诀云：“丈山尺树，寸马豆人。”使一丈之山，缀以二尺三尺之树；一寸之马，跨以似米似粟之人，称乎？不称乎？使显者之躯，能如汤文之九尺十尺，则高数仞为宜，不则堂愈高而人愈觉其矮，地愈宽而体愈形其瘠，何如略小其堂，而宽大其身之为得乎？处士之庐，难免卑隘。然卑者不能耸之使高，隘者不能扩之使广，而污秽者、充塞者则能去之使净，净则卑者高而隘者广矣。吾贫贱一生，播迁流离[⑥]，不一其处，虽债而食，赁而居，总未尝稍污其座。性嗜花竹，而购之无资，则必令妻孥忍饥数日，或耐寒一冬，省口体之奉，以娱耳目。人则笑之，而我怡然自得也。性又不喜雷同，好为矫异，常谓人之葺居治宅[⑦]，与读书作文同一致也。譬如治举业者，高则自出手眼，创为新异之篇；其极卑者，亦将读熟之文移头换尾，损益字句而后出之，从未有抄写全篇，而自名善用者也。乃至兴造一事，则必肖人之堂以为堂，窥人之户以立户，稍有不合，不以为得，而反以为耻。常见通侯贵戚，掷盈千累万之资以治园圃，必先谕大匠曰：亭则法某人之制，榭则遵谁氏之规，勿使稍异。而操运斤之权者[8]，至大厦告成，必骄语居功，谓其立户开窗，安廊置阁，事事皆仿名园，纤毫不谬。噫！陋矣。以构造园亭之胜事，上之不能自出手眼，如标新创异之文人；下之至不能换尾移头，学套腐为新之庸笔，尚嚣嚣以鸣得意，何其自处之卑哉！

予尝谓人曰：生平有两绝技，自不能用，而人亦不能用之，殊可惜也。人问：绝技维何？予曰：一则辨审音乐，一则置造园亭。性嗜填词，每多撰著，海内共见之矣。设处得为之地，自选优伶，使歌自撰之词曲，口授而躬试之[9]，无论新裁之曲，可使迥异时腔，即旧日传奇，一概删其腐习而益以新格，为往时作者别开生面，此一技也。一则创造园亭，因地制宜，不拘成见，一榱一桷[10]，必令出自己裁，使经其地、入其室者，如读湖上笠翁之书，虽乏高才，颇饶别致，岂非圣明之世，文物之邦，一点缀太平之具哉？噫！吾老矣，不足用也。请以崖略付之简篇[11]，供嗜痂者采择[12]。收其一得，如对笠翁，则斯编实为神交之助尔。

土木之事，最忌奢靡。匪特庶民之家，当崇俭朴，即王公大人，亦当以此为尚。盖居室之制，贵精不贵丽，贵新奇大雅，不贵纤巧烂漫。凡人止好富丽者，非好富丽，因其不能创异标新，舍富丽无所见长，只得以此塞责。譬如人有新衣二件，试令两人服之，一则雅素而新奇，一则辉煌而平易，观者之目，注在平易乎？在新奇乎？锦绣绮罗，谁不知贵，亦谁不见之？缟衣素裳⑬，其制略新，则为众目所射，以其未尝睹也。凡予所言，皆属价廉工省之事，即有所费，亦不及雕镂粉藻之百一。且古语云：“耕当问奴，织当访婢。”予贫士也，仅识寒酸之事。欲示富贵，而以绮丽胜人，则有从前之旧制在。

新制人所未见，即缕缕言之，亦难尽晓，势必绘图作样。然有图所能绘，有不能绘者。不能绘者十之九，能绘者不过十之一。因其有而会其无，是在解人善悟耳。

——《闲情偶寄·居室部·房舍第一》

注

① 燠：暖。

② 仞：古代长度单位。周制八尺，汉制七尺，相当于成年人展臂长度，约为一米六至一米八左右。榱(cuī)题：屋椽的端头。此二句语出《孟子·尽心下》：“堂高数仞，榱题数尺，我得志，弗为也。”

③ 寥廓：指空间开阔。

④ 挟(jiā)纩(kuàng)：披着绵衣。出自《左传·宣公十二年》：“申公巫臣曰：‘师人多寒。王巡三军，拊而勉之，三军之士皆如挟纩。’”常被用来比喻抚慰人心的温暖。

⑤ 岑寂：寂静、寂寞，孤独冷清。

⑥ 播迁：迁徙、流离。出自《列子·汤问》："岱舆、员峤二山，流于北极，沉于大海，仙圣之播迁者巨亿计。"

⑦ 葺(qì)：原指用茅草覆盖房子，后泛指修理房屋。

⑧ 运斤：原指挥动斧头砍削，后比喻技艺高超。

⑨ 躬：亲自，亲身。

⑩ 桷(jué)：方形的椽子。

⑪ 崖略：大略，简述。

⑫ 嗜痂：怪僻的嗜好。

⑬ 缟衣：白绢做的衣裳。

鉴赏

此文选自《居室部·房舍第一》，开篇将房舍的重要性做了一个类比，人不能没有房屋就像身体不能没有衣服。这个比拟，让物质世界中的砖瓦木构一下子拥有了人的温度和意义。衣服要冬暖夏凉，契合四季之需，房屋也是如此，以人为本是李渔的建造原则也是其空间理想。空间的大小高低不仅会影响居室温度，也会对人的心理产生影响。比如登"贵人之堂"，会有"不寒而栗"之感，虽然主因乃主人之权势逼人，但贵人室内的空旷也会加剧这种感受。《红楼梦》中刘姥姥曾对贾母和黛玉的房舍进行过一番比较，她说贾母的大屋子气派，但见了黛玉的小屋子觉得越发舍不得。这就是李渔所讲到的"房舍与人，欲其相称"。即便是"显者之居"也不宜太高广，适宜就好。巴什拉在《空间的诗学》中曾把窄小的家宅空间比作一处庇护所，具有某种空间慰藉的作用。它在空间形制上紧紧环抱居住者，让空间和居住者形成一个温情脉脉的共同体，"让孤独的人在其中学会战胜恐惧”。少女闺房无需大，所以当众人拥来时便显得狭窄，贾母认为潇湘馆太狭小，提议去别处，这就是所谓“适于主而不适于宾”。

李渔把房舍的营造和绘画艺术、文学戏曲艺术相类比，并结合自己的生平经历强调了自己的建造观，主要遵循三条原则，一是尺度适宜，二是反对因袭，三是风格俭素。

一，尺度适宜。“丈山尺树，寸马豆人”的原则只适用于绘画，却不适用于建造。绘画的比例往往有艺术的夸张，放在现实中是不和谐的。比如商汤、文王身长高达九尺、十尺，他们和数仞的房子还算相衬，但普通人在高大的空间内只能显得瘦弱渺小。那么如何让狭小的房舍变大？空间是恒定的，所谓“隘者不能扩之使广”，但“污秽者、充塞者则能去之使净”，整洁干净能让空间显大。人不能为房舍所困，堂屋大小源于贵贱尊卑，但主人却可以保持整洁来获得美好适宜的居住体验。李渔以自己为例，虽一生贫贱，居无定所，但始终保持房舍的整洁与雅致。宁愿妻儿吃不饱穿不暖，也要有花草竹木，精神和审美追求始终不曾放弃。此举“人则笑之”，而他却怡然自得。这已经不是单纯在讲建造房舍，而是在讲如何建构人生观。

二，反对因袭。建造房屋与读书作文也有相似之处，高明者推陈出新，拙劣者拾人牙慧，但都不会全盘照搬。但筑屋者却会照搬他人的样式，甚至厅堂门户都是复制而来，追求“纤毫不谬”的仿制之功，在李渔看来这种建造上的模仿毫无价值，就像抄袭之文，平庸至极。他鄙视这种因袭，推崇别出心裁，实在不行可以改头换面借鉴一番。造屋是百年大计，要有创造力和想象力。李渔说自己生平有两大绝技，一为音乐，二为造园。譬如作曲，他会亲自挑选演员，亲口传授，追求创新，与时下的平庸之作大相径庭，即便是前人旧作，经他之手改编亦能“别开生面”。另一绝技为造园，因地制宜，处处匠心，不墨守成规。凡是看过的人都说游览李渔的园林就像读李渔的文，虽不以才华见长，却很别致。这岂不是盛世万邦的点睛之笔？李渔年事已高，遂把一生的营造思想写进书里，希望自己的著述邂逅可以神交的知音。

三，风格俭素。土木之事最忌奢靡铺张，大兴土木往往是盛衰转变之因。寻常人家崇尚节俭，王公贵族更要如此。居室在精致不在华丽，在典雅不在纤巧。那些喜欢华丽的人其实并非真的喜欢华丽，而是创新乏力，除了华丽别无所长。李渔做了一个简单的比喻，两件服饰，一件朴素而新奇，一件华丽而平庸，人们会注意哪一件呢？贵则贵矣，没有灵魂，别出心裁的朴素新衣反而能夺人眼球。价廉物美是李渔造园的原则，中国古代文人的审美也是尚俭不尚奢，这种富有道德感的营造原则既是因地制宜、推陈出新的尝试，也具有超越时代的可持续价值。“耕当问奴，织当访婢”，所有脱离现实，脱离成本的营造都是不合时宜的。

李渔讲建造房舍，却不局限于房舍，作文、作曲、绘画、裁衣皆与兴造同理，如此一来兴造之理更易深入人心。且尺度适宜、反对因袭、崇尚俭素这三条当为土木百年之事的圭臬和准绳，直至今日依然有其价值和意义。

（沈鸣鸣）

取景在借

原文

开窗莫妙于借景，而借景之法，予能得其三昧[①]。向犹私之，乃今嗜痂者众[②]，将来必多依样葫芦，不若公之海内，使物物尽效其灵，人人均有其乐。但期于得意酣歌之顷，高叫笠翁数声，使梦魂得以相傍，是人乐而我亦与焉，为愿足矣。

向居西子湖滨，欲购湖舫一只，事事犹人，不求稍异，止以窗格异之。人询其法，予曰：四面皆实，独虚其中，而为“便面”之形。实者用板，蒙以灰布，勿露一隙之光；虚者用木作框，上下皆曲而直其两旁，所谓便面是也。纯露空明，勿使有纤毫障翳[③]。是船之左右，止有二便面，便面之外，无他物矣。坐于其中，则两岸之湖光山色、寺观浮屠[④]、云烟竹树，以及往来之樵人牧竖、醉翁游女，连人带马尽入便面之中，作我天然图画。且又时时变幻，不为一定之形。非特舟行之际，摇一橹变一象，撑一篙换一景，即系缆时，风摇水动，亦刻刻异形。是一日之内，现出百千万幅佳山佳水，总以便面收之。而便面之制，又绝无多费，不过曲木两条、直木两条而已。世有掷尽金钱，求为新异者，其能新异若此乎？此窗不但娱己，兼可娱人。不特以舟外无穷之景色摄入舟中，兼可以舟中所有之人物，并一切几席杯盘射出窗外，以备来往游人之玩赏。何也？以内视外，固是一幅便面山水；而从外视内，亦是一幅扇头人物。譬如拉妓邀僧，呼朋聚友，与之弹棋观画，分韵拈毫，或饮或歌，任眠任起，自外观之，无一不同绘事。同一物也，同一事也，此窗未设以前，仅作事物观；一有此窗，则不烦指点，人人俱作画图观矣。夫扇面非异物也，肖扇面为窗，又非难事也。世人取像乎物，而为门为窗者，不知凡几，独留此眼前共见之物，弃而弗取，以待笠翁，讵非咄咄怪事乎？所恨有心无力，不能办此一舟，竟成欠事。兹且移居白门[⑤]，为西子湖之薄幸人矣[⑥]。此愿茫茫，其何能遂？不得已而小用其机，置此窗于楼头，以窥钟山气色，然非创始之心，仅存其制而已。

予又尝作观山虚牖[⑦]，名“尺幅窗”，又名“无心画”，姑妄言之。浮白轩中，后有小山一座，高不逾丈，宽止及寻[⑧]，而其中则有丹崖碧水，茂林修竹，鸣禽响瀑，茅屋板桥，凡山居所有之物，无一不备。盖因善塑者肖予一像，神气宛然，又因予号笠翁，顾名思义，而为把钓之形。予思既执纶竿，必当坐之矶上，有石不可无水，有水不可无山，有山有水，不可无笠翁息钓归休之地，遂营此窟以居之。是此山原为像设，初无意于为窗也。后见其物小而蕴大，有“须弥芥子”之义[⑨]，尽日坐观，不忍阖牖[⑩]，乃瞿然曰[⑪]：“是山也，而可以作画；是画也，而可以为窗；不过损予一日杖头钱[⑫]，为装潢之具耳。”遂命童子裁纸数幅，以为画之头尾，及左右镶边。头尾贴于窗之上下，镶边贴于两旁，俨然堂画一幅，而但虚其中。非虚其中，欲以屋后之山代之也。坐而观之，则窗非窗也，画也；山非屋后之山，即画上之山也。不觉狂笑失声，妻孥群至[13]，又复笑予所笑，而“无心画”“尺幅窗”之制，从此始矣。

予又尝取枯木数茎，置作天然之牖，名曰“梅窗”。生平制作之佳，当以此为第一。己酉之夏，骤涨滔天，久而不涸，斋头淹死榴、橙各一株，伐而为薪，因其坚也，刀斧难入，卧于阶除者累日。予见其枝柯盘曲，有似古梅，而老干又具盘错之势，似可取而为器者，因筹所以用之。是时栖云谷中幽而不明，正思辟牖，乃幡然曰：“道在是矣！”遂语工师，取老干之近直者，顺其本来，不加斧凿，为窗之上下两旁，是窗之外廓具矣。再取枝柯之一面盘曲、一面稍平者，分作梅树两株，一从上生而倒垂，一从下生而仰接，其稍平之一面则略施斧斤[14]，去其皮节而向外，以便糊纸；其盘曲之一面，则匪特尽全其天，不稍戕斫[15]，并疏枝细梗而留之。既成之后，剪彩作花，分红梅、绿萼二种，缀于疏枝细梗之上，俨然活梅之初着花者。同人见之，无不叫绝。予之心思，讫于此矣。后有所作，当亦不过是矣。

便面不得于舟，而用于房舍，是屈事矣。然有移天换日之法在，亦可变昨为今，化板成活，俾耳目之前[16]，刻刻似有生机飞舞，是亦未尝不妙，止废我一番筹度耳。予性最癖，不喜盆内之花，笼中之鸟，缸内之鱼，及案上有座之石，以其局促不舒，令人作囚鸾絷凤之想。故盆花自幽兰、水仙而外，未尝寓目。鸟中之画眉，性酷嗜之，然必另出己意而为笼，不同旧制，务使不见拘囚之迹而后已。自设便面以后，则生平所弃之物，尽在所取。从来作便面者，凡山水人物、竹石花鸟，以及昆虫，无一不在所绘之内，故设此窗于屋内，必先于墙外置板，以备成物之用。一切盆花笼鸟、蟠松怪石，皆可更换置之。如盆兰吐花，移之窗外，即是一幅便面幽兰；盎菊舒英，内之牖中，即是一幅扇头佳菊。或数日一更，或一日一更；即一日数更，亦未尝不可。但须遮蔽下段，勿露盆盎之形。而遮蔽之物，则莫妙于零星碎石，是此窗家家可用，人人可办，讵非耳目之前第一乐事[17]？得意酣歌之顷，而忘作始之李笠翁乎？

——《闲情偶寄·居室部·窗栏第二》

注

① 三昧：佛教用语，本意指心中杂念止息，这里借指事物的诀要。
② 嗜痂：怪僻的嗜好。
③ 障翳：遮蔽物。
④ 浮屠：这里指塔，也作“浮图”。
⑤ 白门：南朝宋都城建康宣阳门的俗称，后指称今天的南京。
⑥ 薄幸：薄情；负心。
⑦ 牖(yǒu)：室和堂之间有窗子叫“牖”，上古的“窗”专指开在屋顶上

的天窗，开在墙壁上的窗叫“牖”，这里泛指窗。

⑧ 寻：古代长度单位，一寻为两臂延展的长度，约为八尺。

⑨ 须弥芥子：佛教中称微小的芥子也能容纳巨大的须弥山，比喻小中有大，以小观大。

⑩ 阖(hé)：本义为门扇，此处为关闭之意。

⑪ 瞿(jù)然：吃惊的样子，这里指恍然大悟之意。

⑫ 杖头钱：《晋书·阮修传》记载其“常步行，以百钱挂杖头，至酒店，便独酣畅”。后来用“杖头钱”指称买酒钱。

⑬ 妻孥(nú)：妻子和儿女的统称。

⑭ 斧斤：斤，刀，斧斤指刀斧，这里指稍加修砍。

⑮ “匪特尽全其天，不稍戕斫”：这句话的意思是保留其天然姿态，不加刀斧修整。

⑯ 俾(bǐ)：使。

⑰ 讵(jù)：副词，用以反问，“岂”“哪里”之意。

鉴赏

此文选自《居室部·窗栏第二》，阐述了窗与景之间的微妙关系以及李渔独特的美学思想。开篇点明了开窗的目的，即借景。如何借呢？这也是李渔第一次公开借窗取景的玄机妙用。他以西子湖畔的一艘湖舫为例，细数如何对其窗户进行改造，让湖光山色进入特造的扇面。扇面窗是一种空窗，没有遮挡，开阔敞亮，船中人可以将两岸风景尽收眼底，“寺观浮屠、云烟竹树、樵人牧竖、醉翁游女”皆可入画。扇面收四时之景、万千之色。而且这个画面还是动态的，摇橹象变，撑篙换景，人在画中游。李渔认为求新不必花费巨资，两条曲木两条直木便可标新立异。这也是他一贯以来的建造原则和美学理想。“此窗不但娱已，兼可娱人”，把窗外的景色收入船中的同时，也能把船内的人物杯盘向外展示。从里向外看，是扇面山水画；从外向里看，是扇面人物画，里外如画。扇面虽是寻常物，但在精巧构思下，却有别致呈现。当然潦倒的李渔无力置办这样一艘游船，只能将灵感交付需要之人。

李渔曾经做过另外一扇“尺幅窗”，也叫“无心画”。山水之间的浮白轩本无开窗之需，但李渔发现此轩虽不大，但却“物小而蕴大”，有“须弥芥子”之义，以至于人在轩中终日不忍关窗，山如画，画如窗。他在窗子左右上下做了天头地脚和镶边。坐在窗前向外看，窗就是一幅画，山也是画中的山。被眼前美景陶醉也被自己灵感折服的李渔不禁放声大笑。李渔还做过一扇梅窗，将洪水淹死的橙榴枯木不加斧凿，保持其天然形态，点缀窗的上下，饰以纸做的红梅、绿萼，几可乱真。可见，李渔是懂生活的，也是懂美的，他让天然与手作完美融合。李渔不喜欢盆中花，笼中鸟，缸中鱼，假山石，因为它们“局促不舒”，即便要拘囚，也应该隐藏痕迹，由此可见其美学理想是羚羊挂角，无迹可求的自然之美。

窗，有画龙点睛之美学功能，也是有无相生的哲学理解。窗最大的作用不是通风、采光等功能性的需求。李渔的“无心画”“尺幅窗”“梅窗”皆为审美之需。园林中常见的窗有漏窗、空窗、花窗等，可以构成某种框景美学，有着互通内外之用。另一位造园大师计成也有相似观点，他在

《园冶》中也提到了窗的取景功能,“窗户虚邻,纳千顷之汪洋,收四时之烂漫”。无独有偶,计成也把借景作为园林营造中最重要的空间手法,“夫借景,园林之最重要者也。如远借、邻借,仰借、俯借,应时而借”。所谓借,即园内景观与园外自然山水、人文建筑之间的关系,“借”法比比皆是。姑苏沧浪亭之借水、拙政园之借北寺塔,北京颐和园昆明湖之借玉峰塔等。这是中国空间独特的定位之法,由此形成了中心与边界,内部与外部,远景与近景的空间区别,正因为有了“借”的定位法,使得我们在模糊混沌的自然中建构起有形的空间认知。

窗,还是一个特别的空间“分离物”,除了定位,还有一个隐藏的功能,在绘画艺术中,窗景甚至跳出了单纯的美学范畴。清代画家孙温的绢本彩绘全本《红楼梦》挖掘出了窗的这一独特功能,孙温对女性闺阁空间的摩画始终采用窗外视角,通过窗景展现神秘的女性生活与闺阁陈设。这种既隐又显的绘画手法,可能是对李渔窗景美学的一种全新探索。

(沈鸣鸣)

女　墙

原文

《古今注》云："女墙者，城上小墙。一名睥睨[①]，言于城上窥人也。"予以私意释之，此名甚美，似不必定指城垣，凡户以内之及肩小墙，皆可以此名之。盖女者，妇人未嫁之称，不过言其纤小，若定指城上小墙，则登城御敌，岂妇人女子之事哉？至于墙上嵌花或露孔，使内外得以相视，如近时园圃所筑者，益可名为女墙，盖仿睥睨之制而成者也。其法穷奇极巧，如《园冶》[②]所载诸式，殆无遗义矣。但须择其至稳极固者为之，不则一砖偶动，则全壁皆倾，往来负荷[③]者，保无一时误触之患乎？坏墙不足惜，伤人实可虑也。予谓自顶及脚皆砌花纹，不惟极险，亦且大费人工。其所以洞彻内外者，不过使代琉璃屏，欲人窥见室家之好耳。止于人眼所瞩之处，空二三尺，使作奇巧花纹，其高乎此及卑乎此者，仍照常实砌，则为费不多，而又永无误触致崩之患。此丰俭得宜，有利无害之法也。

——《闲情偶寄·居室部·墙壁第三》

注

① 睥睨(pì nì)：同"埤堄 "，此处指城墙上齿状的矮墙。

② 《园冶》：明计成著，中国古代造园专著，崇祯七年(1634)刊行。

③ 负荷：指墙边行走的挑夫。

鉴赏

《女墙》篇选自《居室部·墙壁第三》，女墙又称女儿墙，这个命名很有意思，性别被嫁接到了建筑空间。其实这个现象并不罕见，园林景观中常见有月洞门、美人靠、小姐窗、女儿墙等，或借女性之名，或用女性之实，这是建筑附加的一种文化性构想，也是传统思想在空间上的表达。

开篇引用了西晋崔豹《古今注》的记载，女墙者即城上之矮墙也，又名“睥睨”，言在城上偷窥，点明了女墙的形制和作用，既不崇高也不壮美。《释名·释宫室》也有类似记载：“女墙，言其卑小比之于城，若女子之与丈夫也。”古代女性地位卑微，以此来形容城墙上呈凹凸形的小墙，表明女墙之于城墙的附属、次要之意。宋李诫《营造法式》说到女墙时也认为之所以得其名是“言其卑小”，延续了《释名·释宫室》的说法。这个以女性名字来命名的建筑样式一开始便充满了男性建造者的主体意识，并把尊卑观念延伸到了建筑空间。

历史上对女墙的释名都指向了尊卑之意，表达了建筑的伦理性。可到了李渔这里，却用其“私意”对此重新诠释了一番，这番诠释让女墙的建筑表达从男尊女卑的伦理层面进入到了充满神秘意蕴的审美世界。他认为女墙这一名称本身就具有美学意义，“此名甚美”，并且扩大了女墙的范畴，“凡户以内之及肩小墙，皆可以此名之”。李渔这段阐释让建筑回归到原初和本质，他觉得所谓“女墙”，无非是整个墙体作为建筑构造比较低矮、纤小，类同女性。所谓“睥睨”也不是偷窥，而是使得内外可以相视，宅园中的人可以借此观察外部世界，而宅园之外的人同样可以借此观赏他人的美好生活。李渔提到了在“墙上嵌花或露孔，使内外得以相视”的具体手法，营造一种似见虽隔，朦胧神秘的空间美感，以及内外互通，有无相生的空间趣味。男尊女卑的建筑初衷在李渔的阐释之下，发生了美学意义的转变。

然而作为一个营造师，只追求空间之美显然是不够的。公元前27年古罗马维特鲁威的《建筑十书》作为迄今最早的人类建筑指南，明确提出建筑物应遵循坚固性、适用性和美观性这三条原则。因此在审美之上，李渔提出了建筑的坚固原则，“坏墙不足惜，伤人实可虑也”，可见李渔所谓的坚固，不仅有对建筑物本身的安全设定，也有对周边使用者的人性考虑。如果一味求美，“自顶及脚皆砌花纹，不惟极险，亦且大费人工”，虽然美了，但不仅危险而且浪费，这里又涉及建筑的成本原则，不计成本的建筑是缺乏道德感的。所以他提出了一个兼顾美与用的“有利无害”之法，即在人眼高度位置空出二三尺，做一些雕镂和美化，主体墙体则牢牢砌死。女墙可以在技法上追求极致的“穷奇极巧”，但必须要遵循坚固耐用的营造法则以及“丰俭得宜”的道德原则。比如《红楼梦》中拆除荣府东边裙房及宁国府会芳园墙体楼阁，将两府贯通连接，两处凑一处的做法，便是遵循了“丰俭得宜”的成本原则。一段小小的矮墙，李渔给出了关于中国式营造全面而独到的阐释。

（沈鸣鸣）

石　洞

原文

假山无论大小，其中皆可作洞。洞亦不必求宽，宽则借以坐人。如其太小，不能容膝①，则以他屋联之，屋中亦置小石数块，与此洞若断若连，是使屋与洞混而为一，虽居屋中，与坐洞中无异矣。洞中宜空少许，贮水其中而故作漏隙，使涓滴之声从上而下，旦夕皆然。置身其中者，有不六月寒生，而谓真居幽谷者，吾不信也。

——《闲情偶寄·居室部·山石第五》

注

① 容膝：指仅能容纳双膝，形容空间狭小。

鉴赏

《石洞》篇选自《居室部·山石第五》，李渔在这一则讲述了假山石洞的具体营造法式。他认为山不论大小，皆可造洞。且洞的尺幅不拘大小，大洞可以坐人，小洞如果转不开身则可以和其他房屋相连，作为一种空间的过渡和延伸。屋子里还可以放置一些小石块，作为空间提示，与山洞似断实连，如此屋宇与洞穴可自然衔接、浑然一体。人处屋中，如若洞中，既没有逼仄之感，又可体验穴居之妙。洞穴上方可以空出一点地方，存储一些水，凿出山石之间的缝隙，涓涓细流从上而下，滴水之声从早到晚，不绝于耳。即便是在炎热的盛夏，洞中却也是别有天地，凉意袭人，仿佛置身于深山幽谷。最后李渔还不无调皮地表示，保证凉快，诚不欺人。

传统园林美学涉及叠山凿洞，通常是强调其藏与敛的空间手法，静与观的空间功能，以及“人巧”与“天然”融为一体的美学价值。李渔基本依循这些原则，叠山为显，凿洞是藏，石洞为静，滴水为动，这样的空间对比和节奏变化让游览者的游赏体验变得曲折而惊喜，也让空间变得更为生动。而山石与洞穴，洞穴与屋宇的关系更是“人巧”与“天然”融为一体的积极实践。

李渔讲了石洞如何建造，却并没有解释为何要建造？神秘的石洞给了我们美好的体验，也留给了我们一些思考。园林中为什么要设置石洞？东晋《道迹经》云：“五岳及名山皆有洞室。”作为一部道教经典，它把园林中洞室的渊源和道教关联到了一起。“洞天”意谓山中有洞室，即可通达于上天，贯通诸山继而成仙，因此洞天是福地，也是成仙的起点。石洞犹如一个神秘的有机体，其形如开天辟地之初的混沌鸡子，符合古代中国人对宇宙神秘化、组织化的原始认知。与此相似的还有壶天思想，葛洪的《神仙传·壶公》和《后汉书·方术传下》都讲述了费长房与卖药老翁跳入壶中而得见一个由楼、观、重门、阁道构成的仙宫世界。此后“壶天”一词也可以用来直接指代园林。“壶天”与园林的互指完成于唐代，李白、李商隐、白居易在诗中均以理想中的“壶天”来对应现实。而壶与洞有着空间相似性，体现在造园上就是石室、洞窟的出现。洞天、壶天是微缩的宇宙，在有限的尺幅、封闭的格局中蕴含了万物之源。或大或小的石室、洞窟实则与宇宙同构，也是古代中国及道教思想宇宙观的体现。

石洞除了和道教的关系，在今天也被赋予了新的空间体验。石洞体现了一种空间私密性，私密性来源于物理意义上的遮蔽，空间遮盖又会带来心理上的遮蔽，由此带来一种神秘感和趣味性。因此花园中的山石洞穴，是一处避人耳目的遮蔽性空间，是充满了神秘与趣味的空间。

（沈鸣鸣）

笋

原文

论蔬食之美者，曰清，曰洁，曰芳馥[1]，曰松脆而已矣。不知其至美所在，能居肉食之上者，只在一字之鲜。《记》曰[2]："甘受和，白受采。"鲜即甘之所从出也。此种供奉，惟山僧野老躬治园圃者[3]，得以有之，城市之人向卖菜佣求活者，不得与焉。然他种蔬食，不论城市山林，凡宅旁有圃者，旋摘旋烹，亦能时有其乐。至于笋之一物，则断断宜在山林，城市所产者，任尔芳鲜，终是笋之剩义[4]。此蔬食中第一品也，肥羊嫩豕，何足比肩。但将笋肉齐烹，合盛一簋[5]，人止食笋而遗肉，则肉为鱼而笋为熊掌可知矣。购于市者且然，况山中之旋掘者乎？

食笋之法多端，不能悉纪，请以两言概之，曰："素宜白水，荤用肥猪。"茹斋者食笋，若以他物伴之，香油和之，则陈味夺鲜，而笋之真趣没矣。白煮俟熟，略加酱油。从来至美之物，皆利于孤行[6]，此类是也。以之伴荤，则牛羊鸡鸭等物皆非所宜，独宜于豕，又独宜于肥。肥非欲其腻也，肉之肥者能甘，甘味入笋，则不见其甘，但觉其鲜之至也。烹之既熟，肥肉尽当去之，即汁亦不宜多存，存其半而益以清汤。调和之物，惟醋与酒。此制荤笋之大凡也[7]。笋之为物，不止孤行并用各见其美，凡食物中无论荤素，皆当用作调和。菜中之笋与药中之甘草，同是必需之物，有此则诸味皆鲜，但不当用其渣滓，而用其精液。庖人之善治具者[⑧]，凡有焯笋之汤[⑨]，悉留不去，每作一馔，必以和之，食者但知他物之鲜，而不知有所以鲜之者在也。《本草》中所载诸食物，益人者不尽可口，可口者未必益人，求能两擅其长者，莫过于此。东坡云："宁可食无肉，不可居无竹。无肉令人瘦，无竹令人俗[⑩]。"不知能医俗者，亦能医瘦，但有已成竹未成竹之分耳。

——《闲情偶寄·饮馔部·蔬食第一》

注

① 芳馥(fù)：芳香。

② 《记》：指《礼记》，此处引文出自《礼记·礼器》，意为甘美的东西容易调味，洁白的东西容易染色。

③ 园圃：种植果木菜蔬的田地。

④ 剩义：片段、琐屑的意义，这里指次品。

⑤ 簋(guǐ)：古代一种礼器，圆口，双耳，多用以盛食物，是标志性青铜器具之一。

⑥ 孤行：指单独使用。

⑦ 大凡：大概。

⑧ 庖人：厨师。

⑨ 焯(chāo)：一种烹饪方式，指将食材在沸水中略微一煮即捞出。

⑩ "宁可食无肉"四句：出自苏轼《於潜僧绿筠轩》诗。

鉴赏

笋是中国人餐桌上常见的食材，食用笋的历史不但悠久，而且花样繁多。尤其值得一提的是，除了寻常人家喜欢笋，历来推崇“君子远庖厨”，追求雅致的士人、隐士们对于笋更是情有独钟。历代留下的与笋有关的典故和诗文层出不穷，宋代僧人赞宁甚至还曾专门撰写过一本《笋谱》，里面收录了近百种各地所产竹笋，对其特性、性味、加工方法等都论述甚详。李渔作为古代最有名的美食家之一，对笋不但极为喜爱，而且研究颇深，有其独到之处。

在李渔的美食理念中，素来对于食物的“自然”属性特别重视，甚至以“自然”为饮食之宗。如在蔬菜和肉食之中，李渔认为“脍不如肉，肉不如蔬”，之所以这样排列，便是因为蔬菜“近自然”的缘故。而在蔬菜中，李渔认为笋是“蔬食中第一品”，对其推崇备至。当然，即便同样是笋，在李渔眼中，因为具体的产地不同，其价值也有区别。如他认为产于山林的最佳，因为“笋之一物，则断断宜在山林。城市所产者，任尔芳鲜，终是笋之剩义”，这样的评价其实还是体现了他所追求的“自然”饮食之道。

李渔在文中着重介绍了笋的烹饪方式。关于笋的食用方法五花八门，相关的名菜也非常多，而李渔则用两句话便进行了高度概括：“素宜白水，荤用肥猪。”这可以说是他作为美食家的经验总结，颇得食笋之道的精髓。如“素宜白水”的烹饪方法，只是将笋在白水中煮熟，稍微加些酱油即可食用，李渔对此进行了细致的分析，认为“若以他物伴之，香油和之，则陈物夺鲜，而笋之真趣没矣。白煮俟熟，略加酱油。从来至美之物，皆利于孤行，此类是也”。而即便是针对荤食者的烹饪方法也非常简单，其“调和之物，惟醋与酒”。由此可见，李渔在食物的烹饪方法上也高度重视“自然”，追求原汁原味、纯朴无华的天然鲜味。

李渔对笋在烹饪中的价值分析得也很精彩，他用了一个非常贴切的比喻，认为笋在烹饪中所扮演的角色如同中药中的甘草一样，都是不可或缺的必需品。不论是制作荤菜还是素菜，都可以加入笋来进行调和，许多有经验的厨师都会将焯笋的汤留置，制作其他菜肴时添加，“有此则诸味皆鲜”。古代药食同源，在《本草》所记录的各种食物中，“益人者不尽可口，可口者未必益人”，李渔着重指出，其中既可口，又对人有益的，则莫过于笋。

《闲情偶寄》中这篇关于笋的文章虽然文字不算长，但可谓言简而意赅，对笋的独特价值、烹饪方法等都介绍得十分精到，既有烹饪技术等“术”层面的介绍，也有饮食理念等“道”层面的分析，对笋的认识之深和评价之高，都令人赞叹不已。其中许多文字都时常为后人所引用，被视为描写笋的神来之笔。

（章原）

汤

原文

汤即羹之别名也。羹之为名，雅而近古；不曰羹而曰汤者，虑人古雅其名，而即郑重其实，似专为宴客而设者。然不知羹之为物，与饭相俱者也[①]。有饭即应有羹，无羹则饭不能下，设羹以下饭，乃图省俭之法，非尚奢靡之法也。古人饮酒，即有下酒之物；食饭，即有下饭之物。世俗改下饭为“厦饭”，谬矣。前人以读史为下酒物，岂下酒之“下”，亦从“厦”乎？“下饭”二字，人谓指肴馔而言[②]，予曰：不然。肴馔乃滞饭之具，非下饭之具也。食饭之人见美馔在前，匕箸迟疑而不下[③]，非滞饭之具而何？饭犹舟也，羹犹水也；舟之在滩，非水不下，与饭之在喉，非汤不下，其势一也。且养生之法，食贵能消；饭得羹而即消，其理易见。故善养生者，吃饭不可不羹；善作家者，吃饭亦不可无羹。宴客而为省馔计者，不可无羹；即宴客而欲其果腹始去，一馔不留者，亦不可无羹。何也？羹能下饭，亦能下馔故也。近来吴越张筵[④]，每馔必注以汤，大得此法。吾谓家常自膳，亦莫妙于此。宁可食无馔，不可饭无汤。有汤下饭，即小菜不设，亦可使哺啜如流[⑤]；无汤下饭，即美味盈前，亦有时食不下咽。予以一赤贫之士，而养半百口之家，有饥时而无馑日者，遵是道也。

——《闲情偶寄·饮馔部·谷食第二》

注

① 相俱：偕同、一起。
② 肴馔：丰盛的饭食。
③ 匕箸(zhù)：食具，汤匙和筷子。
④ 张筵：摆设宴席。
⑤ 哺啜(chuò)如流：形容饮食容易下咽。哺啜，指饮食。

鉴赏

汤是日常生活中十分寻常的食物，不论是市井百姓，还是贵族豪门，皆不离此物。李渔此文长于平常处作文章，在短短的篇幅里，对汤的命名、作用等进行了生动而细致的描绘，是一篇很有生活情趣的小品。

李渔文中着重对“汤”与“羹”的命名进行了分析。他认为汤就是羹的别称，只是羹听起来更文雅、庄重一些。这种观点在现代人看来或许并不尽然，因为在今人看来，羹和汤通常有较为明显的区别，是两种不同的食物，相对而言，羹更稠一些。事实上，关于“羹”和“汤”的关系，学界一直存在着争论，李渔的说法可谓一家之言。其他较为流行的观点认为羹的含义在古代有一个演变的过程，最初的“羹”实际上是一种肉。李渔的观点之所以颇有影响，当然与其美食家的身份不无相关。虽然关于羹、汤是否为同一种食物还存在争议，但不论如何，“羹”与“汤”的关系确实很密切，“羹汤”一词也常常连用，便也说明了这一点。

李渔对羹汤的作用评价很高，认为“有饭即应有羹，无羹则饭不能下”。关于其中的道理,李渔主要从健康养生的角度进行阐述。他将饭和汤的关系比喻成舟和水,认为汤能帮助消化饭,而“养生之法,食贵能消;饭得羹而即消,其理易见”。应该说,李渔的这一比喻是非常贴切的,汤确实具有辅助消化的作用,在中国传统饮食文化中,汤文化是非常重要的组成部分,这也是中国古代先民在长期饮食实践中所总结出来的经验。当然,凡事贵中和之道,尽管适量的羹汤确实有益消化,但过犹不及,如果汤喝得过多,会稀释胃液,反而加重胃肠负担,并不利于食物的消化。

(章原)

鱼

原文

鱼藏水底，各自为天[①]，自谓与世无求，可保戈矛之不及矣[②]。乌知细罟之奏功[③]，较弓矢罝罘为更捷[④]。无事竭泽而渔[⑤]，自有吞舟不漏之法[⑥]。然鱼与禽兽之生死，同是一命，觉鱼之供人刀俎[⑦]，似较他物为稍宜。何也？水族难竭而易繁。胎生卵生之物，少则一母数子，多亦数十子而止矣。鱼之为种也似粟，千斯仓而万斯箱，皆于一腹焉寄子。苟无沙汰之人[⑧]，则此千斯仓而万斯箱者生生不已，又变而为恒河沙数[⑨]。至恒河沙数之一变再变，以至千百变，竟无一物可以喻之，不几充塞江河而为陆地，舟楫之往来能无恙乎？故渔人之取鱼虾，与樵人之伐草木，皆取所当服，伐所不得不伐者也。我辈食鱼虾之罪，较食他物为稍轻。兹为约法数章，虽难比乎祥刑[⑩]，亦稍差于酷吏。

食鱼者首重在鲜，次则及肥，肥而且鲜，鱼之能事毕矣。然二美虽兼，又有所重在一者。如鲟、如鯚[⑪]、如鲫、如鲤，皆以鲜胜者也，鲜宜清煮作汤；如鳊、如白、如鲥、如鲢，皆以肥胜者也，肥宜厚烹作脍。烹煮之法，全在火候得宜。先期而食者肉生，生则不松；过期而食者肉死，死则无味。迟客之家，他馔或可先设以待，鱼则必须活养，候客至旋烹。鱼之至味在鲜，而鲜之至味又只在初熟离釜之片刻，若先烹以待，是使鱼之至美，发泄于空虚无人之境；待客至而再经火气，犹冷饭之复炊，残酒之再热，有其形而无其质矣。煮鱼之水忌多，仅足伴鱼而止，水多一口，则鱼淡一分。司厨婢子，所利在汤，常有增而复增，以致鲜味减而又减者，志在厚客，不能不薄待庖人耳。更有制鱼良法，能使鲜肥迸出，不失天真，迟速咸宜，不虞火候者，则莫妙于蒸。置之镟内⑫，入陈酒、酱油各数盏，覆以瓜姜及蕈笋诸鲜物，紧火蒸之极熟⑬。此则随时早暮，供客咸宜，以鲜味尽在鱼中，并无一物能侵，亦无一气可泄，真上着也⑭。

——《闲情偶寄·饮馔部·肉食第三》

注

① 各自为天：意为各得其所，顺其自然。

② 戈矛：泛指兵器。

③ 细罟(gǔ)：细密的渔网。

④ 罝罘(jū fú)：捕捉禽兽的网具。

⑤ 竭泽而渔：排尽池中的水来捕鱼。

⑥ 吞舟：吞舟之鱼的略称，泛指大鱼，语出《庄子·庚桑楚》："吞舟之鱼，砀而失水。"

⑦ 刀俎(zǔ)：刀和案板，切肉的工具。

⑧ 沙汰：淘汰，拣选。

⑨ 恒河沙数：本为佛经中的常用语，形容数量极多，如同恒河中的沙一样。

⑩ 祥刑：慎刑，谓善用刑罚。出自《尚书·吕刑》："告尔祥刑。"

⑪ 鲚(jì)：鳜鱼。

⑫ 镟(xuàn)：旋子，古代用以温酒的器具。

⑬ 紧火：即武火，火力大而急。

⑭ 上着(zhāo):下棋时的妙着。这里指上策。

鉴赏

在李渔的饮食观念中,极为推崇清雅自然之道,所以在其食物位次的排列中,菜蔬远在肉食之上,所以在《肉食》篇中,李渔明言“饮食之道,脍不如肉,肉不如蔬”。可是,尽管他似乎鄙视肉食,但并不戒肉,在他的美食谱中,涉及的肉食种类可一点不少,而且花样繁多。比如鱼的各种烹饪之道,李渔便颇有心得。不过,吃鱼毕竟涉及“杀生”,或许是为了求得某种心理安慰吧,李渔特意对吃鱼进行了解释,以“水族难竭而易繁”等为由,宽慰自己“我辈食鱼虾之罪,较食他物为稍轻”。

关于食鱼的精要,李渔认为“食鱼者首重在鲜,次则及肥”,这种见解无疑颇有见地。由于水产品的特殊性,在食用方面,“新鲜”从来都是最重要的标准,否则不但口味不佳,而且还容易变质,食用后对身体也有害无益。至于“肥”,更是古人常用来赞美鱼的重要标准,比如张志和《渔歌子》“桃花流水鳜鱼肥”、杜甫《观打鱼歌》“鲂鱼肥美知第一”等诗句中都以肥鱼为美而大加赞美。从现代营养学的角度来看,肥鱼通常也意味着其营养更为充分,鱼肉的脂肪含量较高,食用时也口感厚实,滋味鲜美。

在鱼的烹饪方面,李渔介绍了不少烹饪鱼的小窍门,如煮鱼的火候、用水、保持鱼本味的制鱼良法等。其中李渔最强调的是火候,他认为“烹煮之法,全在火候得宜”,火候不到的话肉生不松,火候太过则肉死无味。除了火候之外,由于品鱼讲究“鲜”,李渔特意强调鱼最鲜美的时候,便是在刚刚烹饪后的片刻功夫,如果此时没有食用,便错过了最佳的品尝时间。在这里,李渔连用了几个非常贴切的比喻,“若先烹以待,是使鱼之至美,发泄于空虚无人之境;待客至而再经火气,犹冷饭之复炊,残酒之再热,有其形而无其质矣”。如此细致入微的描述,也只有李渔这样深谙食鱼之道的美食家才能写得出来了。

(章原)

鳖

原文

“新粟米炊鱼子饭，嫩芦笋煮鳖裙羹[①]。”林居之人述此以鸣得意[②]，其味之鲜美可知矣。予性于水族无一不嗜，独与鳖不相能，食多则觉口燥，殊不可解。一日，邻人网得巨鳖，召众食之，死者接踵，染指其汁者[③]，亦病数月始痊。予以不喜食此，得免于召，遂得免于死。岂性之所在，即命之所在耶？予一生侥幸之事难更仆数[④]。乙未居武林[⑤]，邻家失火，三面皆焚，而予居无恙。己卯之夏，遇大盗于虎爪山，贿以重资者得免，不则立毙。予囊无一钱，自分必死，延颈受诛，而盗不杀。至于甲申、乙酉之变[⑥]，予虽避兵山中，然亦有时入郭，其至幸者，才徙家而家焚，甫出城而城陷，其出生于死，皆在斯须倏忽之间。噫！予何修而得此于天哉？报施无地[⑦]，有强为善而已矣。

——《闲情偶寄·饮馔部·肉食第三》

注

① “新粟米炊鱼子饭，嫩芦笋煮鳖裙羹”：出自北宋士人张景诗句：“新粟米炊鱼子饭，嫩冬瓜煮鳖裙羹。”

② 林居之人：闲居、隐居之人，这里指张景。

③ 染指：品尝。典出《左传·宣公四年》：“楚人献鼋于郑灵公。……及食大夫鼋，召子公而弗与也。子公怒，染指于鼎，尝之而出。”谓用手指蘸鼎中鼋羹，鼋即鳖。

④ 什数：一一详加论列。

⑤ 武林：杭州旧称。

⑥ 甲申、乙酉之变：甲申，明崇祯十七年(1644)为甲申年，李自成攻陷北京，崇祯皇帝自缢身亡，明亡。乙酉，南明弘光二年(1645)为乙酉年，清兵南下，南京城为清兵所陷，弘光帝出逃被俘。

⑦ 报施：报答。

鉴赏

说来有趣，李渔此文虽然以鳖为名，但并未从常规的美食角度展开，只有开篇一句引用古人诗句称赞"其味之鲜美可知矣"，其余篇幅都在介绍自己经历的一次由鳖引发的食物中毒事故，以及自己一生中亲历的诸多侥幸之事。特别是甲申、乙酉之间，李渔亲历明、清易代之际的战乱，面对山河破碎的惨痛局面，仅能以身免，虽云侥幸，心中又有何等的欷歔感慨？李渔生长于江南，按说对于各类水产美食自然十分喜爱，正如他所言"予性于水族无一不嗜"，可是唯独不喜食鳖，看来即便是美食家，与食物之间也要讲究缘分的。

尽管李渔与食鳖无缘，但也承认鳖是难得的美味。事实上，鳖被人们食用的历史，可以上溯到周代，《诗经·六月》中已经有"饮御诸友，炰鳖脍鲤"的记载。特别是鳖甲四周的一圈软肉(裙边)更是美味之极，历史上有不少相关的饮食典故。如南唐有位谦光和尚爱吃鳖裙，其最大的愿望便是"鹅生四只脚，鳖着两重裙"。再如北宋时，宋仁宗曾在召见江陵县令张景时，询问江陵所食何物，张景以"新粟米炊鱼子饭,嫩冬瓜煮鳖裙羹”作答,成为一时佳话。

鳖不但滋味鲜美,营养丰富,而且还具有很好的食疗功效,是一种珍贵的滋补食物。《本草纲目》中记载鳖肉味甘性平,入肝、肾经,具有补益阴液、益气升提之功。然而,鳖肉虽好,并非人人都适合食用,李渔文中自言吃多了会感到口干舌燥,显然与其体质不适合有关。当然,因为他曾遇到过鳖引发的食物中毒,这可能给他或多或少也留下了一些心理阴影。

(章原)

蟹

原文

予于饮食之美，无一物不能言之，且无一物不穷其想象，竭其幽渺而言之[①]；独于蟹螯一物[②]，心能嗜之，口能甘之，无论终身一日皆不能忘之，至其可嗜可甘与不可忘之故，则绝口不能形容之。此一事一物也者，在我则为饮食中之痴情，在彼则为天地间之怪物矣。予嗜此一生。每岁于蟹之未出时，即储钱以待，因家人笑予以蟹为命，即自呼其钱为“买命钱”。自初出之日始，至告竣之日止[③]，未尝虚负一夕，缺陷一时[④]。同人知予癖蟹，招者、饷者，皆于此日，予因呼九月、十月为“蟹秋”。虑其易尽而难继，又命家人涤瓮酿酒，以备糟之醉之之用。糟名“蟹糟”，酒名“蟹酿”，瓮名“蟹甓”。向有一婢，勤于事蟹，即易其名为“蟹奴”，今亡之矣。蟹乎！蟹乎！汝于吾之一生，殆相终始者乎！所不能为汝生色者，未尝于有螃蟹无监州处作郡[⑤]，出俸钱以供大嚼，仅以悭囊易汝。即使日购百筐，除供客外，与五十口家人分食，则入予腹者有几何哉[⑥]？蟹乎！蟹乎！吾终有愧于汝矣。

蟹之为物至美，而其味坏于食之之人。以之为羹者，鲜则鲜矣，而蟹之美质何在？以之为脍者[⑦]，腻则腻矣，而蟹之真味不存。更可厌者，断为两截，和以油、盐、豆粉而煎之，使蟹之色、蟹之香与蟹之真味全失。此皆似嫉蟹之多味，忌蟹之美观，而多方蹂躏，使之泄气而变形者也。世间好物，利在孤行。蟹之鲜而肥，甘而腻，白似玉而黄似金，已造色香味三者之至极，更无一物可以上之。和以他味者，犹之以爝火助日，掬水益河[8]，冀其有裨也，不亦难乎？凡食蟹者，只合全其故体，蒸而熟之，贮以冰盘，列之几上，听客自取自食。剖一筐，食一筐，断一螯，食一螯，则气与味纤毫不漏[9]。出于蟹之躯壳者，即入于人之口腹，饮食之三昧，再有深入于此者哉？凡治他具，皆可人任其劳，我享其逸，独蟹与瓜子、菱角三种，必须自任其劳[10]。旋剥旋食则有味，人剥而我食之，不特味同嚼蜡，且似不成其为蟹与瓜子、菱角，而别是一物者。此与好香必须自焚，好茶必须自斟，僮仆虽多，不能任其力者，同出一理。讲饮食清供之道者，皆不可不知也。

宴上客者势难全体，不得已而羹之，亦不当和以他物，惟以煮鸡鹅之汁为汤，去其油腻可也。

瓮中取醉蟹，最忌用灯，灯光一照，则满瓮俱沙[11]，此人人知忌者也。有法处之，则可任照不忌。初醉之时，不论昼夜，俱点油灯一盏，照之入瓮，则与灯光相习，不相忌而相能，任凭照取，永无变沙之患矣。（此法都门有用之者。）

——《闲情偶寄·饮馔部·肉食第三》

注

① 幽渺：精深微妙。
② 蟹螯(áo)：螃蟹的第一对足，状似钳子。
③ 告竣：结束。
④ 缺陷：这里意为缺失、错失。
⑤ 作郡：担任郡中官职。
⑥ 几何：若干，多少。
⑦ 脍(kuài)：切得很细的肉。
⑧ 爝(jué)火益日，掬水益河：用小火增加太阳光亮，用一捧水增加黄河水量。爝火，小火。
⑨ 纤毫：极其细微。
⑩ 自任其劳：指亲自剥除、取食。
⑪ 沙：吴越方言，意为口感松散。

鉴赏

中国人食蟹的历史相当久远，《周礼》中时便已经有"蟹胥"(螃蟹酱)的记载。在漫长的饮食文化积淀中，逐渐形成了独特的食蟹文化。历代美食家对其称颂备至，嗜好食蟹的名人层出不穷。如大文豪苏东坡便嗜蟹成癖，即便在仕途失意时仍不忘此物，曾发出"不到庐山辜负目，不食螃蟹辜负腹"的喟叹。而李渔此文更是活灵活现地描摹了一个嗜蟹如命的"蟹痴"形象，堪称古代饮食文化中的一篇奇文。

关于蟹味之美，自诩对饮食之美"无一物不能言之，且无一物不穷其想象"的李渔都感叹实在无法形容，"绝口不能形容之"。在李渔看来，蟹之美，"已造色香味三者之至极，更无一物可以上之”，堪称天下第一美味了！面对如此美味，李渔可谓“嗜此一生”，自言“心能嗜之，口能甘之，无论终身一日皆不能忘之”。李渔究竟有多钟爱蟹呢？可以说到了“以蟹为命”的程度。每年蟹还没有上市，他便早早准备好买蟹的钱翘首以待，家人都笑他以蟹为命，并戏称这些钱为“买命钱”。等到蟹上市，李渔更不可一日无蟹，“自初出之日始，至告竣之日止，未尝虚负一夕，缺陷一时”。他还将与食蟹相关的一些用具都以蟹命名，如“蟹糟”“蟹酿”“蟹甓”等，甚至于还安排了一个专门照管蟹的婢女，并戏称其为“蟹奴”。

如此爱蟹，当然深谙烹饪之道。世俗常见食蟹方法很多，如蟹羹、蟹脍、煎蟹等，但在李渔看来，这些烹饪方法都无法将蟹的至美滋味完美展现，甚至于这些烹饪方法“似嫉蟹之多味，忌蟹之美观，而多方蹂躏，使之泄气而变形者也”，充满了暴殄天物的惋惜之情。既然对世俗食蟹之法不屑一顾，那么李渔所推崇的方法是什么呢？李渔强调“世间好物，利在孤行”，最好的食蟹方法是整只蒸食，而且要旋剥旋食，“剖一筐，食一筐，断一螯，食一螯”，如此蟹的“气与味纤毫不漏”。这种方法看似很简单，但细细品来却极有道理，试想蟹本身已是至味，何须其他食材增色？如果烹饪加工过度，又如何体味蟹本身的天然滋味呢？有趣的是，李渔特意强调吃蟹不能让旁人帮忙，而要自取自食，自任其劳，只有这样才能充分享受到食蟹的乐趣。这其实是将食蟹的享受过程延伸开去，很符合老饕的自得心理，此等感受，确实非李渔这样深谙食蟹的美食家所不能道。

除了这些之外，李渔还提及了诸多食蟹心得。如遇到客人比较多，没办法人手一蟹，只能制作蟹羹的话，无需添加其他食材，只要用“煮鸡鹅之汁为汤，去其油腻”便可。再如腌制醉蟹，取出蟹瓮中醉蟹时，千万不能用灯照，否则醉蟹一见光，马上肉便会松散，“满瓮俱沙”，口感会变得比较差。这些食蟹的小窍门，如果不是对食蟹之道有深入了解的人都是无法道出的，也从侧面展示了李渔对食蟹之道的专精。

作为美食家的李渔，一生啖遍天下美食，却耽耽于蟹，嗜蟹如命，称其为“蟹痴”，不正宜乎！

（章原）

桂

原文

秋花之香者,莫能如桂。树乃月中之树,香亦天上之香也。但其缺陷处,则在满树齐开,不留余地。予有《惜桂》诗云:“万斛黄金碾作灰,西风一阵总吹来。早知三日都狼藉,何不留将次第开?”盛极必衰,乃盈虚一定之理,凡有富贵荣华一蹴而就者,皆玉兰之为春光,丹桂之为秋色。

——《闲情偶寄·种植部·木本第一》

鉴赏

“满树齐开,不留余地”,确是桂花开放的情景。作者认为是缺陷,我以为是特点。所谓特点,即是缺陷与优长的结合,分不清也掰不开的。花可以是一点点开起来的,也可以是把浓冽的香、鲜艳的色、娇媚的形一下子都呈现于人们面前。前者悠悠然,持续不断;后者轰轰然,热情奉献。各有千秋,自己的优点偏偏是对方的不足。因此,不同的花,便有不同的开法,正是这许许多多的开法,构成了不同的花的顽强个性。

写文章同样要有个性,但凡好文章,大多都有桂花的风格,那便是集中。要想给读者留下强烈的印象,就必须集中使用笔墨,“攻其一点,不计其余”,便成为最流行、也最有效的办法。李渔事实上就是用了桂花的风格去“进攻”桂花的“缺陷”的。尤其是夹在文中的七绝，更在集中之上增添了不少华彩。其实，只要运用集中的笔法，反其意也是完全办得到的。比如前面先歌颂一番“满树齐开，不留余地”，是桂花无私无畏的一种情怀，然后把中间的诗一改，“万斛黄金碾作灰，西风一阵总吹来。为防三日皆狼藉，故在清宵一刹开！”最后，再把“盛极必衰”改作“不盛不极”，指出文章之道就在于调动一切手段，突出最主要的意思，犹如春之玉兰、秋之丹桂，虽免不了他日之衰，但先因今日之盛成就了今日之极，较之不成气候的芸芸花草，要有价值得多、也有意思得多了。

（徐城北）

芙　蕖

原文

芙蕖与草本诸花似觉稍异，然有根无树，一岁一生，其性同也。谱云："产于水者曰草芙蓉，产于陆者曰旱莲。"则谓非草本不得矣。予夏季倚此为命者[①]，非故效颦于茂叔而袭成说于前人也[②]。以芙蕖之可人，其事不一而足，请备述之。

群葩当令时，只在花开之数日，前此后此皆属过而不问之秋矣。芙蕖则不然，自荷钱出水之日，便为点缀绿波。及其茎叶既生，则又日高日上，日上日妍。有风既作飘摇之态，无风亦呈袅娜之姿，是我于花之未开，先享无穷逸致矣。迨至菡萏成花[③]，娇姿欲滴，后先相继，自夏徂秋，此则在花为分内之事，在人为应得之资者也。及花之既谢，亦可告无罪于主人矣，乃复蒂下生蓬，蓬中结实，亭亭独立，犹似未开之花，与翠叶并擎，不至白露为霜而能事不已。此皆言其可目者也。

可鼻，则有荷叶之清香，荷花之异馥，避暑而暑为之退，纳凉而凉逐之生。

至其可人之口者，则莲实与藕皆并列盘餐而互芬齿颊者也。

只有霜中败叶，零落难堪，似成弃物矣，乃摘而藏之，又备经年裹物之用。

是芙蕖也者，无一时一刻不适耳目之观，无一物一丝不备家常之用者也。有五谷之实而不有其名，兼百花之长而各去其短，种植之利有大于此者乎？

予四命之中，此命为最。无如酷好一生，竟不得半亩方塘为安身立命之地。仅凿斗大一池，植数茎以塞责，又时病其漏[④]，望天乞水以救之，殆所谓不善养生而草菅其命者哉。

——《闲情偶寄·种植部·草本第三》

注

① 倚此为命者：李渔《笠翁偶集·种植部》："予有四命，各司一时：春以水仙、兰花为命，夏以莲为命，秋以秋海棠为命，冬以蜡梅为命。无此四花，是无命也。"下文"予四命之中，此命为最"亦本此。

② 茂叔：宋周敦颐，字茂叔。

③ 菡萏(hàn dàn)：荷花的别称。

④ 病其漏：以池水渗漏为苦。

鉴赏

芙蕖，即荷花，又名莲花，它美丽芬芳，姿质超群，在大自然千姿百态的花木中可谓得天独厚，因此不仅为人们所喜爱，而且博得无数骚人墨客的赞美。在传世的名篇佳作中，最为人传诵的散文要推宋人周敦颐的《爱莲说》和李渔的这篇《芙蕖》。二者相隔数百年之久，却一脉相承，前后辉映；同时又各有千秋，各具特色。如果要在它们之间强分轩轾，那么可以说，在《爱莲说》独领风骚、后人难以为继的情况下，李渔仍不惮以“芙蕖”为题写出传世妙文，其胆识和才力尤可钦佩，显示了作者的大家本色。

《爱莲说》赞美莲花“出淤泥而不染，濯清涟而不妖”，别具慧心地称莲花为“花之君子”。这一比喻以其形象贴切、寓意精深得到人们的普遍认同，莲花从此成为高洁品格和美好情操的象征。同为礼赞莲花，李渔的《芙蕖》不满足于因袭模仿，而是另辟蹊径，对芙蕖美的内涵和价值作了新的开拓。全篇以“可人”为线索，备述了芙蕖的可目、可鼻、可口、可用。

芙蕖最引人注目也最有价值的当属它美丽的外形，所以作者用较多的笔墨先写它的“可目”。同花开只数日“前此后此皆属过而不问之秋”的“群葩”相比，芙蕖具有生长期长的特点。作者详尽而有层次地描绘了芙蕖由初生到结实的不同形态，既准确再现了芙蕖各生长期的特征，又将《爱莲说》所勾勒的“中通外直，不蔓不枝，香远益清，亭亭净植”化为更加具体可感的形象，使芙蕖的外形美展现得更为充分。在作者笔下，芙蕖“自荷钱出水之日，便为点缀绿波”；“及其茎叶既生，则又日高日上，日上日妍。有风既作飘摇之态，无风亦呈袅娜之姿”；“迨至菡萏成花”，更是“娇姿欲滴，后先相继”；“及花之既谢”，“乃复蒂下生蓬，蓬中结实，亭亭独立，犹似未开之花，与翠叶并擎，不至白露为霜而能事不已”。如此芙蕖，真可谓自夏徂秋，无时不美；叶、茎、花、蓬，无物不美了。

接下来，作者依次叙述了芙蕖的可鼻——“有荷叶之清香，荷花之异馥”；可口——“莲实与藕皆并列盘餐”；可用——连“霜中败叶”亦可“备经年裹物之用”。拥有这许多好处，芙蕖之“可人”自不言而喻。

本文与《爱莲说》不同的，还不止于对芙蕖穷形尽相的描绘和对其可人之处的详备说明，更有立意的不同。如果说《爱莲说》着意赞美的是莲花清高纯洁的品格，那么这篇《芙蕖》则着力歌颂了芙蕖的奉献精神。有益于人，便是作者所谓“可人”的主要内涵。从这一主旨出发，文中处处突出了芙蕖的为人之利。如说它“于花之未开”已使人“先享无穷逸致”；花开，“在人为应得之资”；花谢，“亦可告无罪于主人矣”；其清香异馥，可使“避暑而暑为之退，纳凉而凉逐之生”；其果实，又有“可人之口”“互芬齿颊”之妙。正因为如此，作者称其“无一时一刻不适耳目之观，无一物一丝不备家常之用”，赞其“有五谷之实而不有其名，兼百花之长而各去其短”，言其“种植之利有大于此者乎”，诚非夸大或虚美，芙蕖的确当得此誉。

作者对芙蕖观察极细，相知极深，皆源于对芙蕖的热爱。文中屡称：“予夏季倚此为命者”；“予四命之中，此命为最”；“酷好一生”。强烈的真情实感既是他写作本文的动机，也是本文独具一格个性鲜明的重要原因。然而爱荷如此情深的作者，“竟不得半亩方塘为安身立命之地”，只能“凿斗大一池”，聊植数茎，“草菅其命”，这不能不使人在感叹他的一片痴心无所寄托的同时，也为他蹇塞困顿的身世遭遇而深深感叹。若说本文有什么言外之意的话，或许就在于此。

作品还显示出精湛的艺术技巧。文中，形神兼备的描写，详略有致的叙事，画龙点睛的议论，恰到好处的抒情，四者融为一体，相得益彰，完全打破了说明文的一般格局和写法。再加上谨严的结构，精妙的语言，灵活的修辞，更使得文章生动活泼，文采斐然，焕发出隽永的艺术魅力。本篇之所以能在难以数计的同题作品中脱颖而出，这也是重要原因之一。

（张明非）

菜

原文

菜为至贱之物，又非众花之等伦，乃《草本》《藤本》中反有缺遗，而独取此花殿后，无乃贱群芳而轻花事乎？曰：不然。菜果至贱之物，花亦卑卑不数之花，无如积至贱至卑者而至盈千累万，则贱者贵而卑者尊矣。“民为贵，社稷次之，君为轻”者，非民之果贵，民之至多至盛为可贵也。园圃种植之花，自数朵以至数十百朵而止矣，有至盈阡溢亩，令人一望无际者哉？曰：无之。无则当推菜花为盛矣。一气初盈，万花齐发，青畴白壤，悉变黄金，不诚洋洋大观也哉！当是时也，呼朋拉友，散步芳塍，香风导酒客，寻帘锦蝶与游人争路，郊畦之乐，什伯园亭，惟菜花之开，是其候也。

——《闲情偶寄·种植部·草本第三》

鉴赏

李渔这篇文章，堪称“小中见大”的范本。菜——菜花，在争芳斗艳的百花园中本无席位，观赏价值不高；作为独立的一株来讲，经济价值同样不高；然而谁料到李渔把笔锋转到了民、社稷和君之间的贵贱关系上面，问题一下子严峻起来，读者的心怦怦而跳了。作者不但能从平凡无奇的事物中“拎”出大主题，而且还善于将大主题展开，结合

“菜——菜花”的实际形象，阐发出一些发人深省的道理。“菜——菜花”，特点就在于数量之多和状貌之盛，于是作者在阐发“民为贵”这一个巨大而值得探讨的命题时，就提出了“非民之果贵，民之至多至盛为可贵也”的见解。用今天的话讲，就是老百姓必须集合起来才有力量，作为单个的人恐怕还是轻的。我以为此话十分中肯。老百姓作为单个的人，是难以和单个的帝王匹敌的；但是老百姓毕竟人多，这就是帝王及其下属统治阶层所最伤脑筋的，老百姓多得杀都杀不完呀！然而还有更重要的原因，老百姓的“至盛”，是基于“没有活路走”的拼命精神，这是统治阶级学也学不来的。“至多”与“至盛”加到一起，就形成了“水可载舟，亦可覆舟”的真理。作者写到这里，大约也觉得此文议论太多而形象的笔触太少，于是笔锋再转，又回到春天田野菜花盛开的景象中来：“一气初盈，万花齐发，青畴白壤，悉变黄金……”作者表面上再未触及刚才那个“谁为贵”的问题，但细心的读者不难察觉，以如此鲜明的态度提倡“郊畦之乐”（而非“宫苑之乐”），立场不是再明白不过吗？

（徐城北）

黄　杨

原文

黄杨每岁长一寸，不溢分毫，至闰年反缩一寸，是天限之木也。值此宜生怜悯之心。予新授一名曰“知命树”。天不使高，强争无益，故守困厄为当然，冬不改柯，夏不易叶，其素行原如是也。使以他木处此，即不能高，亦将横生而至大矣；再不然，则以才不得展而至瘁，弗复自永其年矣。困于天而能自全于天，非知命君子能若是哉？最可悯者，岁长一寸是已。至闰年反缩一寸，其义何居？岁闰而我不闰，人闰而己不闰，已见天地之私，乃非止不闰，又复从而刻之，是天地之待黄杨，可谓不仁之至，不义之甚者矣。乃黄杨不憾天地，枝叶较他木加荣，反似德之者，是知命之中又知命焉。莲为花之君子，此树当为木之君子。莲为花之君子，茂叔知之；黄杨为木之君子，非稍能格物之笠翁，孰知之哉？

——《闲情偶寄·种植部·竹木第五》

鉴赏

这是一篇咏物的文字，实际上是封建社会知识分子对于自身品格的一种自况。黄杨被作者命名为“知命树”，它的命在哪里？最关键的一点就是“困于天而能自全于天”，明明受到外界很不公正的对待，然而它能在不触犯外界的前提下，努力改造自身以求适应。可鄙而又可笑的是，它不但能从中自得其乐，而且不时矫枉过正，从认识上的极端发展到行为上的极端。“闰”，本身的意思就是延长，它本身是科学的，或者是在科学尚不完备的时候企图加以科学化的一种努力。因此，当社会开始“闰”了的时候，宇宙万物随之延长各种节奏和尺度，应该说是“知时达务”的表现，应该说是顺应事物发展规律的行为，没什么可奇怪或可批评的。独有黄杨，“岁闰而我不闰，人闰而己不闰”，硬要与规律对着干，还硬要在自己为自己制造的逆境里，去创造虚假繁荣以自我安慰，所谓“黄杨不憾天地，枝叶较他木加荣”是也。事实上，“枝叶较他木加荣”的可能性是值得怀疑的，封建社会有多少穷愁潦倒的文人书生，他们一方面保持操守，然而其中的大多数是无法“加荣”的，他们并没有出路；但是毋庸讳言，其中也有极少数人获得了偶然性的成功，他们一下子出了大名，大到使统治阶级必须注意并且必须采取对策的程度。结果，他们受到了圣眷优隆的表彰，并且很快受到各种不同形式的招安。这就是封建社会知识分子的结局，尤其是当他们处在穷愁潦倒时所憧憬、所期待的。

作者李渔，生于明朝后期，二十五岁中秀才，此后两赴乡试，前次名落孙山，后次因兵乱中途返回。在以后的漫长岁月中，他一方面绝意仕途，埋头从事传奇小说创作、导演以及经营书店等文化活动；同时，又把毕生研究所得凝聚成一部洋洋大观的《闲情偶寄》。他对这部书非常看重，他在给礼部尚书龚芝麓的信中说："庙堂智虑，百无一能；泉石经纶，则绰有余裕。惜乎不得自展，而人又不能用之……故不得已而著为《闲情偶寄》一书，托之空言，稍舒蓄积。"李渔这番话是什么意思？他给礼部尚书写信的行动是什么意思？无非是想使自己"加荣"的成果引起官府的注意，更期望能得到圣眷优隆；如果这一切都得不到，起码也要赢得一个身后的名声。因此可以认为，从"黄杨"一文直至《闲情偶寄》一书，不妨看作是李渔的一个梦，其中既有自得其乐的成分，也有不为天地所看重的怨尤。这个梦李渔实现了吗？他大约不满意中又有满意，因为在当世没能实现，而死后却实现了。

（徐城北）

沐　浴

原文

盛暑之月，求乐事于黑甜之外，其惟沐浴乎？潮垢非此不除，浊污非此不净，炎蒸暑毒之气亦非此不解。此事非独宜于盛夏，自严冬避冷，不宜频浴外，凡遇春温秋爽，皆可借此为乐。而养生之家则往往忌之，谓其损耗元神也。吾谓沐浴既能损身，则雨露亦当损物，岂人与草木有二性乎？然沐浴损身之说，亦非无据而云然。予尝试之。试于初下浴盆时，以未经浇灌之身，忽遇澎湃奔腾之势，以热投冷，以湿犯燥，几类水攻。此一激也，实足以冲散元神，耗除精气。而我有法以处之：虑其太激，则势在尚缓；避其太热，则利于用温。解衣磅礴之秋，先调水性，使之略带温和，由腹及胸，由胸及背，惟其温而缓也，则有水似乎无水，已浴同于未浴。俟与水性相习之后，始以热者投之，频浴频投，频投频搅，使水乳交融而不觉，渐入佳境而莫知，然后纵横其势，反侧其身，逆灌顺浇，必至痛快其身而后已。此盆中取乐之法也。至于富室大家，扩盆为屋，注水为池者，冷则加薪，热则去火，自有以逸待劳之法，想无俟贫人置喙也。

——《闲情偶寄·颐养部·行乐第一》

鉴赏

这是篇越看越有意思的文章，使人想到了“度”与“法”。

凡事皆须有“度”，过了“度”就要出毛病，就要走向反面。洗澡能去污活血，肯定是好事；但也不可太多，过于频繁就确如中国养生家所说的，容易“损耗元神”。据说法国人，哪怕是养尊处优的上层人物，也对洗澡有所忌讳，什么原因不清楚，但法国香水因此更加畅销却是事实。“度”在不同民族、不同地区的标准，也是不一样的。以中国的广东来说，夏季热得难以入睡，往往一夜要冲凉好几次，大约无论穷富都是如此。至于寒冷的北方，除了三伏盛夏的那几天是必须每日入浴的，其他日子在一般人来说，洗澡就是心有余而力不足，甚至要算作奢侈的事了。

洗澡还须有“法”，这是读过此文忽然悟到的。无法而洗，仅为去污；有法而洗，强身就成为第一位的目的。我相信洗澡是有法的，李渔说的未必尽善尽美，但他所琢磨出的这一套，起码对他是有实效的。至于文章最后提到的富人洗澡之法，特点在于以逸待劳，李渔认为“无俟贫人置喙”，实际上是有不同看法。洗澡诚然可以有多种洗法，各有各的趣味和妙处，如我们现在知道的“桑拿浴”“土耳其浴”“泥浴”“蒸汽浴”等，但从性质上讲，又可以分为“主动的”与“被动的”两大类。富人除了在赚钱上主动，在享受方面却追求以逸待劳，瞩目于被动方式；穷人在享受上没那个条件,便只能去主动进行。我以为,洗澡大体上仍可算作一种运动,似乎只有主动进行才合乎“法”。只要不是病人,洗澡还是稍稍累一点的好;当然,主动也须有“度”,洗澡洗得太累了不仅划不来,而且确实会伤及身体,影响休息的。

(徐城北)

看花听鸟

原文

花鸟二物，造物生之以媚人者也。既产娇花嫩蕊以代美人，又病其不能解语，复生群鸟以佐之。此段心机，竟与购觅红妆，习成歌舞，饮之食之，教之诲之以媚人者，同一周旋之至也。而世人不知，目为蠢然一物，常有奇花过目而莫之睹，鸣禽悦耳而莫之闻者。至其捐资所买之侍妾，色不及花之万一，声仅鸟之余绪，然而睹貌即惊，闻歌辄喜，为其貌似花而声似鸟也。噫！贵似贱真，与叶公好龙何异？予则不然。每值花柳争春之日，飞鸣斗巧之时，必致谢洪钧，归功造物，无饮不奠，有食必陈，若善士信妪之佞佛者。夜则后花而眠，朝则先鸟而起，惟恐一声一色之偶遗也。及至莺老花残，辄怏怏如有所失。是我之一生，可谓不负花鸟；而花鸟得予，亦所称“一人知己，死可无恨”者乎？

——《闲情偶寄·颐养部·行乐第一》

鉴赏

这篇小文集中地抨击了不懂得从花鸟中领略美的世俗眼光，详尽地介绍了自己亲近花鸟的态度和方法。世人以为美的极致在于红妆歌舞，在于美的女人而非具有美的因素的花鸟。李笠翁激烈地反对这一观点当然是对的，但未能晓畅地叙述其中的道理。我国古代小品文有一个突出特点，就是普遍地追求情趣而忽略分析，偏偏这个特点又以极具魅力的形态感染着一代代的读者，甚至造成了小品文向下延续时的固有传统。今天看这个传统，不难发现它的两面性，如果不在分析方面着意加强的话，可能会使这个文种在新时代的生命力有所削弱。以这个观点看这篇短文，也就觉得兴味有余而深邃不足了。

花鸟与女人同为封建社会男人们的占有对象，在这一点上是无须分什么高低贵贱的；甚至可以有这样的理由，女人毕竟也是人，有表情、有动作，更有七情六欲，理应比花鸟更美，更能取得男人们的欢心。世俗的审美眼光就正是这样的。然而李笠翁与众不同，他尊重花鸟的独立“人格”，还舍得付出辛劳，于是他才获得卓然不群的真知灼见。概括地讲，就是一句话：花鸟不如女人，花鸟胜如女人。原因似有两点。首先，在封建社会中，一般女人（以及贱民奴隶）都缺少独立的人格，因此与欣赏自己的主人之间，不可能产生真正意义上的审美交流。其次，女人在声音相貌上已过于固定，这一个绝不同于那一个，无法给欣赏者多方面的联想。举一个例子，京剧演员金少山就是位欣赏花鸟的专家，不仅会侍弄，而且对其塑造人物有帮助。比如同一种红火炭似的山茶花，启发了他对于两个红脸、红蟒人物的理解，一个是《法门寺》的刘瑾，另一个是《忠孝全》的王振。他从鸟的鸣叫当中去琢磨唱腔的例子就更典型。有一种叫“红子”的鸟，能叫出连续提高调门的七个音儿，金少山联想到《锁五龙》中那段“见罗成把我牙咬坏”的快板，就根据唱词的需要，连续翻了几次高腔，获得了空前热烈的剧场效果。另一种叫“蓝靛儿”的鸟别具特色，鸣叫时细声细气又清澈透亮。金少山因此想到，尽管自己嗓子得天独厚，但也不能傻唱；于是便在剧情不那么紧张的地方采取了“蓝靛儿”般的唱法。观众对此反而爱听，称金“会用嗓子”。由此可见，花鸟在美的多义性上是比女人高出一筹的。李笠翁鼓吹花鸟而贬低红妆的道理，大约也就在于此。

（徐城北）

曲

比 目 鱼

第七出　入班

原文

【水底鱼儿】

(副净上)发积难当，妻扶女又帮。止求家富，不愿姓名香。

自家刘文卿是也。一向要合小班，只少一名净脚。前日贴了招帖，也不见有人进来。我已聘了一位名师，约定今日来开馆。等不得脚色齐备，先把有的教习起来，等做净的到了，补上也未迟。叫孩子们，把三牲祭礼备办起来，等先生与众人一到，就好烧纸。(内应介)

【金蕉叶】

(生上)心忙步忙，赴温柔如归故乡。遥盼着优师仞墙，比龙门还加向往①。

来此已是，不免径入。(进介)此位就是刘师父么？(副净)正是。相公尊姓大名，有何赐教？(生)小生叫做谭楚玉。闻得府上新合小班，少一名净脚，特来相投。(副净惊介)怎么？你是一位斯文朋友，竟肯来学戏？这等说起来，是小班之福也。既然如此，等众人到了，一同开馆就是。

【水底鱼儿】

(外、末、净、丑齐上)喜戴冠裳，从师入戏堂。做官极快，

不用守寒窗。(见副净揖介)

此位是谁?(副净)新来的净脚。(众)这等说,是敝同窗了。大家见礼。(共揖介)(众)请问:教戏的师父,还是你自己,还是另请别人?(副净)我自家没有工夫,别请一位名师,即刻就到。

【绕红楼】

(小生上)丝竹歌喉总擅长,名子弟尽出门墙。一字无讹,千人共赏,肯遗顾周郎②。

(副净)师父来了。(向内介)叫孩子们一面请姑娘出来拜见师父,一面取三牲祭礼,好烧请二郎神。(生)请问师父:甚么叫做二郎神?(小生)凡有一教,就有一教的宗主。二郎神是做戏的祖宗,就象儒家的孔夫子,释家的如来佛,道家的李老君。我们这位先师极是灵显,又极是操切,不象儒释道的教主,都有涵养,不记人的小过。凡是同班里面有些暗昧不明之事,他就会觉察出来,大则降灾降祸,小则生病生疮。你们都要紧记在心,切不可犯他的忌讳。(生)这等,忌的是甚么事?求师父略道几桩。(小生)最忌的是同班之人不守规矩,做那亵渎神明之事:或是以长戏幼,或是以男谑女。这是他极计较的。(生背介)这等说起来,我的门路又走错了。如今来到这边又转去不得,却怎么处?

【金蕉叶】

(旦上)男疆女疆,自今朝毁堤灭防。这羞涩教人怎当,那窥觑如何阻挡?

化作神龍猶比目不教獨自上青天

(副净)我儿,这是师父,这是同班弟兄,都过来见了。(齐见介)(旦见生惊)(背介)呀!这是一位书生,前日在路上遇见的,他怎么也来学戏?(生做流连示意介)(旦)哦!我知道了。(副净对生介)谭兄弟,你既要入班,就该穿我们的服色。这顶尊巾须要换去了。(生)如今还是学戏,不曾做戏,到做戏的时节,换去也未迟。(副净)也说得是。(内送祭礼上)(副净烧纸毕率众拜介)

【驻云飞】

护法金汤[3],俯首虔诚拜二郎。默把吾徒相,暗使聪明长。嗏,开口便成腔,不须摹仿。身段规模,做出都成样。一出声名播四方。

(副净)师父请坐了,等他们好拜,(小生)教戏虽是我,扶持照拂全靠主人,该与你一同受拜。(拉副净并立介)(众齐拜介)(生、旦并立)(一面拜一面觑介)

【前腔】

(合)拜入门墙,愿你在阳间做二郎。显把吾侪相,渐使聪明长。嗏,不教不成腔,用心摹仿。求你把身段规模,做出程文样[4],好使声名播四方。

(末)这些脚色可曾派定了么?(副净)派定了。(小生)这等,请散脚本。(副净散脚本介)我从今日起,把他们的坐位也派定了,各人坐在一处,不许交头接耳。若有犯规的,要求先生责治。(生、旦各背介)老天,保佑我和他两个坐在一处也好。(副净)众脚色里面独有生旦的戏多,又不时要登答问对,须要坐在一处。其余的脚色，任意坐定就罢了。(对丑介)你是正生，该与我女儿并坐。(扯丑与旦并坐介)(生、旦各慌介)(副净分派外、末、净、生各坐一处介)如今坐定了，我进里面去罢。有一杯薄酒备在中堂，求师父略教几句，应一应好日就请进来。安排开学酒，饮宴授徒人。(下)(小生)大家随着我，唱一只同场曲子。(随意拈曲一只)(众取箸作板同唱介)(唱完内请介)(小生)你们也一同进来，大家吃杯喜酒。

同班兄弟似天伦，　男女何尝隔不亲。
须识戏房无内外，　关防自有二郎神。

(同下)(旦吊场)我看这位书生，不但仪容俊雅，又且气度从容，岂是个寻常人物？决没有无故入班，肯来学戏之理。那日在途间相遇，他十分顾盼奴家；今日此来，一定是为我。(叹介)檀郎[⑤]，檀郎！你但知香脆之可亲，不觉倡优之为贱。欲得同堂以肄业，甘为花面而不辞。这等看来，竟是从古及今第一个情种了。我如何辜负得你？奴家遇了这等的爷娘，又做了这般的营业，料想不能出头，不如认定了他，做个终身之靠，有何不可。

【驻马泣】

【驻马听】天付鸾凰，今日这一拜呵，只当是暗缔姻亲预拜堂。那些众人呵，权当做催妆姻戚，伴嫁媒婆，扶拜的梅香[⑥]。我那爹爹呵，若不是他私心认做丈人行，怎肯无端屈膝将伊让！是便是了，你既有心学戏，就该做个正生，我与你夫妇相称。这些口角的便宜，也不被别人讨去，为甚么做起花面来?【泣颜回】怎能勾扮虞姬常演《千金》[⑦],博一个嫁重瞳净旦成双[⑧]?

莫怪姻缘多错配,戏场生旦也参差。

注

① 龙门:在山西河津西北、陕西韩城东北,即禹门口。黄河流至此处,两岸陡峻,拱立如门,故名。《艺文类聚》引辛氏《三秦记》:"河津一名龙门,大鱼集龙门下数千,不得上,上者为龙。"民间有"鲤鱼跳龙门"之谚。科举考试的正门亦称"龙门",此即以"龙门"代指科第。

② 遗顾周郎:三国吴周瑜精音乐,虽酒过三巡,若奏乐有误,必知之,知之必顾,时人因有"曲有误,周郎顾"之谣。见《三国志·吴书·周瑜传》。

③ 金汤:金城汤池,喻牢固。《汉书·蒯通传》:"必将婴城固守,皆为金城汤池,不可攻也。"颜师古注:"金以喻坚,汤喻沸热不可近。"

④ 程文:由官方审定编发的作为科举考试范式的文章,由考官拟作或录用中试者之作。此指让人学习模仿的表演姿势。

⑤ 檀郎:情郎。晋潘岳小字檀奴,姿容甚美,为女子所慕,故后世以"檀郎"称夫婿或情郎。

⑥ 梅香:古时丫鬟多名梅香,后因称丫鬟为梅香。

⑦ 《千金》:指明沈采所作传奇《千金记》,以韩信事为主线,以项羽事为副线。

⑧ 重瞳:眼中有两个瞳仁,据说上古舜为重瞳,秦汉之际项羽也是重瞳,此即指项羽。

鉴赏

《比目鱼》常被认为是李渔戏曲创作中最负盛名的代表作之一。该剧事本作者短篇小说《无声戏》中《轻富贵女旦全贞》(亦即小说《连城璧》第一回《谭楚玉戏里传情 刘藐姑曲终死节》),写襄阳书生谭楚玉与伶人之女刘藐姑的爱情故事。刘藐姑虽为伶人之女,但志气异常高洁。因无法改变父母要她学戏的决定,于是只肯学那贞女节妇之戏。谭楚玉爱上了刘藐姑,为了她,不惜抛开斯文,投身"玉笋班"与她一同学戏。二人情意相投,暗定终身,最喜欢上场做那戏中的夫妻。谁料藐姑之母贪财,逼她嫁给镇中首户钱万贯为妾。藐姑誓死不从,利用上场演《荆钗记》之机,假戏真做,投江殉情。继而谭楚玉也当场表明心迹,追随而去。所幸他们的事迹被神祇平浪侯所知,遂将二人变作一对比目鱼,由高人莫渔翁网获,起网之后,即变回原形。莫渔翁遂给二人完婚,并指引谭楚玉登上科举之途。谭生中式得官,并在莫渔翁指引下功成名就,后又在他的劝告下归隐山林。

李渔是一位极其重视舞台演出的传奇作家,他要求作品能够"奏诸场上",并且声明"填词之设,专为登场",把场上效果放在至关重要的地位。他的传奇创作力求题材新奇,关目动人。在《比目鱼·入班》一出中,作为才人名士的书生谭楚玉看不上侯门千金,却认定一个女伶是"真正佳人"。为了追求她,他不顾自己的读书人身份,投身戏班,充当净角。这在充斥于明清传奇中的才子佳人故事里可说是新添一例。况且戏曲艺人在台下的真实生活,是为广大戏迷所关心乐知而又不易得知的。此剧以伶人演伶人,不光新奇,更是"梨园故事本来面目",具有很高的认识价值。

《入班》是该剧的第七出。在此之前，一个偶然的机会，谭楚玉与刘藐姑邂逅途中，谭生一见钟情，却苦于无法接近。正好刘家“要合小班，只少一名净脚”。经过激烈的思想斗争，对爱情的执着最终战胜了对“龙门”的“向往”，谭楚玉决定不顾“名伤义伤”，“暂抛琴剑书箱”，毅然应招入班，去追求他的意中情人。

刘藐姑的父亲刘文卿是个戏班班主，夫妻俩都演戏，妻子刘绛仙还是个名角，靠着演戏和卖笑卖身挣下了一份家私。如今女儿又长成一个标致的姑娘，聪慧过人，家里指望她像母亲一样成为一棵摇钱树。这个父亲出场便叹生活不易，“发积难当，妻扶女又帮”，又道出他的人生哲学是“止求家富，不愿姓名香”。这点明了刘家卑污的生活环境：唯利是图，不顾廉耻，为了谋求“发积”“家富”，作为一家之主的丈夫、父亲可以心安理得地将自己的发妻生女视作敛财之具，并日夜盘算着如何找个好主顾，卖个好价钱。刘藐姑出身于这样的家庭，她能做到出淤泥而不染吗？剧情就在这样的背景下展开了。

刘家“一向要合小班，只少一名净脚”。日前“贴了招帖”招聘，“也不见有人”应招。教戏的“名师”已经聘好，“约定今日来开馆”。于是刘文卿“等不得脚色齐备”，决定“先把有的教习起来”。他正在吩咐大家准备“三牲祭礼”，安排举行仪式，谭楚玉急匆匆地赶到了。他决心来充这个“净脚”。剧中用充满机趣的话语描写他的心情：“心忙步忙,赴温柔如归故乡。”游子在外,思乡怀归,本是人之常情。谭楚玉此番所往虽是有失身份体面的戏班,爱情的动力却使他有久别回乡的迫切之感。对于读书人来说,人生的最高理想无非是一朝鱼跃龙门,名题金榜。可他“遥盼着优师仞墙,比龙门还加向往”,学戏的诱惑力居然大过功名前程,那是因为美好的爱情在向他召唤。

这位“斯文朋友”的到来令班主刘文卿十分惊讶。在当时,体面人岂肯屈尊与伶人平起平坐?莫说入班学戏,君不见,在曹雪芹的小说《红楼梦》中,就连偶尔同戏子交往的贾宝玉也会遭到严厉责罚。久经江湖的刘文卿大概也是头一回碰到如此看得起己辈的读书人,谭楚玉来学戏,他认为是“小班之福也”。

人齐全了,便开馆。外末净丑,纷纷上场,大家一番厮认见礼。这时,教戏的师父也到了。于是班主着人唤请班中唯一的女演员——也就是他的女儿刘藐姑出来和大家一起烧纸祭拜二郎神。谭楚玉初来乍到,不懂梨园行规,便向师父请教何为二郎神。师父回答说“二郎神是做戏的祖宗,就象儒家的孔夫子,释家的如来佛,道家的李老君”,他“极是灵显,又极是操切”,“最忌的是同班之人不守规矩,做那亵渎神明之事”,还特别计较“以长戏幼”“以男谑女”一类事儿。谭楚玉如遭棒击,懊悔自己“走错了”“门路”,“又转去不得”。正暗暗叫苦,刘藐姑出来了。她虽然出身优伶人家,可是自洁自重,心思言行与大家闺秀无异。却又不能守在深闺，迫于父母之命，不得不含羞登场，忍受陌生男人的“窥觑”。在戏班里，她意外发现了谭楚玉，心中猛然一惊。她清楚记得，这是“前日在路上遇见的”书生。看到他不断地“流连示意”，刘藐姑一下子就明白了对方的用心。他们一起拜神，接着又并肩拜师。一边拜，一边忍不住互相偷看。可以想见，碍于众人和神灵之面，碍于初恋的羞涩之心，他们的相视只是短暂的一刹那。然而这已经足够了。在这对青年男女心中，这该是一段多么美妙而难忘的时光：一边是甜美静谧的两人世界，一边是忙乱嘈杂的组班仪式。

仪式之后是散脚本、派座位，谭、刘二人暗暗祈祷能被安排“坐在一处”。可是戏班自有规矩，生、旦“须要坐在一起”，净脚则另坐一处。坐定以后，师父教唱了“一只同场曲子”，随后便带领大家一同去吃“开学酒”。至此，组班开学就告结束了。在整个过程中，谭、刘二人始终未发一言，他们复杂的心理变化——忽而惊讶，忽而期望，忽而紧张，忽而沮丧，全靠简单的科介表露无遗。

然而戏还没完。刘藐姑落后“吊场”，独自对今天意外重逢的“这位书生”着实忖度了一番。他“不但仪容俊雅，又且气度从容，岂是个寻常人物？决没有无故入班，肯来学戏之理”，因此可以断定，此番来意必定是为了追求自己。想到他为了自己竟然“不觉倡优之为贱”，甚至“甘为花面而不辞”，心中非常感动。她不愿辜负这“从古及今第一个情种”，就此“认定了他”以为“终身之靠”，并把刚才的并肩拜祭“只当是暗缔姻亲预拜堂”，那些戏班众人未尝不是“催妆姻戚，伴嫁媒婆，扶拜的梅香”。她愈想愈真，觉得这都是上天的安排，甚至她那贪财势利的父亲，如若不是把谭楚玉当作女婿看待而“私心认做丈人行”，又“怎肯无端”受他跪拜？只有一事稍感遗憾，他“既有心学戏，就该做个正生”，和自己生旦搭配，每日里“夫妇相称”，却为何“做起花面来”，只有演虞姬、项羽故事时才能做一回夫妻。于是她又巴望着“怎能勾扮虞姬常演《千金(记)》”？儿女情态，感人肺腑。

《比目鱼·入班》较好体现了李渔戏曲作品动静互显的艺术特点。舞台上时而是同场齐唱，时而是内心独白；一方面人声鼎沸杂沓喧哗，一方面眉目传情脉脉无语。情节的波澜若隐若现，起伏有致。戏中直接表现男女主人公的笔墨并不多，他们甚至未曾有过一句对话，但整出戏又完全是围绕着谭、刘两人而设计而展开的。作者熟悉戏班生活，熟悉昆曲舞场，善于运用角色调动营造戏剧氛围，运用科介背白揭示人物的内心活动，这在同时传奇作家中是非常突出的。

“假名摹画”是李渔剧作的惯用伎俩。《比目鱼》中，他用书生充当伶人，这应该直接与他的生活经历有关。李渔本是文人，但他酷爱戏曲，带领着具有半职业性质的昆曲家班，教戏演戏，并以此谋生。他离不开被上流社会称为贱业的戏场，又不愿意被人视同于卖艺卖身的倡优。他只是“暂抛琴剑书箱”，将戏场当作谋生之所、进身之阶。如同《比目鱼》中的谭楚玉、刘藐姑之流，虽不幸一时流落梨园，混迹戏场，其举止言谈、性格思想却纯是传统的才子佳人式的，丝毫不脱“斯文朋友”与名媛闺秀身份。由此似乎可以读出作者那根深蒂固的文人习气来。

（周秦　许莉莉）

比 目 鱼

第十五出　偕亡

原文

【忆秦娥】

(生上)空留恋,一场好事遭奇变。遭奇变,戏场夫妇,也难如愿。

小生为着刘藐姑,受尽千般耻辱,指望守些机会出来,成就了这桩心事。谁想他的母亲,竟受了千金聘礼,要卖与钱家为妾。闻得今日戏完之后,就要过门。难道我和他这段姻嫁,就是这等罢了不成?岂有此理,他当初念脚本的时节,亲口对我唱道:"心儿早属伊,暗相期,不怕天人不肯依。"这三句话何等决烈?难道天也不怕,单单怕起人来?他毕竟有个主意,莫说亲事不允,连今日这本戏文,只怕还不肯就做,定要费许多凌逼,才得他上台。我且先到戏房伺候,看他走到的时节,是个甚么面容就知道了。正是:入门休问荣枯事,观着容颜便得知。(暂下)

【前腔换头】

(旦上)恶声一至生奇怨,肝肠裂尽皆成片。皆成片,对人提出,死而无怨。

奴家昨日要寻短计,只因不曾别得谭郎,还要见他一面;二来要把满腔心事,对众人暴白一番,所以挨到今日。被我一夜不睡，把一出旧戏文改了新关目。先到戏房等候，待众人一到，就好搬演。只是一件：我在众人面前，若露出一点愁容，要被人识破，要死也死不成了。须要举动如常，倒妆个欢喜的模样，才是万全之策。正是：忠臣视死无难色，烈妇临危有笑容。(生、外、末、丑齐上)财主都贪色，佳人只爱钱。千金才到手，恩义总徒然。刘大姐，闻得你有了人家，今日就要恭喜了。(旦笑介)正是。我学了一场戏，只得今日一本，明日要做就不能勾了。全仗列位扶持，大家用心做一做。(众)尽我们的力量，帮衬你就是。(生背气介)怎么，天地之间竟有这样寡情的女子？有这样无耻的妇人？一些不烦恼，也就去不得了；还亏他有那张厚脸，说出这样的话来。

【大砑鼓】

我心儿火样煎。待与他同声交口，吁屈呼冤。谁料他欢情溢出芙蓉面，更从檀口露真言。始信倡优，难与作缘！

他或者心上烦恼，怕人看出破绽来，故意是这等，也不可知。远远望见那姓钱的来了，自古道：仇人相见，分外眼明。且看他如何相待？

【梨花儿】

(净鲜巾艳服摇摆上)拚却千金买丽娟，风流独让区区擅。万目同睁妒好缘，嗏！不愁乐事无人见。(旦作笑容拱手介)

(净指旦对生介)他如今比往常不同,是我的浑家了。你们都要立开些,不要挨挨挤挤不像体面。(生做气介)(旦)我今日戏完之后,就要到你家来了。我的意思还要尽心竭力做几出好戏,别别众人的眼睛,你肯容我做么?(净)正要如此,有甚么不容?(旦)这等,有两件事却要依我。(净)莫说两件,就是十件也要依你的。(旦)第一件,不演全本,要做零出。第二件,不许点戏,要随我自做,才得尽其所长。(净)原该如此。这等,你的意思要做那几出?(旦)只有头一出要紧,那《荆钗记》上有一出《抱石投江》[①],是我簇新改造的,与旧本不同,要开手就演,其余的戏,随意做几出罢了。(净打恭介)领教就是。只求你早些上台。(生背介)这等看来,竟安心乐意嫁他了。是我这瞎眼的不是,当初认错了人,如今悔不及了,任他去罢。(旦)列位快敲锣鼓,好待我上台。(众应)(先下)(旦对生介)谭大哥,你不要忧愁,用心看我做戏。(生怒介)我是瞎眼的人,看你不见。(虚下)(内敲锣鼓)(旦上台介)(众扮看戏人挨挤上)(净取交椅坐看)(做得意状介)

【梧叶儿】

(旦)遭折挫,受禁持[②],不由人不泪垂。无由洗恨,无由远耻。事到临危,拚死在黄泉作怨鬼!

奴家钱玉莲是也。只因孙汝权那个贼子,暗施鬼计,套写休书;又遇着狠心的继母,把假事当做真情,逼奴改嫁。我想忠臣不事二君,烈女不更二夫,焉有再事他人之理?千休,万休,不如死休!只得潜往江边,投水而死。此时已是黄昏,只索离了生门去寻死路。我钱玉莲好命苦也!

【五更转】

心痛苦，难分诉。(向生哭介)我那夫呵，一从往帝都，终朝望你谐夫妇。谁想今朝，拆散中途。我母亲，信谗言，将奴误。娘呵，你一心贪恋，贪恋他豪富。把礼义纲常，全然不顾，

来此已是江边，喜得有石块在此，不免抱在怀中，跳下水去。(抱石欲跳介)且住。我既然拚了一死，也该把胸中不平之气，发泄一场。逼我改嫁的人，是天伦父母不好伤，独他那套写休书的贼子，与我有不共戴天之仇，为甚么不骂他一顿，出出气了好死？(指净介)待我把这江边的顽石，权当了他，指他一指，骂他一句，直骂到顽石点头的时节，我方才住口。(权放石介)

【前腔】

(旦)真切齿，难容恕，(指净介)坏心的贼子，你是个不读诗书、不通道理的人。不与你讲纲常节义，只劝你到江水旁边照一照面孔，看是何等的模样，要配我这绝世佳人？几曾见鸱鸮做了夫[3]，把娇鸾彩凤强为妇？(又指介)狠心的强盗，你只图自己快乐，拆散别个的夫妻。譬如你的妻子，被人强娶了去，你心下何如？劝你自发良心，将胸比肚。为甚的骋淫荡，恃骄奢，将人误？(又指介)无耻的乌龟，自古道我不淫人妻，人不淫我妇。你在明中夺人的妻子，焉知你的妻子，不在暗中被人夺去？别人的妻子，不肯为你失节，情愿投江而死，只怕你的妻子，没有这般烈性哩！劝伊家回首，回首把

闺门顾。只怕你前去寻狼，后边失兔。

(净点头高叫介)骂得好！骂得好！这些关目都是从来没有的，果然改得妙！(旦)既然顽石点头，我只得要住口了。如今抱了石头，自寻去路罢！(抱石)(回头对生介)我那夫呵，你妻子不忘昔日之言，一心要嫁你；今日不能如愿，只得投江而死。你须要自家保重，不必思念奴家了！(号咷痛哭介)(生亦哭介)

【胡捣练】

(旦)伤风化，乱纲常，萱亲逼嫁富家郎[④]。若把身名辱污了，不如一命丧长江！(急跳下台介)(潜下)(净惊喊捞人)(众哗噪介)

(生立台前高叫介)你们不消喧嚷，刘藐姑不是别人，是我谭楚玉的妻子。今日之死不是误伤，是他有心死节，这样急水之中，料想打捞不着。他既做了烈妇，我不得不做义夫了。(向下招手介)我那妻呵，你慢些去，等我一等。

【前腔】

维风化，救纲常，(指净介)害人都是这富家郎。他守节捐躯都为我，也拚一命丧长江！(急跳下台介)(潜下)

(众惊喊介)钱万贯倚势夺亲，一连逼死两命。看戏的，大家动手，先打一个臭死，然后拿去送官。(净慌介)这怎么处？三十六计，走为上计。祸不单行，福无双至。(急走下)(一人高喊介)凶人走了！喜得本县三衙为编查保甲[⑤]，来在乡间。大家写了公呈，一齐去出首。(众)说得有理，大家同去。

【大砑鼓】

(合)鸣官代雪冤,把义夫节妇,奇迹昭宣。戏文当做真情演,投江委实把躯捐。这本《荆钗》,后来更传。(齐下)

注

① 《荆钗记》:旧题柯丹丘作,为著名的宋元四大戏文"荆、刘、拜、杀"之一,写宋状元王十朋与钱玉莲的爱情故事。《投江》为原剧第二十六出(汲古阁本)。
② 禁(jīn)持:折磨。
③ 鸱(chī)鸮:猫头鹰一类的鸟,古人认为是恶鸟。
④ 萱亲:母亲。
⑤ 三衙:此指一县的长官知县及其佐贰县丞、主簿。

鉴赏

谭楚玉入班以后,与刘藐姑情投意合,并在她的帮助下由净角改成了正生。这样两人便能经常借做戏中的假夫妻来传递真感情,彼此心有所属,矢志不移。可是当地的土财主钱万贯看上了刘藐姑,刘藐姑之母经不起利诱,"竟受了千金聘礼",答应将女儿"卖与钱家为妾"。面对亲生母亲的凌逼,刘藐姑"肝肠裂尽皆成片",决心以死明志。她见戏台就搭在水边,便打算利用最后一次上台演戏的机会"把满腔心事,对众人暴白一番",然后当众投江殉情。当夜,她将旧戏文《荆钗记・投江》"改了新关目",就等次日演出。

故事进行到这里便进入了全剧的高潮——第十五出《偕亡》。

这出戏以谭楚玉的悲叹开场。为了追求刘藐姑，他受尽千般耻辱，好容易才争了个戏场夫妻做。岂料好景不长，刘藐姑之母贪财受聘，逼女另嫁，“闻得今日戏完之后，就要过门”。若果真如此，则不仅今生姻缘无望，就连这“戏场夫妇”也做不成了。但是想到刘藐姑的诺言，想到她贞烈的个性，“难道天也不怕，单单怕起人来”？“莫说亲事不允，连今日这本戏文，只怕还不肯就做”。他心里忐忑不安，左思右想，只得早早来到戏房，就等刘藐姑来时，看看“是个甚么面容”，便知她心思如何了。

面临生死离别，刘藐姑彻夜未眠，成竹在胸。她生怕“露出一点愁容”，“被人识破”意图，求死不得，于是强颜欢笑，“举动如常”。谭楚玉见她一脸喜色，毫无伤感，不免痛心疾首，暗自叹息“怎么，天地之间竟有这样寡情的女子？有这样无耻的妇人”？难道“倡优”人家真的都“难与作缘”吗？他几乎要怀疑自己“当初认错了人”而有点“悔不及”了。转念又想，刘藐姑哪里是那种无情无义的人，她“或者心上烦恼，怕人看出破绽”，故作此态，亦未可知。于是只等钱万贯来，且看她“如何相待”。

这时，钱万贯身着“鲜巾艳服”，大摇大摆地到场了。他得意扬扬，自以为风流独擅，“万目同睁妒好缘”，对着谭楚玉颐指气使地说什么今天演戏“比往常不同”，因为刘藐姑已经是他的“浑家”了，大家“都要立开些，不要挨挨挤挤不像体面”。气得谭楚玉不知说什么才好,满以为刘藐姑会和自己同仇敌忾,不料她满脸赔笑,对着钱万贯“拱手”致礼,说“今日戏完之后”,就要嫁到钱家去了,她“还要尽心竭力做几出好戏,别别众人的眼睛”,并谄颜媚色地征求钱万贯同意:“你肯容我做么?”看到刘藐姑竟然如此“安心乐意嫁他”,谭楚玉最后的一丝希望破灭了,他的心凉了。

只有刘藐姑心里最明白:今天一旦上场,就等于踏上了不归之路。她对谭楚玉说:“谭大哥,你不要忧愁,用心看我做戏。”这淡淡的话语中蕴涵着多么深沉的情感,多么惨烈的痛苦啊。可是沉浸在失望和悲愤之中的谭楚玉却丝毫未能领会她的意思。

这时,戏开演了。刘藐姑选择的《荆钗记·投江》一出,演女主人公钱玉莲因不愿听从父母之命改嫁孙汝权,决意以死殉情,她徘徊江边,倾诉不平,然后投江自尽。第一支曲【梧叶儿】用的是原有曲文,但刘藐姑此时唱来,已经难以辨别这是在演戏还是在诉说亲身遭遇。她顺次演唱,口中讲着古人的事,心中则完全是自己的情。她巧妙地将许多曲文和宾白作了修改,以使之更符合此际的处境心情。这是她彻夜不眠精心修改的成果,靠着它才得以将自己的心事诉说得淋漓尽致。她爱恋谭楚玉,便径直呼唤着“我那夫呵”向他哭诉心中的痛;她怨恨“贪恋他豪富”的母亲,便当众责怪她“把礼义纲常,全然不顾”;她尤其痛恨钱万贯这个“只图自己快乐,拆散别个的夫妻”的“坏心的贼子”，便把他“权当”作“江边的顽石”，“指他一指，骂他一句”，声称要“直骂到顽石点头的时节，我方才住口”。于是指着钱万贯的鼻子千“强盗”、万“乌龟”地尽情痛骂。不明就里的钱万贯哪里知道在骂他，还拼命捧场，“点头高叫”：“骂得好！骂得好！”恰似承认自己的罪行，这真是绝妙的喜剧场景。至此，既然真的骂得“顽石点头”，刘藐姑“只得要住口了”。她心愿已了，要“自寻去路”了。在这污浊的人世间，她唯一不能割舍的是情人谭楚玉。刘藐姑最后要做的就是向他表白“不忘昔日之言”，不惜以死殉情的心迹，并嘱咐他“须要自家保重”，不必过于伤心思念。虽然还是戏中场景，却句句都是明白话，谭楚玉终于理解了对方的意思，两人相对“号咷痛哭”。刘藐姑随即高唱着“若把身名辱污了，不如一命丧长江”，纵身投向滔滔江水。

假戏真做，全场震惊！观众一片“哗噪”，钱万贯大喊“捞人”。谭楚玉见刘藐姑投江殉节，悲痛欲绝，早已打消了独自苟活的念头。他站到“台前”，高声向众人宣称：刘藐姑是他的妻子，“今日之死不是误伤，是他有心死节”，刘藐姑“既做了烈妇”，他便“不得不做义夫了”。于是义无反顾地跳下激流，追随情人而去。

眼见刹那间连丧两条人命，究其原因，则是由于“钱万贯倚势夺亲”。于是群情激愤，合计如何惩罚他。有人建议“先打一个臭死，然后拿去送官”。钱万贯见众怒难犯，慌忙逃窜。戏便在众人轰轰烈烈的追赶喊打声中落下了帷幕。

李渔熟悉昆曲舞台，常能别出心裁，出奇制胜。在《比目鱼·偕亡》中，他以戏写戏，戏中套戏，若假还真，奇妙无比。除了关目新奇以外，他还特别注重排场，注重演唱效果。有异于戏曲脚本以曲词为主，道白、科介为辅的传统做法，在他的戏里，宾白占有较大的比重，台词各具身份个性，承担着串联情节、塑造人物的主要任务。科介和布景提示也明显增加，如出目之下就注有“先搭戏台”的提示，剧中动作提示则如“笑介”“背气介”“作笑容拱手介”“做气介”“打恭介”“怒介”“做得意状介”“哭介”“抱石欲跳介”“指净介”“权放石介”“又指介”“点头高叫介”“号咷痛哭介”“急跳下台介”“哗噪介”“立台前高叫介”“向下招手介”“惊喊介”“慌介”等不下二三十条，极为详赡。在舞台调度上，李渔更是得心应手，生、旦、净、末、丑、杂轮番上场，一出之中，有独脚戏，有对子戏，也有群场戏，变化多端，忙而不乱，令人叫绝。

除了讲求关目新奇之外，李渔剧作的另一鲜明特点是重视真情。郑振铎说这出戏“感情喷薄”，观者“没有不为之感动的”，良有以也。至于此剧的思想意义，王端淑序云：“笠翁以忠臣信友之志，寄之男女夫妇之间；而更以贞夫烈妇之思，寄之优伶杂伎之流。”序者原意尽管是揭橥李渔剧作的新奇之处，却也未尝没有反映出他独特的道德观念和思想意识。

（周秦　许莉莉）

巧团圆

第十出　解纷

原文

【紫苏丸】

(生上)儒流贬节为商贾，际时艰且安奇数[①]。只可怜宜戴凤冠头，屈他梦作商人妇。

小生为遵长者之命，暂抛书卷，觅利江湖。且喜来到松江，把先世所遗的账目俱已陆续收完；又买了许多布匹，不日就要回家。只是一件，起初来到这边，一心要做生意，把观风问俗、阅历人情的事，都且放过一边。如今正事已完，也该出去闲走一走。待我锁了门户，先往街坊去走一回来。(行介)

【九回肠】

【三学士】俺不是慕贤名观风问俗，爱悲歌访筑寻屠。要向这童谣市语占天数，好做个致偏安的江左夷吾[②]。太平千日犹难待，纵有中山酒莫沽[③]，愁难诉。【三学士】愧杀我中流击楫输前古[④]，贩回家都是些长柄葫芦。楚囚欲泣无人对[⑤]，及至相逢泪欲枯。【急三枪】邦无道，休言仕，急归去。做个南容辈[⑥]，保妻孥！(暂下)

【前腔】

（外用长竿负招牌上）走长街十人诧五，觅贤郎海底寻珠。沧桑不变终难遇，都道是这生涯绝类杨朱[7]。只思为我图安逸，那得个墨子充儿代御车[8]。真烦絮，便千年不遇交钱主，也是我命孤单合葬沟渠。枯骸不乞旁人殓，何用千贤笑一愚。依然向，人稠处，把招牌挂。不怕在官街上，把人驱。（竖招牌介）

远远望见两个后生飞赶前来，想是要买我做爷的了，不免坐端正了，好等他来拜见。（席地坐介）

【不是路】

（副净、丑扮二少年急上）放脚奔趋，要看新闻实也虚。方才闻得人说，有个作怪的老儿，背着招牌，要卖与人家做老子。不信有这等奇事，特地赶上前来，要验个虚实。那席地坐的想必就是，且先去看看招牌。（近前看介）呀！果然有这等奇事！惊还怖，莫不是现身穷鬼卖骷颅？（副净用扇打外头介）得，你这老头儿就是卖身的么？（外）就是卖身的。（丑）要多少身价呢？（外）只要十两。（副净）看你这样年纪，已是死了半截，只剩半截的人了，为甚么还要这些银子？既然如此，你会上山砍柴么？（外）不会。（丑）你会下水拿鱼么？（外）也不会。（副净）你会烧锅煮饭、舂米磨面么？（外）一发不会。（丑）既然如此，那人出十两银子买你回去做甚么？（外）做爷。（副净、丑）怎么，买你做爷？（外）招牌上写明白了，你们不识字么？（副净、丑)字是识得的，只为要问个明白，好去引人来买你。代相图，这十金不怕无人付，现有个觅鬼的钟馗出价沽。(外)不要取笑，若果有售主，就烦二位去引来，做得成交，老夫自然分付小儿，叫他重谢。(众大笑介)老实对你讲罢，那售主不是别的，只因孤老院中，少个叫化头目，要买你去顶补；又为乌龟行里[⑨]，缺个乐户头儿，要聘你去当官。这两个机会，你都不要错过。忙趋赴，你身旁即是黄泉路，休嗟迟暮，休嗟迟暮！

(外)你这两个孩子，好生不识高低。我年纪大你三四倍，也是一位尊长，怎么就把粗言恶语唐突起来？若不看你年小分上，竟该一顿肥打。(副净)你这老不死的贼精，我不打你也勾了，你反要打起人来。不要管他，动脚的动脚，动手的动手，打死这个老贼。(各用拳打脚踢)(外喊介)地方恶少打死人，街坊邻里，快来救护！

【前腔】

(生上)何处惊呼？道是善类遭凶毙在途。呀，原来几个后生，攒殴一个老者。快去劝来。(劝开介)请问二位，他是老年之人，凡事该让他些，为何轻易动手？(副净)是人让得，独有这个贼精让不得。兄长立开，待我们打个尽兴。(生)请问二位，你两下相争，为件甚么事起？求尊故，若还欠债是我代偿逋。(丑)不说还好，若说起原故来，只怕兄长也要动气，不但不劝，还要帮着我们打哩！(副净)请看这个招牌就知道了。他明明取笑后生，要人唤他做老子，故此动了公

今日會合
佀神
仙全虧了
地獄
相逢結鬼
缘
蕭然石畔久

愤。兄长也是后生，难道看了不动气？(生看毕惊介)呀，原来是卖身图，若不是道高众父堪称父，他怎敢弱视非雏强唤雏！(对众介)我劝你回尊怒，达尊面上难容唾，请收残污，请收残污。

(丑)照你讲来，他合该取笑我们，我们合该让他的了？(生)自然。莫说别样，单讲他没有儿子，就是个鳏寡孤独之人了。这四等人，朝廷尚且要怜悯，何况是我辈。(副净)既然如此，你何不兑出十两银子，买他回去做爷？(生)你看他一貌堂堂，后来不是没结果的，我就买他回去，也不是甚么奇事。二位兄长，打也打了，骂也骂了，如今各请回家，待我问他的来历。(副净)有这等没志气的人。也罢，由他卑贱无堪畏，且让我做有志堂堂两后生。(各摇摆下)(生背介)且住，我姚克承自幼丧亲，常恨没有爹娘奉事，要学丁兰刻木[10]，又记不起当时的面容。如今遇着个卖身为父的人，也是一桩凑巧的事。何不将机就计，买他带了回家，借他的身子，权当我爹娘一幅真容，朝夕捧茶献水，尽我一点孝心，焉知我爹娘的魂魄，不附着他的身躯前来受享？有理，有理。待我探探口气，若还是个好人，就同他交易便了。(转身揖介)长者在上，后辈见礼了。(外忙起回礼介)呀，多蒙解劝，该是老夫拜谢，怎么倒反赐起揖来？(生)请问长者，卖身之意却是为何？(外)请坐了听讲。(外上坐)(生旁坐介)

【二犯孝顺歌】

(外)亡儿夭，后嗣无，空肠忍饥难自糊。(生)这等讲来，是没有亲人的了。既没有亲人，这身价十两是谁人得去？(外)

就是老夫自得。不瞒兄讲,老夫是吃惯嘴头的,每日除茶饭之外,还要吃些野食。难道一进了门,就好问儿子要长要短?也待吃上一两个月,情意洽浃起来,才好问他取讨。故此要这十两银子,放在身边使费。这十两资财,不勾我半载闲啜哺。且酸甜几月,莫使肠枯。(生)他未曾做爷,先是这等体谅,可见将来爱子之心,是无所不至的了。(转介)既然如此,可要写张身契么?(外指招牌介)这就是卖身文券。若还遇了售主,竟交付与他为证便了。有这硬纸牌作券符,煞强似软文凭易生蠹。(生起收招牌)(藏袖内介)

(外)呀,这是我的本钱,怎么拿来收了,难道不许我卖身么?(生)果然不许。你从今以后就是我的父亲,不许再寻售主了。(外)难道你、你,你要买我不成?(生)我要买你。(外)还是当真,还是当耍?(生)儿子买父亲,岂有当耍之理!

【前腔】

从今后,子不孤,爹爹老年并不独。你莫说螟蛉[11],我也竟作亲生父。当两家骨肉,死后重苏。这不是萍水踪,遇在途。分明是另怀胎,又疼了一番肚。

(外)既然如此,就兑银子出来。(生)这街坊上面,不是做交易的所在,须是请到酒肆之中,一面交财,一面尽礼,才成一个家数。就请同行。

善人无嗣易商量,何用天公作主张。

伯道丁兰相遇处[12],两家积恨一时忘。

注

① 奇(jī)数：指不幸的命运。

② 江左夷吾：《晋书·温峤传》："于时江左草创，纲维未举，峤殊以为忧。及见王导共谈，欢然曰：'江左自有管夷吾，吾复何虑！'"江左，犹江东，江南；夷吾，春秋齐名相管仲的字。原典为褒义，此处反用作贬义，指东晋甘于偏安江左的士大夫，句意则是苟且度日。

③ 中山酒：传说中山人狄希造千日酒，饮之能醉千日。

④ 中流击楫：《晋书·祖逖传》："逖以社稷倾覆，常怀振复之志。……仍将本流徙部曲百余家渡江，中流击楫而誓曰：'祖逖不能清中原而复济者，有如大江！'辞色壮烈，众皆慷慨。"

⑤ 楚囚欲泣：南朝宋刘义庆《世说新语·言语》："过江诸人，每至美日，辄相邀新亭，藉卉饮宴。周侯(𫖮)中座而叹曰：'风景不殊，正自有山河之异。'皆相视流泪。唯王丞相(导)愀然变色曰：'当共戮力王室，克复神州，何至作楚囚相对。'"

⑥ 南容辈：南宫适一类人物。南宫适(适一作括)，春秋鲁人，字子容，亦称南容。《论语·公冶长》记孔子曾嘉许他"邦有道，不废；邦无道，免于刑戮"。

⑦ 杨朱：战国魏人，著名思想家，其学为当时显学，其思想核心为"贵己""重生"，主张"全性葆真，不以物累形"。

⑧ 墨子：战国鲁人，墨家的创始人，其学为当时显学，主张"兼爱""非攻""尚贤"等，有《墨子》一书存世。

⑨ 乌龟行(háng)：指妓院。旧时称开设妓院或在妓院执役的男子为乌龟。

⑩ 丁兰：汉代著名的孝子。少失双亲，及长，刻父母木像，事之如生。三国魏曹植《灵芝篇》："丁兰少失母，自伤早孤茕。刻木当严亲，朝夕致三牲。"

⑪ 螟蛉：指养子。螟蛉为一种鳞翅目昆虫的幼虫，蜾蠃常捕之喂养自己的幼虫，古人不察，认为螟蛉被蜾蠃收养，遂以之为养子的代称。

⑫ 伯道：晋邓攸字伯道，官至尚书右仆射。永嘉末，石勒作乱，他携子侄逃难，因形势险恶，恐难两全，乃弃子保侄，后终无子。见《晋书·良吏传·邓攸》。

鉴赏

《巧团圆》传奇事本作者小说《十二楼》之一《生我楼》，据说取材于当时现实。在改编中，作者通过巧妙构思，使情节更加出新出奇。

剧情演述汉阳秀才姚继，自幼与父母失散，孤身一人。邻居曹家无子，有意招他为养子，于是暗中考较其能力，劝他“暂抛书卷”，出门经商。曹家小姐早就有意于他，临行前两人私自定下婚约。姚继途经松江，遇到悬标卖身、意欲“与人作父”的孤老尹小楼。尹小楼家道殷盛而膝下无子，想用此计寻得一个孝顺之人，好立为嗣子，养老送终。姚继正苦于没有爹娘可以侍奉，便兑银买下了老人。无奈当时兵荒马乱，两人乍认又别，各自回乡探望。姚继回到汉阳，见曹家已经逃离，曹小姐被乱兵抓去，便努力寻访他们的下落。他先在贼兵那里错买得一老妇，索性拜她为母，继在老妇指引下买回了曹小姐。两人成婚后又去寻找尹小楼，最后方知买来的老妇居然就是尹小楼之妻，而尹氏夫妇实为姚继的亲生父母。偏巧此时又相逢曹家老夫妇，于是姚继与尹、曹两家终于大团圆。整个故事头绪纷繁，无处不巧，充分反映出李渔结构布局的独到功力，同时也显示了他力求新奇的艺术趋向。

《解纷》是全剧的第十出，演姚继路遇悬标卖身的尹小楼，决定把他买回家当父亲奉养的一段情节。世上只见买奴、买妾，这儿却来个买人作父，真是离奇古怪，闻所未闻。然而细察之，却也处理得合情合理。其中机妙就在“人情”二字。

姚继听从曹家的劝告，“暂抛书卷，觅利江湖”，到松江料理完“先世所遗的账目”，“又买了许多布匹”。初次出门，离家日久，他不免想念曹小姐，盘算起归程来。好在一切事务差不多都已办好，只差再稍稍考察一下这里的风土人情，长点阅历，也算不虚此行。于是他“锁了门户”，走上街坊，一边“观风问俗”，一边不住声地慨叹着这动乱时局，悲凉身世。

孤老尹小楼一心想要认养一个孝顺的干儿子，好为自己养老送终。他绞尽脑汁，终于想出一个绝妙的主意——“倒转来做”，反将自己标价出售，卖给他人作继父。这样，如若“时运凑巧，遇得着这个奇人，他肯出几两本钱，买我回去供膳，就断然孝顺，断不忤逆可知了”。他做了个大招牌，上写：“年老无儿，出卖与人作父，只取身价十两，愿者即日成交。”然后挂在长竿上，上街寻买主。走在大街上，行人指顾猜疑，闲语纷纷。他却毫不在意，径直走到“官街上”，“人稠处”，树起招牌，等候意中的买主光顾。“远远望见两个后生飞赶前来”，他马上“坐端正了”，摆出一副“做爷的”样子，只“等他来拜见”。

“放脚奔趋”而来的是两个不干正经事的纨绔子弟。他们听说大街上竟有卖身作父的稀奇事，特地赶来看热闹。

一见尹小楼是个穷苦老头打扮，先是恶语嘲讽，继而拳脚相加。李渔写戏“语求肖似”，什么样的人就打什么样的腔，只消三言两语，就能把两个恶少的丑恶嘴脸活脱脱地勾勒出来。这里有一段非常精彩的科诨。两人向尹小楼询问卖身缘由，看他一大把年纪，“已是死了半截，只剩半截的人了”，既不会“上山砍柴”，又不会“下水拿鱼”，也不会“烧锅煮饭”，更不会“舂米磨面”，纯粹是个废物，就嘲笑哪会有人愿意出十两银子把他买回家去“做爷”，每天还得好吃好喝地供养他。这些家伙哪能理解其中的奥妙，只道是“现身穷鬼卖骷颅”，遇着了世上少有的“奇事”“新闻”，正好借此取乐一番，于是“叫化”长、“乌龟”短地胡说起来。尹小楼无端受到后生侮辱，不免以长者口气教训几句，谁知他俩竟动起手来。尹小楼招架不住，连连呼救。幸好姚继闻声赶到，他看到两个后生正在“攒殴一个老者”，还以为是索要“欠债”，连忙上前相劝，并表示愿意代为偿还。当了解争执起因之后，他顿然想起自己的身世，对老人更表同情。他耐心打发走了两个无赖，就在一旁坐下，仔细询问老人的来历。

姚继“自幼丧亲，常恨没有爹娘奉事”，想刻木为像，“又记不起当时的面容”。今天“遇着个卖身为父的人”，岂不是“一桩凑巧的事”？他决定打探清楚，如果是个好人，就“将机就计，买他带了回家，借他的身子，权当我爹娘一幅真容，朝夕捧茶献水，尽我一点孝心”。姚继善良仁爱，宽厚礼貌,与那两个恶少相比真有天渊之别。这一切都看在尹小楼的眼里,他也同样在观察他。为了试验姚继是否真心孝顺,他又故出难题,说自己是“吃惯嘴头的,每日除茶饭之外,还要吃些野食”,一旦这卖身的十两银子“使费”完了,还要向干儿子“取讨”云云,告诉姚继自己很难伺候。而姚继宅性仁厚,总是把别人往好处想,认为这正体现了老人对小辈的“体谅”,体现了他那“无所不至的”“爱子之心”,于是决定收起招牌,买他为父。这使尹小楼万分激动,他不敢相信自己果真能遇到这样的好人,一个肯花钱买老人去服侍的善良青年。尽管是萍水相逢,两人很快就亲密无间,宛若“亲生”,相与陶醉在这最为难能可贵的人间真情之中。

有人批评《巧团圆》传奇过于求新求奇,堕入俗套,自有一定的道理。但如果这种“新奇”是富有内涵的,比如《悬标》一出,则仍不妨其为佳作。它看似离奇闹剧,实际上契合人情。通过这一精心设置的戏剧场景,李渔将世间诸多可赞、可鄙、可叹、可恨的人事作了生动的展现,并以真挚的人情味使观众和读者感慨不已,回味无穷。

有异于明清传奇其他名著,本剧中宾白和科诨所占分量较重,相比而言曲唱反稍显零星琐碎。这与李渔重关目、重排场的戏剧观念有关。他倾向于较多采用利于叙事的宾白,让剧中人物的内心情感透过故事情节演出来,而不是通过抒情唱段唱出来,这样做无疑更容易赢得一般观众的欣赏。同样，李渔重视科诨，他把科诨比喻为戏曲的“人参汤”。他宣称写戏演戏的目的就是要使人快乐，使看戏的人个个笑口常开。如果有一个人不笑，他就感到遗憾和担忧。然而他又认为笑应该是有内涵的，戏剧的娱乐性之中必须蕴含有丰富的思想情感。《巧团圆·解纷》可说是较好地实践了他的艺术主张。

（周秦　许莉莉）

奈何天

第二十一出 巧怖

（众花灯、鼓吹引旦乘彩舆上）

【望吾乡】

仆从攒眉[①]，愁他乐事违。新人上轿容偏喜，这番好事应无恙，共消却心头痞[②]。笙歌亮，宝炬辉，也与前番异。（到介）（丑上）（行礼照常介）（丑、旦一面拜一面偷觑）（各惊介）

（丑）你们众人都出去。（净扮丫鬟在场）（余众齐下）（丑背介）好奇怪，昨日相的时节，没有这样齐整，怎么过得一夜，就艳丽了许多？难道我命里该娶标致老婆，竟把丑的都变好了不成？

【忒忒令】

把一个黑緇緇寻常的阿姬[③]，变了个白皎皎可人的娇丽。且莫说态度嫣然，不像昨日那般者实[④]，就是脸上的皮肉，也细腻了许多。为甚么肌肤颜色，一旦光而腻？（叹介）天那！我阙里侯前生前世造了甚么孽障，只管把这些美貌的妇人来磨灭我？似这等越娶越风流，受花磨，遭云障，缠到何日已？

且住，我昨日去相的时节，当面与他说过的，他情愿跟随我，今日才嫁过来。为甚么又从头虑起？不要怕他？放开胆来去同他对坐。（坐介）（旦背介）好奇怪的事，昨日来相我的，是那韩解元[⑤]，好不生得风流俊雅。为甚么换了这个怪物？哦，我知道了，这分明是媒婆与大娘串通了做的诡计，见周氏死了，没人还他，故此捉我来替代。是了，是了！

【沉醉东风】

这机谋设得好奇，遣死妾硬将生替。我只道入鸳帏，做百年佳会，又谁知盼神仙忽逢魑魅。我既然自不小心，落了人的圈套，料想这个身子不能勾回去了，就与这俗子吵闹，也是枉然。须要想个妙计出来，保全了身子，依旧回去跟着袁郎，方才是个女中豪杰。不须皱眉，不须泪垂，且欢嘻笑傲，做个才人辩解围。

有个妙计在这里，不但保全身子，还可以骗得脱身。(转坐对丑冷笑介)我且问你，你就是阙里侯么？(丑)正是。难道别一个好同你对坐不成？(旦)这等，我再问你，昨日那个媒人与府上有甚么冤仇，切齿不过，就下这样毒手摆布你？(丑)没有甚么冤仇。他替我做媒，是一片好意，怎么叫做摆布我？(旦)你家就有天大的祸事到了，还说不是摆布你？(丑惊介)什么祸事？快请说来。(旦)你昨日相的是那一个？可记得他的面貌么？(丑)我昨日相的没有娘子这般标致，正有些疑心，难道另是一个不成？(旦)却原来，你相的姓周，我自姓吴。那个姓周的被你逼死了，我是来替他讨命的！(丑大惊介)这、这、这是什么原故？

【园林好】

听说罢魂灵暗飞，因甚事悬梁赴水？既晓得媒施奸诡，为甚的明晃晃被人欺，明晃晃被人欺？

(旦)老实对你讲罢。我们两个都是袁老爷的爱宠，只因夫人妒忌，乘他不在，要打发出门。你昨日去相他，又有个韩解元来相我，一齐下了聘，都说明日来娶。我两个私自约定，要替老爷守节，只等轿子一到，双双寻死。不想周氏的性子太急了些，轿子还不曾到，竟预先吊死了。不知被那一个漏了消息，也是那韩解元的造化，知道我也要死，预先把礼金退了去。及至你家轿子到的时节，夫人叫我来替他，我又不肯，只得也去上吊。那媒婆来劝道：你既要死，死在家里也没用，阙家是个有名的财主，你不如嫁过去，死在他家，等老爷回来，也好说话。难道两头人命，了不得他一分人家[⑥]？故此我依他嫁了来，一则替丈夫守节，二则代周氏伸冤，三来问你讨一口好棺木，省得死在他家，盛在几块薄板之中，后来要抛尸露骨。我的话已说完了，求你早些备我的后事。(丑作垂头丧气连叫呵呀介)

【江儿水】

(旦)既把真情告，求将善念施。衣衾定要新鲜制，殉身勿惜金珠费，尸骸莫葬君家地。且向空门寄取[⑦]，少不得要扶榇还家，与那未死的尸亲同瘗。(解带系颈自勒介)

(丑同副净惊扯介)新娘！耐烦些，快不要如此！(旦做不听又勒介)(丑)不好了！大家都来救命！(对副净介)宜春，你到静室里去，把看经念佛的都请过来，好一齐扯劝。(副净应下)(丑)吴奶奶，袁夫人！我与你前世无冤，今世无仇，为甚么做定圈套上门来害我？如今没得说，轿子还在厅上，送你转去就是了。(旦)你就送我转去，夫人也不肯相容，依旧要出脱我。我少不得是一死，不如死在这边，还有些受用。(丑跪介)吴奶奶，袁夫人！是我姓阙的不是，不该把轿子抬你过来。如今千求万求，只求你开条生路！(旦)你若要我开条生路，只除非另寻一所房子，把我养在里面，切不可来近身。等袁老爷回来，把我送上门去，我自有好话为你，或者连那场人命都解散了，也不可知。(丑磕头介)若得如此，万代沾恩。(起介)既然这等说，不消另寻房屋。我有一所静室，现在家中，就送你过去。还有两位佳人替你做伴，少不得就过来了。(副净持灯照老旦、小旦上)

【五供养】

新闻诧异，一样文章，做法偏奇。(丑)他们两个，就是静室的主人，你同他过去就是。我如今没奈何，只得要去压惊了。只说三遭为定，谁知依旧成空；不如割去此道，拚做一世公公[8]。(下)(三旦相见介)(旦)请问二位仙姑，是他甚么亲眷？(老旦)新娘不消问得，你是今日的我，我是前日的你，三个合来凑成一个品字，大家不言而喻罢了。伊为新至我，我是旧来伊。拈花一笑，心是口不劳诠谛[9]。羡只羡你这乖菩萨，巧阿弥[10]，降魔秘诀授凭谁？

(旦笑介)原来二位姐姐也是过来人。这等说起来，我们三个原该在一处的了。那所静室在那里，何不一同过去？(同行介)(老旦)浮生共多故，(小旦)聚散喜君同。(旦)也愿持如意[11]，长来事远公[12]。(到介)(旦礼佛完介)好一所静室。(仰看介)有二位雅人在此，为何不命一个斋名？题一个匾式？(二旦)匾额倒做了，只是想不出这几个字来，就借重新娘罢。叫宜春，研好了墨，取匾额过来。(旦)我们三位佳人，一同受此奇厄，天意真不可解，总是无可奈何之事，就把“奈何天”三个字，做了静室之名罢！(二旦)妙绝，妙绝！只消三个字，把我辈满肚的牢骚发舒殆尽，就烦妙笔写起来。(旦写介)(老旦背对小旦介)我们一个有才，一个有貌，总不及他才貌兼全；况且才貌两桩，又都在你我之上。这等的佳人尚且落在村夫之手，我们两个一发是该当的了。(小旦)正是。

【玉交枝】

令人形秽，尹和邢分妍别媸[13]。名花兀自受风欺，又何怪这两摧残零葩剩蕊！从今不敢斗芳菲，就是沉香亭畔也难同倚[14]。(合)愿相同终朝不离，愿相同终朝不离。

(旦)我们三个不约而同，都陷在此处。虽是孽障，也有夙缘。不但该同病相怜，还要同舟共济才是。等袁郎到家，他送我回去的时节，待我说与袁郎知道，或者连你二位也弄得上天，不致久沉地狱，也不可知。(二旦)若得如此，感恩不尽。

【川拨棹】

(旦)心相倚，既同舟须共济。终有日共上天梯，终有日共上天梯，忍伊行偏沉污泥。(合)愿今生得共依，愿来生也不离。

【余文】

(合)今宵又作同心会,禅床上再添一被,竟把普天下的奇冤凑作堆。

注

① 攒(cuán)眉:紧皱双眉。
② 心头痞:指郁积在心中的烦闷之事。
③ 黑缁(zī)缁:形容皮肤黑的用语。
④ 者实:稳实。
⑤ 解(jiè)元:科举考试中乡试第一名。
⑥ 了不得:弄不光、消耗不掉。
⑦ 空门:原意是指佛教,这里借指寺庙。
⑧ 公公:太监。
⑨ "拈花"二句:佛教典籍记载释迦牟尼佛在灵山会上拈花示众,唯有迦叶尊者理解其中妙谛,破颜微笑。后因以"拈花一笑"表示心心相印、无需口述。
⑩ 阿(ē)弥:阿弥陀佛,佛教西方极乐世界中最大的佛。
⑪ 如意:古代一种供搔痒等用的器物,僧徒也以之作为宣讲时手持的道具,此系以"持如意"代指入静室修行。
⑫ 远公:指晋高僧慧远,这里是吴氏借之指称邹氏及何氏。
⑬ 尹和邢:汉武帝宠幸尹、邢两夫人,不令二人相见。及相晤后,尹夫人自痛不如邢夫人,低头俯首而泣,见《史记·外戚世家》。这里何氏是以尹夫人自拟而以邢夫人喻吴氏。
⑭ "沉香亭"句:唐玄宗和杨贵妃游赏时,召李白赋新乐章,李白援笔成《清平乐》三首,其第三首描写杨贵妃的风姿,有"解释春风无限恨,沉香亭北倚阑干"之句。何氏引用这一故实,系以杨贵妃拟吴氏,说不敢与她并肩比高下。沉香亭,在唐兴庆宫内,以沉香木修建成。

鉴赏

《奈何天》的情节颇为不经。它写的是阙素封，字里侯，生来疤面、糟鼻、驼背、跷足，并还有口臭、腋臭、脚臭诸病，集众丑于一身，粗蠢至极，混名“阙不全”。但又富到极处，“门户与朝廷争大”。他自幼聘有才女邹小姐，成亲之夕，为了怕邹氏嫌他丑，用了个“灭烛成亲”之计，以求瞒过初夜。但半夜邹氏已被他身上的恶臭熏得呕吐，次晨再见到他的丑陋形象，悲愤欲绝，乃于勉强挨过满月之期后，割断夫妻之情，将书房改为禅房静室，一人独处。阙素封再用倩人代为相亲的诡计，骗娶了一位姿色出众的何氏女。合卺之夕，何氏无力反抗，乃将自己灌醉。婚后未几，何氏也遁入书房和邹氏共处，与丈夫断绝来往。经略袁滢奉旨巡边。家中妒妇乘机遣嫁周、吴二妾。韩解元相中才貌双全的吴妾，后又因故退婚。阙里侯相中周妾。周氏见阙奇丑，愤而自缢。妒妇乃改以吴氏顶替。这里所选的《巧怖》，就是演吴氏被遣嫁到阙家时的一出戏。

《奈何天》的情节有主、副两条线索，以上所述是全剧的主线。副线则是演阙里侯有一家仆阙忠，他极善筹划，以阙里侯名义做了焚去无法收取钱款的债券、辅助军饷等事，并用计斩除贼首，建立大功。朝廷因封阙里侯为“尚义君”，上天也叙他焚券输饷的阴骘，特遣“变形使者”为他改造外形。

至此两条情节线乃合在一起，当朝廷颁下诰命时，三女为争凤冠霞帔而吵闹，最后以阙忠事先已请了三副诰命而皆大欢喜告终。

“重复”是结构喜剧情节的重要手法之一。但怎样才算把它用好，却大有讲究。如若只是把相类似的情节简单地重复显现，那只会令人感到厌烦而产生不了理想的喜剧效果。真正的、优秀的喜剧重复当是“求同存异”，即同中有异，异中存同。以“求同”的重复来吸引观众的注意，这只是制造“重复”喜剧效果的基础；以同中之异来出奇制胜，才是令观众鼓掌称快的戏核。京剧《空城计》中诸葛亮有句唱词是“险中用险显才能”，故意连续采用相似的情节，着意求同，而又每次都能翻出不同的新内容，也恰是所谓“险中用险显才能”。而《奈何天》正是喜剧大家李笠翁巧用“重复”技巧的代表作之一。所以我们就着重从这一方面来对它进行些赏析。

都是阙里侯娶亲，都是新娘不堪阙的丑陋粗俗，逃入静室，持斋礼佛，这是“求同”，并且是一而再，再而三，重复了三次。

但“同”中却有众多大“异”在。

由议亲的方式看，阙里侯与邹氏是襁褓中由父母定的亲，后两位则是阙自己做主去选聘的，此其不同也一。

由阙选聘对象的标准看，邹氏逃入静室后，阙里侯为了怄气，要寻一个容貌胜过邹氏的绝色女子来气邹氏。及至第三次，阙已经认识到像自家“一副嘴脸，只该寻个将就些的，过过日子罢了”，甚至说“情愿与那无盐嫫姆缔丝萝”。此其不同也二。

由许亲的过程看，邹氏是由父母议定的。聘何氏时则女方提出要当面相一相阙的面貌，阙无奈只得倩一演正生的优人代相。欲娶周氏时，因她是逐妾，听人相取；而阙里侯此时已怕娶有才有色的女子，所以反转过来是他主动提出要亲自相一相。此其不同也三。

由成亲的方式看，第一次迎娶时，阙里侯担心邹氏看到自己的丑陋本相，乃于新人摘去罩面喜帕前将灯吹灭，并谎称“成亲的花烛是点不得两次的”而蒙混成亲。第二次则想在新人入门时就大振夫纲，于是当何氏拒绝饮合卺酒时，阙连续鞭打丫鬟，杀鸡给猴子看。无奈之下，何氏想“走进这重牢门，料想跳不出去。今夜的失身自然不免了，倒不如捏了酒杯吃个烂醉，竟像死人一般，任他蹂躏便了”。而第三次吴氏这门，则他根本未能近身，又完全是另外一种局面。此其不同也四。

新人怎样遁入静室，也各有巧妙。邹氏是发现家中有一书房后，事先塑制好观音法像，把书室改为斋堂，然后于成婚满月之期借为佛像开光和祈子名义进入书室，并立即将房门锁起，闭关静修。何氏是诳说喜嫁阙郎，要走过去讥诮邹氏一番，才骗得阙里侯同意她去静室。而一到那里，便“狡脱”而不归了。至于吴氏，阙里侯对她应允去静室修养，已是求之不得，认为是“万代沾恩”的大喜事。此

但願早
昇天
不敢求
高獻

其不同也五。

再如成亲之时换掉新人的罕有之事，戏里竟也敢于在娶何氏及娶吴氏时连用两次，但二者又绝不雷同。简言之，前者是换了新郎，后者是换了新娘。换新郎是新郎阙里侯精心做出的安排，心中有数；换新娘则由临时发生的偶然事件促成，新娘吴氏是由人摆布而被弄来顶替周氏的，事先一无所知。换上的新郎兴高采烈，渴盼合卺成亲；换上的新娘只觉得是“盼神仙忽逢魑魅”，急于设计脱身。

还需要指出的是，能产生喜剧效果的“重复”，必然不是生硬编造拼凑出来的。如本剧，情节的“重复”——三次成亲——植根于阙里侯的既奇丑又想讨老婆，而老婆都憎嫌他。情节的“同中有异”，则是由于阙里侯为了想达到成亲的目的，自要根据事态发展不断变化手法；三位女方也会因身份、思想、环境等的不同而各自采用适当的逃离办法。而这一切都是情理中事。只有这样，才能显得水到渠成，出自天然，而不给人以故意造作之感。

而且不仅同和异都要合情合理，更还要异得有愈出愈奇的机趣。阙第一次成亲用“灭烛”计“遮遮瞒瞒，躲过一关”；第二次用威逼手段“慢橹摇船捉醉鱼”。而到这一折，以为周氏事先已经“情愿跟随我”，所以敢于“放开胆来去同他对坐”。孰料事情却大大相反，才貌均在常人之上的吴氏，一猜到是被作为死去的周氏的替身嫁至此处，与何氏不同，根本不想让阙近身，于是编出一套耸人听闻的谎言。先是以周氏被逼死恐吓阙,吓得他“魂灵暗飞”。继之又反客为主,说是特意到阙家来寻死,为的是以“两头人命”的官司,了结掉阙的一份家当。进而采取行动,催逼阙赶快为自己准备丰厚的葬品。弄得阙只好主动打退堂鼓,提出将她送回袁家。但此退彼进,吴氏却不肯回去了,一定要“死在这边”。直至阙跪下来千求万求,哀恳吴氏给他“开条生路”,吴氏才开恩允许阙辟一静室来供养她。而阙一闻此言,连忙口称“若得如此,万代沾恩”,磕头致谢。观众中的大多数都会是同情三位女子而憎厌阙里侯的,因而当这第三次成亲时,看到阙被耍弄得如此狼狈不堪,自会如奇痒得搔,心舒意畅,击节不已。

对《奈何天》的思想意义,历来或毁或誉,分歧颇大。由于在本书中只选录了一出,难窥全豹,所以就不拟对此进行探讨。但仅单独看《巧怖》一折,或联系简略介绍到的另两次成亲、逃婚,当可以发现舞台形象所给予观者的直接感受是:美女如嫁丑夫,哪怕是由父母之命、媒妁之言配合的,也都可以设法拒婚、逃婚——当然是在当时社会条件允许下的拒婚、逃婚。这和“三从四德”等封建伦常所说的“在家从父,出嫁从夫”,“嫁鸡随鸡,嫁狗随狗”以及京剧《红鬃烈马》中王宝钏抛彩球择婿后所讲“莫道是打着花郎,就是打着一块顽石,也要抱它三年”,显然是两种截然不同的婚姻、道德观。

(陈多)

风筝误

第十三出 惊丑

原文

(末持香扇等物上)满手持来满袖装,清晨买到日昏黄。手中只少播鼗鼓[①],竟是街头卖货郎。自家奉小姐之命,去买办东西,整整走了一日。且喜得件件俱全,样样都好,不免叫奶娘交付进去。(向内唤介)老阿妈。(净上)阿妈阿妈,计较堪夸。簸弄老子,只当哇哇[②]。东西买来了,待我交进去。(持各物向鬼门立介[③])(末)小姐看见这些东西买得好,或者赏我一壶酒吃也不可知。且在此间候一候。(净转身唤介)门公在那里?小姐说:这香味不清,扇骨不密,珠不圆,翠不碧,纱又粗,线又啬[④],绫上起毛,绢上有迹,裙拖不时兴,鞋面无足尺,空费细丝银[⑤],一件用不得。快去换将来,省得讨棒吃。(丢还介)(末)怎么,这样东西,还嫌不好?就是要换,也只得明日了。今晚要守宿,烦你回覆一声。(净内云)小姐说:心上似油煎,下身熬出汁。若等到明朝,爬床搔破席。门上不须愁,奶娘代承值。只要换得好,来迟些也不妨碍。(末)有这样淘气的事!没奈何,只得连夜去换。(叹介)养成娇小姐,磨杀老苍头。(下)(内发擂介[⑥])

【渔家傲】

(生潜步上)俯首潜将鹤步移,心上蹊跷,常愁路低。小生蒙詹家二小姐多情眷恋,约我一更之后,潜入香闺,面订百年之约。如今谯楼上已发过擂了[⑦],只得悄步行来,躲在他门首伺候。我藏形不惜身如鬼，端的是邪人多畏。为甚的保母还不出来？万一巡更的走过，把我当做犯夜的拿住[8]，怎么了得？他若问夤夜何为，把甚么言词答对？我若认做贼盗，还只累得自己；若还认做奸情，可不玷了小姐的名节！小姐，小姐，我宁可认做穿窬也不累伊[9]。

(净上)月当七夕偏迟上，牛女多从暗里逢[10]。如今已是一更之后，戚公子必定来了，不免到门外引他进来。(做出门望介)偏是今夜又没有月色，黑魆魆的，不知他立在那里？不免待我咳嗽一声。(嗽介)(生惊倒退介)不好了，有人来了。(躲介)(净)难道还不曾来？不免低低叫他几声。戚公子！戚相公！(生喜介)那边分明叫我，不免摸将前去。(一面摸一面行)(与净撞头各叫阿呀介)(净)你可是戚公子？(生)正是。(净)这等随我进去。(牵生手下)

【剔银灯】

(丑上)慌慌的梳头画眉，早早的铺床叠被。只有天公不体人心意，系红轮不教西坠。恼既恼那斜曦当疾不疾，怕又怕这忙更漏当迟不迟[11]。

奴家约定戚公子在此时相会，奶娘到门首接他去了，又没人点个灯来，独自一个坐在房中，好不怕鬼。(净牵生手上)(生)身随月老空中度，(净)手作红丝暗里牵。小姐，放风筝的人来了。(丑)在那里？(净)在这里。(将生手付丑介)你两个在这里坐着，待我去点灯来。反将娇婿纤纤手，付与村姬捏捏看[12]。(下)(丑扯生同坐介)戚郎，戚郎，这两日几乎想杀我也！(搂生介)(生)小姐，小生一介书生，得近千金之体，喜出望外。只是我两人原以文字缔交，不从色欲起见，望小姐略从容些，恐伤雅道。(丑)宁可以后从容些，这一次倒从容不得。(生)小姐，小生后来一首拙作，可曾赐和么？(丑)你那首拙作，我已赐和过了。(生惊介)这等小姐的佳篇，请念一念。(丑)我的佳篇一时忘了。(生又惊介)自己做的诗，只隔得半日，怎么就忘了？还求记一记。(丑)一心想着你，把诗都忘了。待我想来。(想介)记着了。(生)请教。(丑)云淡风轻近午天，傍花随柳过前川。时人不识予心乐，将谓偷闲学少年。(生大惊介)这是一首《千家诗》[13]，怎么说是小姐做的？(丑慌介)这、这、这果然是《千家诗》，我故意念来试你学问的。你毕竟记得，这等是个真才子了。(生)小姐的真本，毕竟要领教。(丑)这是一刻千金的时节，那有工夫念诗。我和你且把正经事做完了，再念也不迟。(扯生上床)(生立住不走介)(净持灯上)只恐夜深花睡去，故烧高烛照红妆[14]。(丑放生手介)(净)灯来了，你们大家脱略些[15]，不要装模作样，耽搁工夫。我到门前去立一立，就来接你。闭门不管窗前月，分付梅花自主张。(下)(生看丑大惊)(背介)呀，怎么是这样一个丑妇！难道我见了鬼怪不成？方才那些说话，一毫文理不通，前日的诗，那里是他做的？

【摊破锦地花】

惊疑，多应是丑魑魅，将咱魇迷。凭何计，赚出重围？(丑背指生介)觑着他俊脸娇容，顿使我兴儿加倍。不知他为甚么缘故，再不肯近身？是了，他从来不曾见过妇人，故此这般腼腆。头一次见蛾眉，难怪他忒腼腆把头低。

(生)小姐,小生闻命而来,忘了舍下一桩大事,方才忽然想起,如坐针毡。今晚且告别,改日再来领教。

【麻婆子】

劝娘行且放且放刘郎去[16],重来尚有期。(丑)来不来由你,放不放由我。除了这一桩,还有甚么大事?我笑你未识未识琼浆味,若还尝着呵,愁伊不肯归。(扯生介)夜深了,请安置罢。(生变色介)小姐,婚姻乃人道之始,若无父母之命、媒妁之言,就是苟合了。这个怎么使得?主婚作伐两凭谁[17],如何擅把凤鸾缔?(丑)我今晚难道请你来讲道学么?你既是个道学先生,就不该到这个所在来了。你说要父母之命、媒妁之言,如今都有了。(生)在那里?(丑)人有三父八母[18],那乳母难道不是八母里算的?如今有乳母主婚,就是父母之命了。(生)这等,媒人呢?(丑取出风筝介)这不是个媒人?若不是他,我和你怎得见面?我自有乳母司婚礼,风筝当老媒。

如今没得说了,请睡。(扯生介)(净冲上)千金一刻春将半,九转三回乐未央[19]。如今已是三更时分,料想他们的事一定做完了,早些打发他去,不可弄出事来。(生望见净故作慌介)不好了,夫人来了!(丑放生介)(生急走撞着净介)(净)你们的事做完了么?(生)做完了。(净)这等,待我送你出去。(复牵生手行介)公子,我家小姐是个救苦救难的观音菩萨。(生)你这保母是个急急如律令的太上老君[20]。(急下)(净)如今进去讨他的谢礼。

小姐，如今好谢媒人了么？（丑怒介）呸！你不是媒人，是个冤魂。（净）怎么倒骂起我来？（丑）刚刚有些意思，还不曾上床，被你走来，他只说是夫人，洒脱袖子跑出去了。（净惊介）这等，你们在这里半夜，做些甚么？（丑）不要说起，外貌却像风流，肚里一发老实不过。说了一更天的诗，讲了一更天的道学。不但风流事不会做，连风情话也说不出一句来。如今倒弄得我上不上、下不下，看你怎么处？（净）不妨，我另有个救急之法，权且睬过一宵[21]，再做道理。

做媒须带本钱行，莫待无聊听怨声。

佳婿脱逃谁代职？床头别有一先生。

注

① 播鼗（táo）鼓：带柄的小鼓。来回摇动时，两旁系在短绳上的鼓槌击鼓发声。走街串巷的小贩常用之招徕生意。

② 哇哇：娃娃，小孩子。

③ 鬼门：传统戏曲用语，指后台通向舞台的门。

④ 啬：滞涩、不滑溜。

⑤ 细丝银：成色最好的一种银子。

⑥ 发擂：开始擂更鼓，打初更。

⑦ 谯（qiáo）楼：城门上的瞭望楼和更鼓楼。

⑧ 犯夜的：宵禁后违规在街上行走的人。

⑨ 穿窬（yú）：穿墙洞或从墙上爬过去。指偷盗。

⑩ 牛女：神话故事中的牛郎、织女。

⑪ 更漏：漏，亦名漏壶，古代计时器。夜间根据刻漏报更，称“更漏”。

⑫ 村姬：指粗野、鄙俗的女子。

⑬ 《千家诗》：明清流传甚广的一部儿童启蒙用的诗选集。上面詹爱娟念的“云淡风轻”一诗，系宋代程颢所作，《千家诗》开卷第一首录的就是这首诗。

⑭ “只恐”二句：原为宋代苏轼《海棠》诗句，这里只是用以表示是点了

灯来。

⑮ 脱略：放松、不受拘束。

⑯ 刘郎：东汉刘晨。南朝宋刘义庆《幽明录》载刘晨、阮肇东汉永平间入天台山采药迷路，遇二仙女，留居半载，归来时已入晋代，子孙已历七世。

⑰ 作伐：《诗经·豳风·伐柯》："伐柯如何？匪斧不克。取妻如何？匪媒不得。"柯，斧柄。匪，非。后因以"作伐"喻做媒。

⑱ 三父八母：同居继父、不同居继父、从继母改嫁之继父为三父，嫡母、继母、养母、慈母、嫁母、出母、庶母、乳母为八母。

⑲ 未央：没有穷尽。

⑳ 急急如律令：道教咒语或符箓喝令鬼神听命之语。太上老君：道教的主神，即神化的老子。

㉑ 晱(nóng)：俗字，原为迷目之意，此处指胡乱对付睡一觉。

鉴赏

《风筝误》是李渔(字笠翁)的代表作，共三十出，其中如本书所选的《惊丑》《婚闹》《诧美》《释疑》等出，现在仍经常搬演。

剧中的男主人公叫韩琦仲，自幼父母双亡，寄养在父执戚补臣家。戚有一子，名友先，乃酒色之徒。女主人公叫詹淑娟，父詹烈侯，和戚补臣是同年。詹烈侯娶有梅、柳二妾。淑娟系柳氏所生；姊爱娟，为梅氏所生。因二妾时常争吵，詹烈侯筑墙将宅中分为两院。

戚友先拿有韩琦仲题写诗句的风筝去放，偶然坠落在詹府柳氏院中；柳氏命淑娟和诗一首也写在风筝上。及至韩琦仲看到讨回的风筝上的和诗，极为赏识，又听说此女容貌也十分出色，便又糊了个风筝，仍用戚友先名义写上隐寓有爱慕之情的诗，故意将它落在詹府。不料这次却落在爱娟院内，于是她假冒淑娟之名，约韩夜间到府相会。

剧中赋予韩琦仲的特点是他对择偶有着与众不同的想法：一是要求对象必须在天姿、风韵、内才三方面都与自己相称，二是主张要经过“目击”——“亲自试过他的才，相过他的貌”，方可定夺。因此他便应约而去。及至相晤，发现爱娟目不识丁，言谈粗鄙，寡廉鲜耻，面貌奇丑，使他大吃一惊，狼狈逃走。

戚补臣为其子友先聘爱娟、为韩聘淑娟。爱娟于成亲时无意中泄漏前此约人夜晤之事，引起一场戚友先与她大吵的戏（第二十一出《婚闹》）。

韩琦仲误以淑娟为爱娟，虽被迫允婚，然于婚夕即独宿于书房。后发现淑娟并非丑女而是才貌双全的美女，乃大喜过望，谢罪求和。（第二十九出《诧美》）

最后于詹家翁婿团聚时，韩琦仲始知昔日所晤之人即爱娟，经过一番争吵，“把往事付之流水”，彼此言和，喜庆团圆（第三十出《释疑》）。

《惊丑》出演的即是韩琦仲夜入詹府遇到爱娟的过程。

这出戏安排得极有层次，演出时喜剧效果一个接一个相继而出。第一个效果，出自韩琦仲和詹爱娟二人的性格碰撞。一个是“外貌却像风流，肚里一发老实不过”的才俊秀士，一个是粗鄙下流的淫荡女子。这样两个人黄夜约会，自会生出特殊内容。一开始，女的说“从容不得”，急于偷情；男的偏要不合时宜地怕“恐伤雅道”，不仅连“风情话”也一句说不出，反要谈诗论文。这样便引出了充分暴露她不学无术、蠢笨愚劣的“你那首拙作，我已赐和过了”，把《千家诗》第一首理学家程颢的“云淡风轻近午天”当作“我的佳篇”等滑稽突梯的喜剧语言，令观者捧腹不已。

上面的戏是在没有点灯，双方未能一睹尊容的情况下进行的。当韩琦仲犹在围绕着谈诗的话题讲什么“小姐的真本，毕竟要领教”之时，乳母送灯来，从而把戏转到了韩琦仲身上。韩这时才看清对方的庐山真面目，甚至怀疑“多应是丑魑魅，将咱魇迷”。但另一方面，詹小姐却是凭借灯光“觑着他俊脸娇容，顿使我兴儿加倍”。于是一个如坐针毡，急于要“赚出重围”；一个说“来不来由你，放不放由我”，绝不肯放他走。现在被动的是韩琦仲了，从他急于逃脱而又逃不掉的尴尬窘态，观者又会感到一种与前不同的喜剧趣味。最后，还是乳母再次登场，才使韩得以乘机摆脱詹的拉扯，仓皇逃去。而此时，乳母讨功的夸赞“我家小姐是个救苦救难的观音菩萨”，恰和韩表扬她的“你这保母是个急急如律令的太上老君”形成巧对，定会再次引起哄堂大笑，正所谓全凭此语撒娇，作“临去秋波那一转”，以收煞这一大段戏。

配合着上述这些主场戏，在它的前后还有着可视为引子和余文的安排。开场一段乳母和门公的戏，由内容上讲，是乳母设计将看门人打发掉，以便私自接送韩琦仲。

而乳母的话出之以带有对仗意味的韵文，轻灵跳脱，正好引入下面的喜剧场面。韩琦仲逃下台，再让乳母和小姐议论几句，把这场戏淡淡地化出，使人有余味在口之感，以便打点精神继续看下面的戏。

作者通过高妙的写剧技巧，使得《惊丑》成为一出极富喜剧效果的戏，但它的寓意何在呢？是否如一些人所说的只是贩卖市井谑浪的低级趣味，甚或“遂堕恶趣焉”？

必须从全剧来看，才有可能完整地回答这一问题。在这里只能以本出为主，并结合着与它直接有关的前因后果，简略地说一点。

如若说公子赴约偷情而以“惊丑”逃走作结，虽在古代戏曲中已是较为罕见，但那还仅仅是由情节结构上出奇制胜、“脱窠臼”。其实更应当着眼于作者在本出中刻画韩琦仲的形象时，赋予他的一些独有的特色。

首先是韩琦仲绝没有“色胆天来大”“打扮的身子儿乍，准备来云雨会巫峡”（《西厢记》杂剧）的意味，而出场的形象竟是“俯首潜将鹤步移，心上蹊跷，常愁路低”，并自觉是“邪人多畏”，听到乳母一声咳嗽，便惊吓得“倒退介”“躲介”。当他考虑到万一被人拿住时，以为最主要的是绝不能影响小姐的名节，“我宁可认做穿窬也不累伊”。其次是他的作为确实是如詹小姐事后所说：“外貌却像风流，肚里一发老实不过。说了一更天的诗，讲了一更天的道学。不但风流事不会做，连风情话也说不出一句来。”这一些，就使得韩琦仲的形象和古代戏曲中习见的多少带有些急色儿味道、一门心思为期遂“好事”而赴幽会的公子，大有不同。

韩琦仲为什么会是这样的呢？这决定于他此行的动机、目的：一定要经过“目击”，考察对方是否在天姿、风韵、内才三方面都与自己相称。剧中通过韩琦仲这一形象传达的求婚标准和“目击”方式，大不同于他那时期礼俗和常规的认识；而这正是《风筝误》的最大特点，也正是全剧寓意的体现所在。

所以，他之会应邀到韩府来与小姐相见，虽然在形势上有类于戏曲中习见的“幽会”，但目的全在于要“目击”一番，以进一步了解和诗女子是否符合自己的求偶标准，而根本不涉于期遂“好事”。循着这一线索来看，就可以理解作者为什么不给他如天色胆，为什么他不但不做风流事，不谈风情话而只是谈诗论文。就可以理解这出戏在全剧中所起的作用，即在于以夸张的笔墨、喜剧的手法，使观众在对詹爱娟丑态的讥笑，对韩琦仲窘态的谐笑中，从事实上认同韩琦仲事后对这次遭遇所做的归纳：他不晓得爱娟是冒名顶替的假货，因而认为前此听到的关于詹家小姐容貌出众的一类传言，都是不能信任的骗人鬼话；风筝题诗等佳话，也有倩人捉刀的赝笔。总之是“耳内千闻，不如一见”，单凭父母之命、媒妁之言来议定婚姻，难免是不能美满的，“好事从来由错误”，只有改用封建礼教认为“错误”的“目击”方法，才能真正成就美满好事。

在这里还有必要对詹爱娟的塑造讲几句话。詹爱娟是一位出身宦门、待字闺中的少女，纵然性格愚鲁粗鄙，当也不会像剧中那样寡廉鲜耻和赤裸裸地追求色欲，剧中所写显然是不真实的，趣味低俗。但另一面也要看到，戏曲本来就不是按照表面真实来表现生活的艺术。抓住一点，大加夸张，甚至让角色直接把心中最见不得人的丑恶思想坦言出来等，原是戏曲惯用的手法。尤其是在丑角的科诨中这更经常使用。著名的例子如元杂剧《窦娥冤》《魔合罗》中都有的审案官一见到告状人便急忙下跪，并解释下跪的理由说："但来告状的，就是我衣食父母。"这虽被认为是讽刺力度极强的科诨，但如不顾戏曲艺术规律而从生活表面真实角度来要求，它也显然是不真实、不能成立的。对詹爱娟以及其他戏中诸如此类的描写，似亦应作如是观。

（陈多）

风筝误

第二十一出　婚闹

原文

【女冠子前】

(老旦上)一官匏系人难到[①],儿未嫁,婿先招。

老身梅氏。自从老爷上任,已经一载,烽烟阻隔,音信杳然。女儿年纪十八,正当婚嫁之时。前日戚家来议婚,老身已经许诺。今乃成亲吉日,花烛酒筵,俱已齐备,戚家女婿,也该到门了。

【临江仙尾】

(副净带末上)嫖经收拾赋《桃夭》[②],且尝新淡菜,莫厌旧蛏条[③]。

(净扮掌礼请介)(丑纱巾罩面上)(行礼照常介)

【山花子】

(合)双双拜罢笙歌闹,满堂贺客如蟗[④]。两亲翁金榜共标,戴乌纱旧日同僚。女和男青春并韶,衡才絜貌差不遥。苍天配就鸡鹨交[⑤],八两半斤,不错分毫。

(老旦)你们移灯送入洞房,早些回避。养儿方识为娘苦,嫁女

良宵
空把長更
守那
曉得佳人
非舊
被一介作孽
的風
箏誤到頭

翻增阿母羞。(先下)

【大和佛】

(合)撒帐繁言休絮叨[⑥],听鼓谯,移灯送鹊入鸠巢[⑦]。好良宵,闰年闰月更难闰,饶云饶雨漏难饶[⑧]。你每人人尽识新婚好[⑨],当初也曾年少。不听见夫人语,他也曾做过新人因此上厌烦嚣。

【隔尾】

行行不觉珠围到,绕室多将宝炬烧。(进房介)(副净)你们都回避,好待我揭去纱笼看阿娇。

(众)双双入室调新瑟,各各归家理旧弦[⑩]。(下)(副净揭纱巾看丑)(惊背介)呀,我只道詹家小姐,不知怎么样一位佳人,原来是这样一个丑货!

【粉孩儿】

相逢处,顿将人佳兴扫。甚新婚燕尔,恼人怀抱。怎教我翩翩公子裘马豪,配伊行野鬼山魈[⑪]!我戚友先一向嫖妇人,美恶兼收,精粗不择,丑的也曾看见几个,不曾象他丑得这样绝顶。你看那鼻凸睛凹,说不尽他颜面的奇巧。(闷坐介)

(丑)戚郎,我只得一年不见你,你怎么就这等老苍了?(副净惊介)

【福马郎】

(丑)为甚的一载分离人便老,全不似旧日的莲花貌[12]?莫不是担愁闷,害相思,因此上把容焦?那一夜呵,我们好好的说话,被奶娘撞将来,你只说是夫人,跑了出去。我自那一夜直想到如今,好不苦也!(副净大惊介)(丑)我终日把伊瞧,流尽了千行泪,才等得到今朝。

(副净拍案大怒介)哇!丑淫妇!你难道瞎了眼,人也不认得?我何曾到你家来?我何曾见你的面?我何曾撞着甚么奶娘?你不知被那个奸夫淫欲了去,如今天网不漏,在我面前败露出来!

【红芍药】

听说罢,怒气冲霄,斩伊头恨无佩刀。我只道玄霜未经捣[13],又谁知被他人掘开情窍。到如今错认新郎作旧交,刚抬头便把玉郎频叫。这供词是你贼口亲招,难道说我玷清名把奇谤私造?

【耍孩儿】

(老旦持灯上)为甚洞房频厮闹?莫不是儿女娇羞甚,激起那卤莽儿曹?女儿女婿成亲,为甚么争闹起来?我想没有别事,一定是为女儿装模做样,不肯解带宽衣。做公子的粗豪心性,不会温存,故此撒起性来。如今教我做娘的,又不好去劝得，怎么处？推敲，怎教我羞答答阿母把温柔教？(副净)叫家人，快些打轿，我要回去。(老旦)呀，为甚的学杜宇声声叫[14]？便是要定省也天还早[15]。

(进见介)贤婿，为何这等焦躁？(副净)我不是你女婿，你的女婿去年就有人做去了。(老旦惊背介)这话说得奇怪，难道我女儿有了破绽不成？(想介)就是有甚么破绽，也到上床睡了，才验得出。如今怎么晓得？待我问来。(对副净介)女婿，方才的话，老身不懂，还求明白赐教。(副净)赐教赐教，还是不说的妙。若还要我说来，只愁你要上吊。都是你治家不严，黑夜间开门揖盗。预先被别人梳栊了宅上的粉头[16]，如今教我来承受这乌龟的名号。(老旦大惊介)怎么！我家门禁森严，三尺之童不得擅入，那有这等的事？请问贤婿，这话是那个讲的？焉知那说话的人，不是诽谤小女的么？(副净)请问：别人诽谤令爱，令爱可肯自家诽谤自家么？(老旦)他怎么肯诽谤自家？(副净)这等不消辩了。

【会河阳】

供状分明，不须驳招。(指丑介)是这从奸妇女亲来告。道是去年某夜三更，有人赴招，被乳母亲撞着分鸳好。那人，曾把我尊名冒。那人，更比我尊容好。

(老旦大惊对丑介)怎么！你既做了不肖的事，为甚么又对他讲？好好从直说来，省得我做娘的发恼。被隔壁娘儿两个听见，笑也被他笑死！(丑)去年清明时节，有个戚公子的风筝落在我家。他黑夜进来取讨，我与他说了几句闲话，其实不曾有甚么相干。我那一晚在灯下，不曾看得明白，如今只道是他，说起去年的旧话来，那晓得不是那个戚公子。(老旦捶胸气介)生出你这样东西，坏爹娘的体面，如今怎么好？

【缕缕金】

真冤孽，怎开交？难怪新郎怒，发咆哮。教我有口难相劝，理穷词拗。丑名儿终被外人嘲，先愁隔墙笑，先愁隔墙笑。

(对副净介)贤婿，是我女儿不争气，怪不得你发恼。只是你今晚若不成亲，走了回去，寒家的体面固然坏了；就是府上的名声，也有些不雅。待老身替小女陪罪，求贤婿包荒[17]，暂为夫妇。小女若不中意，三妻四妾，任凭你娶就是了。

【越恁好】

我劝你暂时欢好，暂时欢好，再觅凤鸾交。我小女呵，只图个中宫假号[18]，那专房宠，任你去别涂椒[19]。我只要这名儿不向金榜标，便是你封妻的荫诰。不瞒贤婿说，你丈人第三个小，与老身最不相投，就在隔墙居住。若还与他知道，老身这一世，怎么被他批评得了？外人笑，还在那背后把便宜讨。内人笑，怎经他对面的讥弹巧？

(副净)这等与他说过，我成亲之后，就要娶小的。世上的妇人，偏是丑而且淫的，分外会吃醋。不要等我娶小的时节，他又放肆起来。(老旦)有老身在这里,贤婿不要多虑。女儿过来!(扯丑近副净介)(副净)说便是这等说,我只好饶你个初犯,以后若再如此,我要连前件一齐发落的!

【红绣鞋】

(合)朦胧且暂成交,成交。休教辜负良宵,良宵。看月影,上花梢。谯鼓歇,鸟声嘈。急乘鸾休待明朝[20],明朝。

(老旦)老身去了,你两个好好的成亲,再不要多话。养女不争气,累娘陪小心。(先下)

【尾声】

(丑)戚郎,戚郎,我原封不动还伊好,你不信只验取葳蕤锁匙牢。(副净)便做道危城尚保,你这召寇的官评也难书上考[21]。

(丑)前度刘郎不再来,教人错对阮郎猜。

(副净)我已知误入天台路,且看你玉洞桃花开未开[22]。

注

① 一官匏(páo)系:匏,匏瓜,葫芦属的植物。《论语·阳货》:"吾岂匏瓜也哉,焉能系而不食!"此谓詹烈侯在官公务缠身。

② 桃夭:《诗经·周南》篇名,该诗以桃花盛开为比,赞美男女及时嫁娶。夭,形容花木茂盛。

③ "且尝"二句:淡菜、蛏,都是海产的贝类软体动物,可供食用。此处

是喻指女性的市井亵语。

④ 螬(cáo):蛴螬,金龟子的幼虫,圆柱形,古人以为它"以背滚行",故用以形容人的拥挤。

⑤ 鸡鷃(yàn)交:谓猥劣之徒配成夫妇。鷃,斥鷃,《庄子·逍遥游》中"翱翔蓬蒿之间"而嘲笑大鹏的小鸟。

⑥ 撒帐:旧时婚仪,新人对拜后,就床坐,贺喜妇女撒掷金钱彩果,称为"撒帐"。

⑦ 鹊入鸠巢:《诗经·召南·鹊巢》:"维鹊有巢,维鸠居之。"以鸠居鹊巢比喻成亲后女居男家。因戚友先是赘入詹府,所以变化故典,而改为鹊入鸠巢。

⑧ "饶云"句:饶,增加。云雨,暗指男女欢会。典出战国楚宋玉《高唐赋序》。漏,古代的计时器,借指时间。

⑨ 你每:你们。

⑩ "双双"二句:新瑟、旧弦,分别喻指新婚及成婚已久的夫妻,均自以"琴瑟"喻夫妻化出。

⑪ 伊行(háng):她那里。山魈(xiāo):传说中的鬼怪,相貌奇丑。

⑫ 莲花貌:比喻男人美貌的惯用语。《旧唐书·杨再思传》:"又(张)易之弟昌宗以姿貌见宠幸,再思又谀之曰:'人言六郎面似莲花,再思以为莲花似六郎,非六郎似莲花也。'"

⑬ 玄霜:神话传说中的仙药名。唐裴铏《传奇》载秀才裴航于蓝桥驿借玉杵捣仙药玄霜的机缘而得与仙女云英成亲的故事。此处化用这个典实,以之比喻其尚系处女。

⑭ 杜宇:鸟名,即杜鹃。晋常璩《华阳国志·序志》:"杜宇(古蜀国之王)之魄化为子鹃。"传说此鸟昼夜悲鸣,啼至血出乃止,鸣声似"不如归去"。

⑮ 定省:指子女早晚向亲长问安。典出《礼记·曲礼上》:"凡为人子者,冬温而夏清,昏定而晨省。"

⑯ 梳栊:亦作"梳拢",指妓女第一次接客发生性关系。粉头:妓女。

⑰ 包荒:掩饰,遮盖。

⑱ 中宫:犹言正宫娘娘,此指正室嫡妻,相对于偏房小妾而言。

⑲ 别涂椒:古时嫔妃所居之屋用椒和泥涂壁,取其香而多子,故椒房可代指嫔妃,此用引申义,指另纳小妾。

⑳ 乘鸾:犹言乘凤。传秦穆公有女弄玉好音乐,嫁善吹箫之萧史,穆

公为筑凤凰台使二人居之,一日夫妇吹箫引凤,乘凤仙去。此借指成婚。

㉑ 上考:考绩上等。古代有品级的官员每隔几年都要进行考核,明其功过,作为升迁和贬黜的依据。

㉒ "前度"四句:"前度"句反用唐刘禹锡《再游玄都观》诗"种桃道士归何处?前度刘郎今又来"句,刘郎又兼指刘晨。阮郎,指阮肇,南朝宋刘义庆《幽明录》载东汉永平间刘晨、阮肇双入天台山采药,二人迷路不得返,寻水得大溪,在溪边遇二仙女,留住半年,归家后,时已入晋,子孙已历七世。后人用此典故,称"武陵溪",亦作"武陵源"。玉洞桃花,指晋陶渊明《桃花源记》所说的武陵渔人偶入的桃花源,后人用此典故,亦称"武陵源"。此处"玉洞桃花"为与性有关的隐语。

鉴赏

"年家正好结姻家,门户相当自不差",在"父母之命、媒妁之言"的安排下,"不思上进,只习下流"的戚友先和德、才、貌三者俱亏的詹爱娟结成了夫妻。但合卺之夕就不得安宁,演出了一场闹剧。

戏由拜堂成亲开场。虽然是所谓"撒帐繁言休絮叨",简单带过而已,但如戚友先一上场就唱的"嫖经收拾赋《桃夭》",掌礼等人暗含调侃意味的合唱"女和男青春并韶,衡才挈貌差不遥"等,却也是切合时宜的本地风光,而非泛泛之词。

主要的戏即是由詹爱娟提到《惊丑》出那次约会引起的。但一般来说,新婚之夜的新娘当是寡言少语,且正如梅氏对爱娟所说:"你既做了不肖的事,为甚么又对他讲?"

更加戚友先又是对此事一无所知。因而如何自然而然地揭开这件事,是有一定难度的。但李笠翁却处理得既简洁又自然。

行礼如仪后,急色儿戚友先当然要迫不及待地“揭去纱笼看阿娇”;而一见到詹爱娟那副尊容,“相逢处,顿将人佳兴扫”,他只得闷坐不语。这就为詹爱娟开口讲话准备了条件。讲什么呢?事先早有安排:“惊丑”时韩琦仲是冒戚友先之命来的,所以现在詹爱娟仍以为新郎就是那次登过门的旧识。既有此一面之缘,由叙旧日寒温讲起,便是顺口而出的话题了。而这件事只要一讲出来,当然就顺流而下,一发而不可收拾。

既要放得开,又要收得拢,开合均需自然而又有戏。闹翻了,如何收场呢?这时用得着丈母娘梅氏了。一开始她只是因为关心女儿而在听“隔壁戏”,虽然略闻争闹之声,但不晓得是为了什么,且此刻“做娘的,又不好去劝得”,只好且耐心地观察事态发展。及至听到新郎高喊打轿回府,她只得被迫破门而入了。“供状分明,不须驳招”,事实是明摆着的,梅氏怎样来了结这一场公案呢?她是妾位,尤其是如前面已经再三交代,和柳氏妾经常争风吃醋,都想把对方压下去。所以她不会像谨遵礼教闺范的家长一样处分女儿,而是顾虑“丑名儿终被外人嘲”,特别怕的是“先愁隔墙(指柳氏)笑”,于是她要想办法把丑闻遮掩过去。在那个时代,“面子”“名声”是很重要的,并且正像韩琦仲所说“邪人多畏”,越是像戚友先这样的小人,越是怕丢面子。作者正是抓住社会上这一类型人物的普遍心理状态,让梅氏告诫戚友先说,你今晚不做亲而走回去,势必把这桩丑闻弄得人所尽知,“就是府上的名声,也有些不雅”!这就使得戚友先不得不认真考虑一下。随之梅氏又抛出“胡萝卜”,那便是爱娟只要有“中宫假号”便足矣,“三妻四妾,任凭你娶就是了”。这一点使戚以后可以明目张胆地放肆胡行,而詹爱娟如若敢于吃醋,便是“放肆”;这真是投戚友先之所好,于是他便也应允下来,“朦胧且暂成交”。由于作者抓住了梅氏、戚友先的性格和心理状态,在三言两语之下,一天风波便合情合理地烟消云散了。

和一般古代文人剧作者不同,李渔强调“填词之设,专为登场”,因而他要钻研“登场之道”。主要的经验之一即是要求剧作者于写作时,将自己假设为演员和观众:手则握笔,口却登场,同时又还神魂四绕,以耳当听者;心口相维,询其好说不好说,中听不中听,以求取得“观听咸宜”的剧场效果。这一点在这出戏中就有着很好的体现。如詹爱娟对新人叙旧情的“戚郎,我只得一年不见你……”的一段戏,设或仅仅想到戚友先缺乏涵养、惯于使性的少爷脾气,将戏写成戚听詹爱娟讲了几句,晓得她曾与人幽会过,便立即发作,当然也是合理的。但李笠翁却把它处理成让戚友先始终一言不发,直至詹爱娟唱完【福马郎】曲才拍案而起,这正是深谙“登场之道”的处理。两者相比较,这样的处理优点有三：一、用“惊介”“大惊介”等形体动作来表现戚聆听詹爱娟讲这段话过程中的内心反应，既为演员提供了发挥做功表演的用武之地，并可能比用语言来表示更有层次、更醒目。二、只有这样才会不打断詹爱娟的话，并让她越讲越得意，直至说出“我终日把伊瞧，流尽了千行泪，才等得到今朝”这样的话，把一段自出已丑的闹剧做得酣畅淋漓。三、更重要的是这出戏的由喜庆成亲到大吵大闹的转变，根源虽然在于詹爱娟的这番不打自招的话，但气氛的陡转，却靠戚友先的发作。而现在这样的处理，使戚的拍案大骂表现为由静转动的突然爆发，一开口就把反应的激烈程度推上了顶点，自然更有利推动情节以至气氛的急剧转换。尤其是最后这一点，如若只是读剧本而不是“全以身代梨园”，考虑到舞台气氛，很可能是领会不到其中妙处的。

再如当梅氏问戚友先究竟是怎样一回事时，戚却不是怒气冲冲地揭发控诉，而是接着梅氏所说“还求明白赐教”，回答了“赐教赐教，还是不说的妙”等一段节奏鲜明的数板，并且用的也还是和这出戏唱词统一的轻俏流丽的“萧豪”韵，明显地让观众知道他已经由怒火中烧转为轻松的蔑视了。其实这正是李笠翁所企图达到的舞台效果。因为这既显出戚友先本来就不是把“节操”看得很重的人，他的发作，和詹爱娟的尊容大有关系，如若詹是天香国色，他也很可能不计较此事了。同时也为最后的和解准备了思想基础。

这一对宝贝夫妻是“门当户对”，在“父母之命、媒妁之言”的封建礼法安排下结合的。但这种世俗以为是“好事”的婚姻，绝不会为他们带来幸福、和谐的家庭生活，当是不言自明的。剧作者在本剧开场第一出《巅末》就曾说到：“若要认真才下步，反因稳极成颠仆。”这当是本出戏的用意，它由另一侧面反衬了戏的主题。

（陈多）

风 筝 误

第二十九出　诧美

原文

【传言玉女前】

(小旦带副净上)儿女温柔,佳婿少年衣绣[①],问邻家娘儿妒否?

妾身柳氏。前日老爷寄书回来,教我赘韩状元为婿。我想梅夫人与我各生一女,他的女婿是个白衣白丁,我的女婿是个状元才子。我往常不理他,今日成亲,偏要请过来同拜,活活气死那个老东西!叫梅香去请二夫人过来,好等状元拜见。(副净应下)

【传言玉女后】

(生冠带)(末随上)姻缘强就,这恶况怎生经受?冤家未见,已先眉皱。(见介)

(副净上)夫人,二夫人说,他晓得你的女婿是个状元,他命轻福薄,受不得拜起,他不过来。(生)既是二夫人不过来,今日免了拜堂罢。(小旦)说的甚么话!小女原不是他所生,尽他一声[②],不来就罢。叫傧相赞礼。(净扮掌礼上)(请介)(副净、老旦扶旦上)(照常行礼毕)(共坐饮酒介)

【画眉序】

(生闷坐不开口)(众唱)配鸾俦,新妇新郎共含羞,喜两心相照，各自低头。合欢酒未易沾唇，合卺杯常思放手[③]。状元相度该如此，端庄不轻开口。

【滴溜子】

笙歌沸，笙歌沸，欢情似酒。看银烛，看银烛，花开似斗。冬冬鼓声传漏。早些撤华筵，停玉盏，好待他一双双归房聚首。

(小旦)掌灯送入洞房。(行介)

【双声子】

新人幼，新人幼，看一捻腰肢瘦。才郎秀，才郎秀，看雅称宫袍绣。神祐祐，神祐祐，天辐辏[④]，天辐辏。问仙郎仙女，几世同修？

【隔尾】

这夫妻岂是人间偶？是一对蓬莱小友[⑤]，谪向人间作好逑[⑥]。(众下)(生、旦对坐)(旦用扇遮面介)(内发鼓毕打一更介)

(生背介)他今日一般也良心发动，无颜见我，把扇子遮住了脸。(叹介)你这把小小扇子，怎遮得那许多恶状来。

【园林好】

(生)我笑你背银灯难遮昨羞，隔纨扇怎藏旧丑？他当初露出那些轻狂举止，见我厌恶他，故此今日假装这个端庄模样。(叹介)你就端庄起来也迟了！一任你把娇涩态千般装扭，怎当我愁见怪，闭双眸，愁见怪，闭双眸。

我若再一会不动，他就要手舞足蹈起来了，趁此时拿灯去睡。双炬台留孤烛影，合欢人睡独眠床。(持灯下)(旦静坐介)(内打三更介)(旦觑生不见介)呸！我只说他坐在那边，只管遮住了脸。方才打从扇骨里面张了一张，才晓得是空空的一把椅子。(向内偷觑)(大惊介)呀！他独自一个竟去睡了，这是什么缘故？

【喜庆子】

莫不是醉似泥，多饮了几杯堂上酒？莫不是善病的相如体态柔[⑦]？莫不是昨夜酣眠花柳，因此上神倦怠，气休囚[⑧]，神倦怠，气休囚？

他如今把我丢在这里，不倸不倸，难道我好自己去睡不成？独自个冷冷清清，又坐不过这一夜，不免拿灯到母亲房里去睡。檀郎不屑松金钏[⑨]，阿母还堪卸翠翘[⑩]。(敲门介)母亲开门。(小旦持灯上)眼前增快婿，脚后失娇儿。(开门见旦)(惊介)呀！我儿，你们良时吉日，正好成亲。要甚么东西，只该叫丫鬟来取，为甚么自己走出来？(旦)孩儿不要甚么东西，来与母亲同睡。(小旦大惊介)怎么不与女婿成亲，反来与我同睡？

【尹令】

你缘何黛痕浅皱？缘何擅离佳偶？缘何把母阖重叩？莫不是娇痴怕羞，因此上抱泣含愁把阿母投？

(旦)他不知为什么缘故,进房之后,身也不动,口也不开,独自一个竟去睡了。孩儿独坐不过,故此来与母亲同睡。(小旦呆介)怎么有这等诧异的事?我看他一进门来,满脸都是怨气,后来拜堂饮酒,总是勉强支持。这等看起来,毕竟有甚么不慊意处?我儿,你且坐一坐,待我去问个明白,再来唤你。叫梅香,掌灯。(旦下)(副净上)(持灯行介)(小旦)只道欢娱嫌夜短,谁知寂寞恨更长。来此已是。梅香,请他起来。(副净向内介)韩老爷,请起来,夫人在这里看你。(生上)令爱不堪偕伉俪,老堂空自费调停。夫人到此何干?(小旦)贤婿请坐了,有话要求教。(坐介)贤婿,舍下虽则贫寒,小女纵然丑陋,既蒙贤婿不弃,结了朱陈之好[11],就该俯就姻盟。为甚的愁眉怨气,全没些燕尔之容?独宿孤眠,成什么新婚之体!贤婿自有缘故,毕竟为着何来?(生)下官不与令爱同床,自然有些缘故。明人不须细说,岳母请自参详。(小旦)莫非为寒家门户不对么?(生)都是仕宦人家,门户有甚么不对。(小旦)这等为小女容貌不佳?(生)容貌还是小事。(小旦)哦!我知道了,是怪舍下妆奁不齐整。老身曾与戚年伯说过,家主不在家,无人料理,待老爷回来,从头办起未迟。难道这句话,贤婿不曾听见?(生微笑介)妆奁甚么大事,也拿来讲起?

【品令】

便是荆钗布裙,只要德配也相投。况如今珠围翠绕,还堪度春秋。(小旦)这等为甚么?(生)只为伊家令爱,有声扬中冓[12]。我笑你府上呵,妆奁都备,只少个扫茨除墙的佳帚[13]。我只怕荆棘牵衣,因此上刻刻提防不举头。

(小旦大惊介)照贤婿这等说起来,我家有甚么闺门不谨的事了?自古道:眼见是实,耳闻是虚。贤婿所闻的话,焉知不出于仇口?(生)别人的话,那里信得,是我亲眼见的。(小旦大惊介)我家闺门的事,贤婿怎么看见?是何年何月,那一桩事?快请讲来!(生)事到如今,也就不得不说了。去年清明,戚公子拿个风筝来央我画,我题一首诗在上面,不想他放断了线,落在贵府之中。(小旦)这是真的,老身与小女同拾到的。(生)后来着人来取去,令爱和一首诗在后面。(小旦)这也是真的,是老身教他和的。(生)后来,我自己也放风筝,不想也落在府上。及至着小价来取⑭,谁知令爱教个老妪,约我说起话来。(小旦)这就是他瞒我做的事了。或者是他怜才的意思,也不可知。这等,贤婿来了不曾?(生)我当晚进来,只说面订婚姻之约,待央媒说合过了,然后明婚正娶的。不想走进来的时节,我手还不曾动,口还不曾开,多蒙令爱的盛情,不待仰攀,竟来俯就。如今在夫人面前,不便细述,只好言其大概而已。我心上思量,妇人家所重在德,所戒在淫,况且是个处子,怎么廉耻二字,全然不顾?彼时被我洒脱袖子,跑了出去,方才保得自己的名节,不曾敢污令爱的尊躯。

【豆叶黄】

亏得我把衣衫洒脱,才得干休。险些做了个轻薄儿郎,险些做了个轻薄儿郎,到如今这个清规也难守。

(小旦)既然如此,贤婿就该别选高门,另偕伉俪了,为甚么又求聘这个不肖的东西?(生)我在京中,那里知道,是戚老伯背后聘的。如今悔又悔不得，只得勉强应承。不敢瞒夫人说，这一世与令爱只好做个名色夫妻，若要同床共枕，只怕不能勾了。名为夫妇，实为寇仇。若要做实在夫妻，若要做实在夫妻，纵掘到黄泉，也相见还羞[15]。

(小旦)这等说起来，是我家的孽障不是了。怪不得贤婿见绝。贤婿请便，待老身去拷问他。(生)慈母尚难含忍，怎教夫婿相容！(下)(小旦)他方才说来的话，字字顶真，一毫也不假。后面那一段事，他瞒了我做，我那里知道？千不是，万不是，是我自家的不是，当初教他做甚么诗。既做了诗，怎么该把外人拿去？我不但治家不严，又且诱人犯法了。日后老爷回来知道，怎么了得！(行到介)不争气的东西在那里？(闷坐气介)(内打四更介)

【玉交枝】

(旦上)呼声何骤？好教人惊疑费筹。(见小旦介)母亲为何这等恼？(小旦)你瞒了我，做得好事！(旦惊介)孩儿不曾瞒母亲做甚么事。(小旦)去年风筝的事，你忘了？(旦背想介)是了，去年风筝上的诗，拿了出去，或者韩郎看见，说我与戚公子唱和，疑我有甚么私情，方才对母亲说了。(对小旦介)去年风筝上的诗，是母亲教孩儿做的。后来戚家来取，又是母亲把还他的，干孩儿甚么事？(小旦)我把他拿去，难道教你约他来相会的？(旦大惊介)怎么！我几时把人约黄昏后[16]？向母亲求个分剖。(小旦)你还要赖！起先戚家风筝上的诗，是韩郎做的；后来韩郎也放一个风筝进来，你教人约他相会，做出许多丑态，被他看破，他如今怎么肯要你！(旦大惊)(呆视介)这些话是那里来的？莫非是他见了鬼！(高声哭介)天那！我和他有甚么冤仇？平空造这样的谤言来玷污我！今生与伊无甚仇，为甚的擅开含血喷人口？(小旦掩旦口介)你还要高声，不怕隔壁娘儿两个听见！今日喜得那老东西不曾过来，若过来看见，我今晚就要吊死。我细思量如何盖羞？细思量如何盖羞？(内打五更介)

料想今晚做不成亲了，你且去睡，待明日再做道理。粪缸越搅越臭，(旦)奇冤不雪不明。(下)(小旦)这桩事好不明白。照女婿说来，千真万真；照他说来，一些影响也没有。就是真的，他自己怎么肯承认？我有道理，只拷问是那个丫鬟约他进来的就是了。(对副净介)是你引进来的么？(副净)阿弥陀佛！我若引他进来，教我明日嫁个男子，也像这样不肯成亲。(小旦)掌灯，我再去问。(行介)(副净请介)(生上)说明分散去，何事又来缠？(小旦)方才的事，据贤婿说，确然不假；据小女说，影响全无。这莫须有三字[17]，也难定案。请问贤婿，去年进来，可曾看见小女么？(生)怎么不曾见？(小旦)这等还记得小女的面貌么？(生)怎么不记得？世上那里还有第二个像令爱的尊容！(小旦)这等，方才进房的时节，可曾看看小女不曾？(生)也不消看得，看了倒要难过起来。(小旦)这等，待我叫小女出来，请贤婿认一认。若果然是他，莫说贤婿不要他为妻，连老身也不要他为女了。恐怕事有差讹，也不见得。(生)这等，就叫出来认一认。(小旦)叫丫鬟多点几枝蜡烛，去照小姐出来。(丑应下)(生)只怕认也是这样，不认也是这样。(小旦背介)天那！保佑他眼睛花一花，认不出也好。(老旦、副净持灯照旦上)请将见鬼疑神眼，来认冰清玉洁人。(小旦)小女出来了，贤婿请认。(老

旦、副净擎灯高照）（生遥认）（惊背介）呀！怎么竟变做一个绝世佳人！难道是我眼睛花了？（拭目介）

【六幺令】

把双睛重揉，（近身细认）（又惊背介）逼真是一个绝世佳人！那里是幻影空花，眩我昏眸。谁知今日醉温柔，真娇艳，果风流。不枉我铁鞋踏破寻佳偶，铁鞋踏破寻佳偶。

（小旦）贤婿，可是去年那一个么？（生摇手介）不是，不是，一些也不是。（小旦）这等看起来，与我小女无干，是贤婿认错了人了。（生）岂但认错了人，竟是活见了鬼！小婿该死一千年了。（小旦）这等老身且去，你们成了亲罢。（生）岳母快请回，小婿暂且告罪，明日还要负荆[18]。（小旦笑介）不是一番疑彻骨，怎得千重喜上眉。（老旦、副净随下）（生急闭门）（向旦温存介）小姐，夜深了，请安置罢。（旦不理介）（生）是下官认错了人，冒犯小姐，告罪了！（长揖介）（旦背立不理介）

【江儿水】

（生）虽则是长揖难辞谴，须念我低头便识羞。我劝你层层展却眉间皱，盈盈拭却腮边溜，纤纤松却胸前扣。请听耳边更漏，已是丑末寅初[19]，休猜做半夜三更时候。（内作鸡鸣介）

（生慌介）小姐，鸡都鸣了，还不快睡。下官没奈何，只得下全礼了。（跪介）（旦扶起介）

【川拨棹】

(生)蒙慈宥,把前情一笔勾。霁红颜渐展眉头[20],霁红颜渐展眉头,也亏我屈黄金先陪膝头[21]。请宽衣,莫怕羞。急吹灯,休逗留。

【尾声】

良宵空把长更守,那晓得佳人非旧,被一个作孽的风筝误到头。

鸳鸯对面不相亲,好事从来磨杀人。

临到手时犹费口,最伤情处忽迷神。

注

① 衣绣:穿着官员的公服,指做官。

② 尽(jǐn):方言,请或让的意思。

③ 合卺杯:指婚礼中夫妻饮交杯酒用的酒杯。

④ 天辐辏:天意使他们结合在一起。辐,车轮上由中心伸向轮子外缘的一排排直条。辐辏,指辐都凑集在车轮圆心,喻人或物的聚集。

⑤ 蓬莱:神话中的海上仙山。

⑥ 好逑:美好的配偶。语出《诗经·周南·关雎》:"窈窕淑女,君子好逑。"

⑦ 善病的相如:指汉代文人司马相如,史载他"常有消渴疾"。近人或以为"消渴疾"即糖尿病。

⑧ 气休囚:有气无力的样子。

⑨ 檀郎:晋代潘岳以美姿容著名。他小名檀奴,后因用"檀郎"代指美男子或佳婿。

⑩ 翠翘:妇女用的首饰名,一种钗。

⑪ 朱陈之好：唐白居易《朱陈村》诗："徐州古丰县，有村曰朱陈。……一村唯两姓，世世为婚姻。"后用以代指缔结姻亲。

⑫ 中冓(gòu)：原意是内室，闺门以内。《诗经·鄘风·墙有茨》："墙有茨，不可扫也。中冓之言，不可道也。"以"中冓之言"指闺中之事甚为丑恶，不堪言说。后因称妻有外遇为"中冓之羞"。

⑬ "只少个"句：茨(cí)，蒺藜。注⑫所引《墙有茨》诗以"墙有茨"比闺中淫乱之事，此处即用此意。

⑭ 小价(jiè)：为自己传言的仆从。

⑮ "纵掘"二句：黄泉，地下极深处，亦指葬身之地。《左传·隐公元年》记郑庄公与其母失和后，曾发誓说："不及黄泉，无相见也。"

⑯ 人约黄昏后：宋欧阳修《生查子·元夕》是一首描写男女幽会的词，其中有名句曰："月上柳梢头，人约黄昏后。"

⑰ 莫须有：或许有。宋高宗时秦桧欲置岳飞于死地，韩世忠责问岳飞有何罪，秦答曰："其事体莫须有。"

⑱ 负荆：背负供杖责之用的荆条请罪求罚。典出《史记·廉颇蔺相如列传》。

⑲ 丑末寅初：相当于清晨五时左右。

⑳ 霁(jì)：雨止开晴；引申指为气消释，脸色转为平和。

㉑ "屈黄金"句：俗谚有"男儿膝下有黄金"之语，指男子汉不应轻易下跪，这里是反其意而用之。

鉴赏

《诧美》是这部戏里第二次写洞房花烛夜，也同样是因误会而出戏，但它又别有机杼，和《婚闹》绝无合掌之处。

韩琦仲对于求偶是坚持要"目击"的，并且误以为现在要许嫁给他的就是"惊丑"之夜遇到的女子，因而当然坚决不同意。只是最后弄到再不允婚竟要犯欺君之罪，才无可奈何地勉强应允；但又打定主意："虽然做亲，只不与他同床共枕。成亲之后，即往扬州娶几个美妾，带至京中，一世不回来与他相见便了。”

把戏安排在这样的背景下开场，自然为“拜堂”带来了非同寻常的特殊气氛：一面是傧相赞礼，新人交拜，岳母柳氏喜得状元佳婿，踌躇满志。但另一面却是新郎“满脸都是怨气”，“合欢酒未易沾唇，合卺杯常思放手”，在喜气洋洋的氛围中明显暗示出即将有风暴来临。在某种意义上，它有似于京剧《杨门女将》“寿堂”一折的开场，同样十分有戏。

及至一对新人被送入洞房后，作者写下的舞台指示是“生、旦对坐，旦用扇遮面介”。詹淑娟的这一动作，为成见在胸的韩琦仲提供了进一步发挥想象的机会，以为“他今日一般也良心发动，无颜见我，把扇子遮住了脸”，从而更肯定了对方即是当初见过的女子，遂不谅旧恶地说：“你这把小小扇子，怎遮得那许多恶状来。”于是他径自下场到别室去睡了。詹淑娟绝想不到韩会如此，所以仍是静坐着等待韩来招呼。及至鼓打三更，才忍不住“从扇骨里面张了一张”，而发现对面竟是很形象的只剩下“空空的一把椅子”，新郎早已杳如黄鹤，不知何处去也。于是随着新娘的“抱泣含愁把阿母投”，场上气氛也为之陡变。这段戏中还有一点值得一提，传统戏曲舞台上搬演结婚场面，新娘一般都是以纱巾罩面，《婚闹》出中的詹爱娟也正是如此。这里李渔一反常规，将詹淑娟处理成“用扇遮面”，正是他的匠心所在。“对坐”的韩琦仲必须看不出新娘并非丑女詹爱娟才有戏,而他说那许多误会话时,又要让观众清楚地看到对面坐的乃是美女詹淑娟,并有着“娇涩态”“端庄模样”等表情,兴味才浓。因而这里用扇遮面就远胜于以纱巾罩面了。

变欢欣得意为惊诧惶恐的柳氏,只得委曲求全地去向“佳婿”探问个中缘由。而怨气十足的韩生不仅尽情倾诉前此相会时对方的丑态,而且绝情地相告说:与新人“名为夫妇,实为寇仇”,要做真正的夫妻,“纵掘到黄泉,也相见还羞”。韩琦仲言之凿凿,使得柳氏又变惊诧为愤恨,要去拷问女儿和丫鬟;并再起波澜,引得淑娟因横遭诬蔑而痛哭喊冤。这一段戏和《婚闹》中梅氏上场后的戏十分相像。但由于实质内容迥不相同:戚友先所言句句是实,韩琦仲所言全是误会;柳、梅二人思想品质有别,听到女儿的丑闻后,梅氏只想包荒遮盖,柳氏则态度鲜明地表示若果如此,“莫说贤婿不要他为妻,连老身也不要他为女了”,因而对前史了如指掌的观众的接受心态和期望自也完全不同,根本不会有雷同之感。

戏进行至此,柳氏已完全无法判断韩琦仲和詹淑娟两种不同说法究竟谁是谁非,她又得知韩直到此刻还没有见过新娘的面貌,于是真假莫辨的柳氏只好存着“保佑他眼睛花一花,认不出也好”的侥幸心理,喊出淑娟让韩生再依他的办法“目击”一下,看看前此所见丑女是否即是淑娟。韩琦仲经过辨视,才知晓往日会见的是另一女子,而新人不仅是娇艳风流的绝世佳人，又正是恰合自己“铁鞋踏破寻佳偶”目标的才情气质俱佳的真正的和诗才女。这时宾主易位，轮到詹淑娟搭起架子，不理不睬；而韩琦仲只得赔礼请罪，以至“屈黄金先陪膝头”赶忙下跪。

在《风筝误》中，连写了两次合卺场面。前面的《婚闹》出，詹爱娟无意中露出曾与人幽会的秘事，使得兴冲冲的新郎化喜为怒，大发雷霆。而在本出，却是韩琦仲被迫成婚，满腹怨恨，对新娘不瞅不睬；翻过来又化怨为喜，下跪求亲。重复利用陈套，又使它同中有异，别饶机趣，观众不仅极易接受，还要激赏作者愈出愈奇的巧心匠思了。至此，这一出有喜有悲、有惊有怒、“七情俱备”，并且波澜叠起、变化多端的好戏才告收场，也就成为全剧的喜剧高潮。

李渔论演剧需有“机趣”时，强调戏不应有“断续痕”。“所谓无断续痕者，非止一出接一出，一人顶一人，务使承上接下，血脉相连。即于情事截然绝不相关之处，亦有连环细笋伏于其中，看到后来方知其妙。如藕于未切之时，先长暗丝以待，丝于络成之后才知作茧之精。此言机之不可少也。”(《闲情偶寄》)这出戏开场时柳氏“叫梅香去请二夫人过来，好等状元拜见”的一句可以是无所谓的客套话，在李渔运用起来，竟也生出许多“承上接下”的好戏。其一，韩琦仲是位状元公，因而柳氏之请是为了“活活气死那个老东西”，梅氏辞说“命轻福薄”受不得状元的“拜起”，也醋意溢于言表。这就使得一请一辞，不停留在一般应酬上，而微妙地反映出了人物间的关系。其二，梅氏一辞谢不来，韩琦仲就像抓到救命稻草似的急忙提出“既是二夫人不过来，今日免了拜堂罢”，这实际上给了他一个表示不愿就婚态度的机会，但柳氏又难以当即参透实情。其三，在后来淑娟痛哭喊冤的紧张时刻，作者仍有余暇利用这一伏笔，让柳氏急掩淑娟之口，并说：“今日喜得那老东西不曾过来，若过来看见，我今晚就要吊死。”其四，下面将要介绍的《释疑》一出戏，也正奠基于这里的梅氏母女此刻没有和韩琦仲相见。草蛇灰线，似并非有意预作伏笔，正所谓“如藕于未切之时，先长暗丝以待”。

（陈多）

风筝误

第三十出 释疑

原文

【忆莺儿】

(外冠带引众行)(唱上)兵燹稀，甘雨肥，未及瓜期诏已催[①]，带便还乡昼锦衣[②]。新花拂旗，新沙筑堤[③]，宦囊不重肩夫喜。鹤相随，破琴犹在[④]，依旧载将归。

下官詹烈侯，复任西川，未及一载。蒙圣上俯鉴微劳，加升大司马之职[⑤]，钦召回京，带便从故乡一过。左右的，此处到家，还有多少路？(众)只得一站了。(外)这等快些趱行，今日定要赶到。(齐唱"宦囊"二句下)

【燕归梁】

(老旦上)先到华堂等客归，羞老鬓，更蓬飞。(副净衣巾同丑上)阿姨新做状元妻，重见面，愧前非。

(老旦)老爷今日回来，老身一家先到公厅等候，柳夫人与他女儿女婿，想必也就来了。

【前腔】

(小旦上)膏沐新添媚远归，重学画，少年眉。(生冠带同旦上)逼成婚媾转相宜，亏阿丈，赚良媒[⑥]。(老旦、小旦

先见介）

（小旦）女儿女婿成亲之后，还不曾见你，如今请坐了，待他们拜见。（老旦）等老爷回来，一齐拜罢。（生）这等先见常礼。（生、旦见老旦介）（副净、丑见小旦介）（生、副净相见介）（旦、丑相见介）（老旦）你们今日顺便相见，只当会亲，大小姨夫，大小姨娘，都见一见，省得东躲西躲。（副净见旦）（旦作恼容回礼介）（生见丑）（丑作笑容回礼毕）（各惊介）（生背介）这位大姨，好像在那里会过一次的？待我想来。（想介）（丑背介）小姨夫的面貌，与去年进来的人，生得一模一样，这一个更觉得标致些。（生）好奇怪，我恍恍惚惚记得在京中那个所在相会一次，为甚么再想不起来？

【渔灯儿】

真怪异，既是上林花，为甚的向此处栽移？是了，我记得初报状元的那一晚，曾做个恶梦，梦中的人，就是这副嘴脸。记在恶梦里，受伊行无限凌亏[⑦]。且住，梦中的人，就是去年相会的詹小姐了。难道去年见鬼，如今又见鬼不成？待我问夫人。（对旦指丑介）夫人，那边立的还是人还是鬼？（旦）是我家姐姐，你怎么说起鬼话来？（生）这等我去年不曾见鬼，就是见了这个像鬼的人。分明是这个似鬼人儿把我迷，冒神女把夜叉相替[⑧]，到今日鬼和神相对难欺。

（旦）你仔细看一看，又不要认错了人。（生）一毫也不错。（老旦对小旦介）前日女儿女婿成亲，不曾送得喜酒，今日有一杯清茶奉献。叫丫鬟拿茶来。（净捧茶上）和气人家无大小，不妨乳母代梅香。（见生）（各惊介）（对丑介）小姐，那分别是去年进来的人，你可认得？（丑）面貌虽是一般，觉得去年的还没有这等标致。(净)去年是戴方巾,今年换了纱帽,自然一发标致了。(丑)有理。

【锦渔灯】

天生就他娇面孔,原先美丽。况戴着俏乌纱,更长风姿。去年若不是你冲散了好事,今日这个诰命夫人,一定是我做了。都是你夺去花封送阿姨,至今日教我睁白眼,妒人妻。

(生背对旦介)夫人,如今不但假莺莺认出来,连假红娘都认出来了。(旦)在那里?(生)方才捧茶的那一个就是。(旦)原来是他们串通诡计,冒我名头,做出这般丑事,累我受此奇冤。我如今说与母亲知道,当面对他讲个明白,肉也咬他几口下来。(欲行)(生扯住衣袖介)夫人,这个断使不得。你若与他争论起来,戚公子听见,说我调戏他的妻子,这场怨恨怎得开交!(旦)这也顾他不得。(撇脱衣袖[9])(对小旦介)母亲,有一句新闻,说与你知道。(扯小旦附耳说话)(生慌介)他母亲知道,一定要做出来了,这桩事怎么样处?(副净背介)你看他娘儿两个唧唧哝哝,把手指着我家娘子,只怕是看荷花的事情发作了[10]。他若与我娘子面质起来,老韩听见,说我调戏他妻子,这场怨恨怎得开交!(小旦听毕高声介)原来有这等奇事,好没廉耻的女儿!(生、副净各慌介)(副净背介)我说不停当,如今怎么了?须要生个法子,骗老韩出去,不等他听见才好。(生背介)我说不停当,如今怎么了?须要生个法子,骗老戚出去,不等他听见才好。我有道理。(对副净介)老襟丈,如今岳父快到了,我们同到郊外去接他一接,何如?(副净大喜介)妙!妙!妙!小弟正有此意。我们

两位新娇客[11]，莫管他家闲是非。(同下)(小旦对老旦介)亏你有本事，养得这样好令爱出来。(老旦惊听介)

【锦上花】

(小旦)一羡你的肚皮，二羡你教法奇，生这风流令爱倒会讨便宜。(老旦)我晓得你的女婿是个状元，如今要压制我么？(小旦)一愧我命运低，二愧我福分微。招得个状元女婿，又有了前妻，把诰封送还伊。

(老旦)有话明讲，不要语中带刺，讨人的便宜，(小旦)我正要和你明讲。去年清明时节，你家女婿拿一个风筝，央我家女婿画。我家女婿懒得画，题了一首诗在上面。你家女婿放断了线，落在我家。我见上面有诗，教女儿和了一首。不想被你家女婿讨了出去。后来我家女婿也放风筝，也断了线，又落在你家。你的好令爱，就想做起风流事来。你做风流事也罢了，为甚么假冒我家女儿的名头，约他进来相会？我家女婿想是见他忒标致了些，吓得不敢动手。谁想你家令爱，做湖州船倒撑起来，做出许多怕人的光景，弄得我家女婿抱头鼠窜。今年他在京中，戚公替他聘了我家女儿。他前日回来做亲，只说还是那一个，怒气冲冲，不肯与女儿同睡。及至我去细问缘由，把女儿与他细认，知道不是，才肯成亲。虽成了亲，究竟不得明白。方才在这边三头六面认将出来，方才晓得是这本新戏。(老旦呆介)(旦对丑介)你当初说，我做了夫人，须要带挈你带挈。谁想我还不曾做夫人，你倒先做了夫人；我还不曾带挈你，你倒带挈我淘了那一夜好气。

【锦中拍】

多谢你椒房宠把内家荫庇，这封诰忒离奇。我如今情愿把夫人让你，只要陪还我那一场呕气。为甚的你图欢乐教别人皱眉？为甚的把风筝强匿？为甚的把我名儿巧替？好好的献出原赃，自口供罪，不须得紧紧的把牙关闭。

(老旦对小旦介)这等说起来，是我这个不成器的坏事了。你娘儿两个，如今要怎么样？(小旦)我没有甚么讲，只等老爷到家，拦马头就是一状，听凭他审就是了。(老旦)若审起来，你也未必全赢，我也未必全输。(小旦)怎见得？(老旦)莫说坏事的不好，还怪起祸的不是。虽是我家女儿冶容诲淫，也是你家女儿多才惹事。虽是我家闺范不严，不该放男子进来，也是你家门缝忒宽，不该让风筝出去。我要吃场大亏，你也要忍些小气。我的女儿若问充军，你的女儿也要问个徒罪。不如同你两下里私和，还省了一场当官的没趣。

【锦后拍】

笑世上，打官司的没便宜，枉自两下费心机。纵有十分道理，有十分道理，原告的脚膝头预先落地。便全赢，也有一分纸钱陪。倒不如三杯酒，化做一团和气。还落得冤家少，狭路省防堤。

(丑对小旦介)你若和了就罢，若不肯和，我拚得做一个下水拖人。(小、旦)怎么样的拖法？(丑)我说是妹子做诗在风筝上，约他进来，他认不得路，错走到我房里来的。(小旦呆介)(旦)不妨，有引他的人在这里。他走错了路，难道奶娘也走错了路不成？(净惊背介)这怎么了得？老爷到家，若还审起来，少不得拷问我。女儿是他亲生的，料想不置于死地，算来算去，只苦得我。没奈何，跪将过去，替他求和罢了。(跪小旦介)夫人饶了我这条狗命，和了罢。(小旦不理介)(净跪旦介)小姐，你一向是贤慧的，劝声夫人，和了罢。(旦不理介)(净起介)夫人不肯和，小姐不肯和，这张状子是一定要告的了。告起来，我少不得是死。这堂前有一口古井，不如跳下去，预先淹死了，省得明日零星受苦！(跳介)(旦扯住介)不要如此，待我劝夫人和了就是。(旦向小旦介)母亲，和了罢。(小旦)我若与他和了，他娘儿两个倒翻起招来，怎么处？(老旦起拜小旦介)柳夫人，是我女儿该死了。你若肯和，我终身不敢忘你大德。(小旦)这等说，只得和了。(同拜介)(净磕头谢介)

【隔尾】

(合)半生妒恨今朝释，把往事付之流水。(老旦)你就有万顷恩波也难将我这羞洗。(内鼓吹介)

(老旦)老爷回来了，三娘，千万不要提起！(小旦应介)(丑又叮嘱旦介)

【点绛唇】

(外冠带引众)(生、副净随上)重到门楣，郁葱瑞霭增佳气。只因家内，添个乘龙婿[12]。(各见介)

【前腔】

(小生冠带上)宦客新归,旧时年友新姻戚。芝颜重对,两鬓添霜未?(各见介)

(老旦、小旦)你们两个女婿都不曾拜丈人,两个媳妇都不曾拜公公,今日在此,不如同拜了罢。(同拜介)

【画眉序】

(外、小生)儿媳已齐眉[13],婚嫁从心向平喜[14]。幸双亲犹健,杖不须携。既有子瓜瓞能绵[15],便无儿桑榆堪慰[16]。(合)朱颜白发同偕老,举世共夸荣贵。

【前腔】

(老旦、小旦)门户有光辉,玉树兼葭得同倚[17]。喜枯梅衰柳[18],不怕霜威。虽不是桃李春荣,还学得枇杷晚翠。(合前)

【前腔】

(生、旦)何处谢良媒?一阵狂风似神鬼。怪风筝一片,东走西飞。论赏罚罪不酬功,量恩私功能赎罪。(合前)

【前腔】

(副净)一对丑夫妻,空费百般巧心计。岂从来神

器[19]，不许人窥。男偷女宝剑成精[20]，女偷男灯光作祟[21]。（合前）

【滴溜子】

（合）团圆处，团圆处，欢声如沸。相逢处，相逢处，欢容如醉。评才貌，真无愧。总亏堂上翁，平心见已。公道无私，合成双配。

【尾声】

无心演出风筝戏，怕世上儿童学会，也须要嘱语东风向好处吹。

传奇原为消愁设，费尽杖头歌一阕[22]。

何事将钱买哭声，反令变喜成悲咽？

惟我填词不卖愁，一夫不笑是吾忧。

举世尽成弥勒佛[23]，度人秃笔始堪投[24]。

注

① 瓜期：《左传·庄公八年》："齐侯使连称、管至父戍葵丘，瓜时而往。曰：'及瓜而代。'"意思是说到明年瓜熟时派人来接替他们。后因称任职期满为"瓜期"。

② 昼锦衣：指荣耀地回归故乡。语出《汉书·项籍传》："富贵不归故乡，如衣锦夜行。"

③ 新沙筑堤：唐代故事，宰相出行时以沙铺路，称为沙堤。

④ "鹤相随"二句：喻为官清廉。《宋史·赵抃传》载赵抃去成都赴任时，随身只带一琴一鹤。

⑤ 大司马：古官名，隋以后废；明清时为兵部尚书的别称。

⑥ “逼成”三句：指戏中前面写的韩琦仲允婚过程。詹烈侯浼人为女儿向韩求婚，韩以“自幼蒙戚老伯（戚补臣）抚养成人，婚姻不能自主”的推托之辞婉拒。而詹烈侯却写信给戚补臣，说韩已允婚，只因不曾禀命于戚，不好行聘；于是戚即为韩下礼定亲，并强逼韩过府成亲。

⑦ “既是”数句：上林，秦汉时宫苑名，此处用以代指京城。这几句所讲的事见本剧第十六出《梦骇》，写韩琦仲赴京城应试时，曾得一噩梦，梦见《惊丑》中所见丑女及乳母夤夜奔至，必欲与他苟合。

⑧ 神女：战国楚宋玉《高唐赋》记楚怀王梦见一妇人自荐枕席，称：“妾巫山之女也。”后因称此女为“巫山神女”。此因言梦境，故及神女。

⑨ 攦（shài）脱：甩脱。

⑩ 看荷花的事情：指第二十四出《导淫》和第二十六出《拒奸》所演的内容，内容于本出赏析文字中已有简要说明，可参看。

⑪ 娇客：对女婿的爱称。

⑫ 乘龙婿：《艺文类聚》引《楚国先贤传》：“孙儁字文英，与李元礼俱娶太尉桓焉女，时人谓桓叔元两女俱乘龙，言得婿如龙也。”

⑬ 已齐眉：用东汉梁鸿、孟光夫妇“举案齐眉”典故，但这里主要是表达已经完姻的意思。

⑭ 向平喜：《后汉书·逸民传》载向平于子女婚嫁事毕后即不问家事，出游四方，不知所终。后因称子女婚嫁满意为“向平喜”。

⑮ 瓜瓞（dié）能绵：《诗经·大雅·绵》：“绵绵瓜瓞，民之初生，自土沮漆。”绵绵，连续不断貌。瓞，小瓜。盖以瓜一代接一代不断生长喻子孙昌盛。

⑯ 桑榆：太阳西下时余晖射在桑、榆树端，故代指日暮黄昏，又代指人的晚年。

⑰ 玉树蒹葭：南朝宋刘义庆《世说新语·容止》记魏明帝毛后之弟毛曾与夏侯玄共坐，“时人谓‘蒹葭倚玉树’”。蒹葭，芦苇，喻毛曾与夏侯玄人品的不相称。这里当是借指韩琦仲、詹淑娟和戚友先、詹爱娟。这样的话似不应出自梅氏、柳氏之口，但戏曲也常有将观众的观感借角色之口讲出来的做法。

⑱ 枯梅衰柳：指梅氏柳氏。

⑲ 神器：原指帝位，亦有神异的器物之意。这里借指才貌出众的韩琦

仲和詹淑娟。

⑳ 男偷女：指第二十四出《导淫》和第二十六出《拒奸》所演“看荷花的事情”。

㉑ 女偷男：指詹爱娟邀韩琦仲夜入詹府的《惊丑》出。

㉒ 杖头：杖头钱的省称。原指挂于杖头沽酒饮用的钱，此处泛指娱乐用的钱。

㉓ 弥勒佛：佛名，其塑像袒露大肚子，笑容可掬。

㉔ 度人：佛教语，谓使人解脱世间烦恼，修行成道。

鉴赏

古代戏曲一般都是以“大团圆”结局。这一折戏，既最容易写，也最难写。讲它容易写，是因为它的内容不外是苦尽甘来、合家团聚、满门封赠、皆大欢喜之类，是典型的“光明的尾巴”。八股式的套话取之不尽，只要拿来略微改头换面和加以剪接，便足可敷衍成篇。当然，其后果也就是趣味索然，可看可不看。讲它难写，则是对它提出高标准的要求。对此李笠翁有着一番精彩的见解。他说：“此折之难，在无包括之痕，而有团圆之趣。”并进一步解释说：“骨肉团聚，不过欢笑一场，以此收锣罢鼓，有何趣味？水穷山尽之处，偏宜突起波澜。或先惊而后喜，或始疑而终信，或喜极信极而反致惊疑。务使一折之中，七情俱备，始为到底不懈之笔，愈远愈大之才，所谓有团圆之趣者也。”（《闲情偶寄》）传统剧目中，能达到这样要求的作品并不是太多。而《风筝误》的最后一出《释疑》，正是李笠翁凭借高超的写剧技巧，安排出团圆之趣的标本之一。

两对夫妻结合的戏都已做完，此时不过是詹烈侯荣归故里，骨肉团聚，正所谓“水穷山尽之处”。如若就此草草收场，确只是戏曲“格局”中收锣罢鼓时的“例行公事”，毫无趣味之可言。但作者却正是从这一场面中挖出“团圆之趣”的戏来。因为是阖家相逢，才使韩琦仲有机会第二次和詹爱娟相见，从而悟到“惊丑”时遇见的人即是这位妻姐，于是便“突起波澜”了。“惊丑”之事害得淑娟在新婚之夕就怄了一夜气，积怨在胸，如今既得知罪魁祸首是爱娟，当然要找她算账。而韩琦仲则怕此事一闹起来，“戚公子听见，说我调戏他的妻子，这场怨恨怎得开交”。同时作者事先又早安排了一个“看荷花的事情”，使得戚友先也同样害怕“老韩听见，说我调戏他妻子，这场怨恨怎得开交”。于是观众就在这“大团圆”场面中饶有兴味地看到韩琦仲、戚友先各怀鬼胎，彼此互有顾忌而又很高兴地携手同行，避开是非之地的趣剧。看到梅氏、柳氏和爱娟、淑娟或口锋舌剑、或撒泼放刁，大吵大闹一番而又不得不大事化小，消释前嫌，“把往事付之流水”的闹剧。

这一切，看来似乎是“水到渠成，非由车戽”，十分自然要发生的事。然而究其实，却全是作者用穿插联络的关目、埋伏照应的针线、合情合理的推进事件而编织出来的。

从大关节目看，全剧中必有的《惊丑》当然是关键；而“看荷花的事情”也可以说是为了这里的戏而有意做出的重要安排。所谓“看荷花的事情”指的是第二十四出《导淫》和第二十六出《拒奸》,演的是戚友先入赘詹府后,得见淑娟,垂涎三尺,而爱娟也想把淑娟拉下水,以便抓住把柄,要挟友先和淑娟。因而她借赏玩荷花为名邀淑娟过府,安排友先施行非礼,但遭到淑娟峻拒。这两出戏虽然也表现几个人物各自的思想、品德,不算节外生枝;但要看到,如若没有这一段戏,在本出戚友先没有理由要胆怯而溜掉;而他如不溜掉,梅、柳、爱娟、淑娟等当着他的面算“惊丑”旧账,使他得知爱娟的“旧交”即是韩琦仲时,他将如何对待?所以“看荷花”的戏,实际上在作者的通盘计划之中,主要是为这里预做铺垫。

就细针密线的埋伏照应而言,如在上一折的鉴赏文字中已经提到的,《诧美》出开场时柳氏邀梅氏过来参加淑娟婚礼等的戏,单从一面看,似乎这只是重复表现一下梅、柳之间的积年宿怨,无关轻重。但我们到这里才发现这一细节的重要性。因为如若淑娟成婚之夕梅氏、爱娟都来祝贺了,那韩琦仲当夜就应发觉“惊丑”所见的女子即是爱娟,而不待淑娟此时再发作了。明确交代出当晚梅氏等没有来,正是为了把戏留到此时来做。再如早在第三出《闺哄》中梅氏和柳氏争吵时,爱娟曾经挖苦淑娟说:“妹子,你聪明似我,我丑陋似你。你明日做了夫人皇后,带挈我些就是了。”这句话埋伏在那里,到二十几出后的现在就生发出淑娟几句饶有机趣的台词:“你当初说,我做了夫人,须要带挈你带挈。谁想我还不曾做夫人,你倒先做了夫人;我还不曾带挈你,你倒带挈我淘了那一夜好气。”这些地方,都正如李笠翁所说:“编戏有如缝衣,……凑成之功,全在针线紧密”,“即于截然绝不相关之处,亦有连环细笋伏于其中,看到后来方知其妙”(同前)。

再由事件的推进而言,韩琦仲发现“假莺莺”是引发这场戏的关键。如若将它写得无因而生,突如其来,“令观者识其有心如此,与恕其无可奈何”,自然也要大大降低戏的趣味。而在李笠翁笔下,这一发现过程,恰是表现得曲折细致,合情合理,显示出了很高的写作技巧。

由于“惊丑”已是许久以前的事,所以韩琦仲此刻初见到爱娟,只觉得有些面熟,却记不起在什么地方见过。他先想到曾在京中会过,由此而忆及是在京中做的一场噩梦中得见,又由梦中人才认定她即是“去年相会的詹小姐了”。及至再发现连“假红娘”也在,便铁案如山,无可动摇。但当詹淑娟知道此事后要发作时,他却又说“这个断使不得”。这一笔更让观众感到韩琦仲在这整个发觉过程中,目的并不是要揭穿这桩公案,只是由于碰到爱娟而自然而然、无意识地联想下去而发展至此。这就使得以下富有“团圆之趣”的戏更显自然而少作者所谓“勉强生情,拉成一处”的“包括之痕”。

(陈 多)

意中缘

第十四出　露丑

原文

【普贤歌】

(净幅巾华服上)老婆睡在别人舱,自己埋头不敢张。棒槌擦裤裆,头毛不肯长,几时才做黄和尚?

我是空自从娶了杨小姐过来,已经数日。把大船装着他们两个,自己另雇一只小船尾在后边,莫说不敢见面,就是张也不敢去张一张。只是一件,往常还有妙香那个丫鬟在身边救急,如今连他也过去了。只消这几时工夫,把我熬得死不死活不活。若再是几日的欲火焚烧,连我这个法身都要坐化了。我如今要与黄天监商议,叫他把言语缓缓说他。万一他不怪我,就在路上成亲,也省得到了京中,又做一番手脚。不免叫过船来,与他商议便了。(向内介)驾掌,把船靠着大船,请董老爷过来讲话。(内应介)

【前腔】

(丑巾服上)新郎虽做不同房,落得朝朝醉一场。他嫌貌不扬,我愁没那桩,两家心事都难讲。(见介)

(净)老黄,连日好受用。(丑)说也不该,我在前舱,他在后房。我打草铺,他睡绣床。话也不曾说一句,眼也不曾张一张。只听见后舱洗小脚,丫鬟倒浴汤。我走到下风去小解,刚刚闻得些玉体香。有甚么受用?(净)呸!谁教你做这样假清官?既做新郎也要像个新郎的家数,手便不好动得,口里也讲些知情识趣的话,渐渐亲热起来,才好替我做事。何这等驴膘子向东,马膘子向西。万一被他识破,在路上要死要活起来,怎么了得?(丑)不是我不亲近他,只因他是个女中才子,诗词歌赋、琴棋书画,无所不通。区区的学问是瞒不得老师太的,西瓜大的字识不上两箩,万一他替我谈起文来,教我怎么样答应?故此不敢去近身。(净)这个不消愁得,我前日分付妙香过了,他若与你谈文,妙香自会替你答应。你如今只去亲热他,不时把些肉麻的话挑动他的春心。他若有些难过起来,你就来见我,我自有临机应变之法。(丑)这等说,我就胆大了。如今走过船去,即便依计而行,有好光景就来奉复。(净)快去!淫词忙打点,娇态好安排。(丑)得他淫兴发,是你好时来。(同下)

【霜天晓角】

(旦上)心头鹿撞,底事谁堪讲?欲试山魈伎俩[①],其如野鬼深藏。

奴家自从那日下船,看见彼人的面貌,心上甚是狐疑。欲待试他一试,看他才技如何?怎奈他自从那晚出去,再不走进舱来。或者他自知分量,料想那副嘴脸配我不来,故此不敢相近,也不可知。是便是了,俗语说得好:丑媳妇免不得见公婆。难道躲得一世不成?我如今把笔砚安排在此,待他进来,就好面试,且看真假何如,再做商量便了。(放笔砚介)(丑内叫介)妙香,泡一壶好茶,送到后舱来,我要和夫人讲话。(旦)来了。我只当不知,在这边画画,等他走到,就好把画来试他。(搦笔想

介)画些甚么东西好？也罢，岸上的梅花开了，就画一幅梅花，有何不可！(画介)

【小桃红】

笔呵余冻写春阳。眼到处生佳趣也，笔颖生花，墨渖流香[②]。(丑换飘巾艳服作娇态上)缓步入官舱。先将这话儿温，态儿妆，胆儿雄，心儿壮也。(见介)呀，夫人在此画画，不要打断你的笔兴，且走出去，停一会进来。(回身欲走介)(旦)奴家正要请教，相公来得正好。请坐了，不消回避。(丑背介)你说，早又不来，迟又不来，刚刚在这个时候来起他发难之端。那求教的两个字，就不是好声口了。妙香，快进舱来。疾忙呼救命梅香，做个护身牌，好把箭来搪。

(老旦捧茶上)松柴作炭烧难着，河水烹茶味不清。呀，原来今日是逆风。(丑)怎见得？(老旦)若不是逆风，老爷坐在前舱，怎么吹得到后舱来？(丑)多嘴！立在这边服事，不要转身。(旦)奴家一向信笔涂鸦，无人讲究，不知贻笑了多少大方。如今得近高明，正好求教，凡有不到之处，求相公当面提醒。(丑)不敢。(旦递画介)(丑一面看一面作眼色对老旦)(老旦背介)想是求救的意思了。不要管他，走到外面去，好等他出丑。(出立暗处偷看介)(丑慌背介)呀！这个丫头，竟走了出去，分明是作弄我了。怎么了得？我有道理，若还赞他的画好，他便要骄傲起来，只管盘问不住了。不如大模大样，充做一个识者，寻些破绽出来，倒说他画得不是，他或者被我吓倒，不敢再来盘问，也不可知。有理有理！(转介)夫人，你这幅梅花画便画得好，只是有花无叶太冷静些。岂不闻古语道：牡丹虽好，还要绿叶扶持。

为甚么不画些叶子，点缀一点缀？（旦）相公说差了，梅花与诸卉不同，是花不见叶叶不见花的。相公若不信，只看岸上的梅花，叶在那里？（丑看岸上笑介）啐！好几日不会夫人，一见了面就昏了，那有梅花与叶子一齐发的？这是下官粗心浮气，得罪夫人了。莫怪，莫怪！（揖介）

【下山虎】

胡诌乱讲，得罪娘行，幸恕多狂妄。（旦）画得何如，也要评论几句。（丑背介）如今没奈何，只得要赞了。想句甚么话儿赞他的好？（想介）有了，我闻得人说，时画不如古画好。只把古人赞他，他自然欢喜。（转介）夫人的画，笔笔都是古人，如今的作者那里画得出？便是古人复生，遇此丹青也应叹赏！（旦）既然如此，请问一问，不知奴家的笔意，像那一位古人？（丑）待、待、待我想来。（背介）这桩苦事是我自家惹出来的了，没原没故说甚么古人，就贴张招子到肚里去，也寻不出这个人来。（闷想）（忽笑介）妙妙妙！有一个古人就在口头，为甚么不讲？（转介）夫人，我肚里的古人极多，想来都不相合。只有一代名公的画，极像你的笔仗。（旦）是那一个？（丑）叫做张敞。（旦惊介）张敞虽是个古人，不曾闻得他会画。请问相公，出在那一本书上？（丑）这是眼面前的故事，要查甚么书本，那一个不说张敞画梅[3]，张敞画梅！（旦大笑介）张敞所画的是眉眼之眉，不是梅花的梅。你认错了。（丑）他是个聪明的人，或者两样都会画也不可知？（旦背介）这等看起来，画画的事是一窍不通的了。但不知写作何如？待我把两桩技艺都考他一考。（转介）相公，想是你做官的人久不作画，未免生疏了。闻得相公是当今才子，写作俱佳，如今要求一首题画的诗，写在这尺幅之上。一来为拙笔增光，二来留作法帖，以便学书。董字如今配二王[④]，书翰弥天壤，况诗词更擅长。这是你馆阁家常事，料无废荒，愿赐我白练裙边一二行。

(丑)既然如此，待下官领到前舱去做，少顷之间，就送来请教何如？(旦)相公久负才名，这一首题画的诗有甚么难做，一定要当面求教。(老旦暗笑介)如今做不来了。料他没有别法，一定要逃走，待我把门儿扣上。(扣门介)(丑)这等说起来，一定是要做的了。待我去出个大恭，把肚里的污秽出脱尽了，好进来做诗。(急走开门)(开不开介)呀，是那一个反扣住了？妙香，开门！(老旦不应暗笑介)(丑大慌背介)这怎么了！这怎么了！我原是不肯来的，都是那贼秃逼我进来，说甚么话，调甚么情，如今说得好话，调得好情。(旦)诗有了不曾？奴家磨浓了墨，待你来好写。(磨墨介)(丑背指介)你不是磨墨，分明是磨我的骨头，磨我的性命！如今叫天不应，叫地不应，却怎么处？(捶胸顿足介)

【五般宜】

急得我浑身虚汗流似浆，急得我凄慌泪乱流似汤！

(哭介)天那！我黄天监穷便穷、苦便苦，却无拘无束的过了半生，何曾受过这般的磨难？若是为自家吃苦，也还气得过；别人图快乐，教我替他受熬煎，这样的冤枉到那里去伸诉么？天那！(放声大哭介)(旦惊介)呀，为甚么原故，竟号咷痛哭起来？

我则道哦韵试铿锵，却原来是髭捻太苦逼成凄响。

做诗做到这个地步，真可谓之苦吟了。还差几句不曾完，快写出来，待我替你续完了罢。(丑一面哭一面说介)其、其、其、其实一句不曾有，求、求、求、求夫人饶过了罢！(旦大笑介)好翰林，好才子，好名公！这等，你往常的诗文书画，都是那里来的？难道你终日价悬标卖谎，就没个人寻鸡告攘[5]？终不然世眼尽如盲，直到今日呵，咏梅花才遇敞。既然如此，不消做得了，饶你去罢。(丑)多谢夫人！这等，暂且告别，改日再来奉陪。(出介)谢天谢地，这样一场大祸，被我放声一哭，就哭脱了。怪不得古人有窍，把眼泪叫做泪珠；珍珠虽好，还没有这般适用。我如今有了这个哭法，凭你甚么女中才子、绝世佳人都不怕了。从今以后呵，门上挂个招牌，招揽四方主顾，替人包做新郎，只是不同床铺。(笑下)(旦长叹介)这等看起来，那里是董思白，明明是个大拐子，假冒他的名字，骗我过来的了。不免叫丫鬟进来，拷问一个明白。妙香那里？(老旦)在。(旦怒介)你们这班人，分明是一伙奸贼，做定圈套拐骗良家子女。好好的说来就罢，不然我喊起地方来，拿到官司，连你也去不得！(老旦)夫人说得不差，果然是一伙奸贼。只是妙香这个丫鬟，也与夫人一样，同是受害的人。若还是他一党，方才就不该反扣舱门，看他出丑了。(旦背想介)也说得是。

【五韵美】

(老旦)我和你是鸟同罗鱼同网，休得做相持鹬蚌将臂攘[6]。(旦)这等，是甚么原故？你快讲来。你既然不是贼人党，为甚么踌躇费想？(老旦)非是我吞声相向，只恐怕前舱近又没个隔耳墙。须待等到夜静人眠，对伊细讲。

(旦)这等,把舱门关了,走近身来,轻轻的说就是了。(老旦观望介)且喜他过船去了,就重讲也无妨。(旦)他到甚么人的船上去了?(老旦)是空和尚的船。(旦)怎么是空也来了?他到那里去?(老旦)夫人,他当初是"空",如今是"实"了。这桩事都是他的诡计,方才那个主儿是他雇倩出来,替天行道的。(旦惊介)这是甚么原故?(老旦)他终日到你家求画,见你人物又标致,性子又聪明,就起了不良之心,要娶你做妻子。只因不曾蓄发,不好自家出名,故此央了这个主儿,假充董翰林,娶你过来。如今带到京中,就要交还他了。(旦)呀,原来如此。这怎么了得?我那爹爹呵!(哭介)(老旦)夫人,你且忍气吞声,不可被他听见。他若听见,知道亲事不谐,就要害你的性命了。(旦)也说得是。这等,我便不知落了他的圈套,你既晓得,为甚么也随了他来?(老旦)只因卖身的时节,也吃媒婆骗了。后来身子被他所辱,时时切齿腐心,只是孤身一人,不好行事。如今随了夫人,不愁没有帮手了。须要缓图机会,切不可泄漏机关!(旦)这等说起来,你能勾忍辱报仇,也是个女中侠士了。可敬,可敬!

【山麻秸】

听说罢,增悲壮。同病相怜,同事相商。这等,方才那个厌物,是何等之人?(老旦)说起是空令人发怒,若说起这个厌物,只怕又要发笑起来。(旦)怎么说?(老旦)他姓黄,名天监。虽是个男子,却与我们一样的。(旦)难道也是个妇人不成?(老旦)虽然不是妇人,却是有男子之名,无男子之实,为害杨梅结毒，烂去了人道的。(旦笑介)怪道那般老实，不敢近我的身，原来是这个原故。(老旦)夫人，你还亏得是他，若遇着别个村郎，此时呵，也与我忍耻辱的梅香一样[7]。(旦)这等说起来，不但不该恨他，还该感激他才是。从今以后呵，便和他同居无恐，同行无碍，便同宿也无妨！

是便是了，想个甚么法子对他？(老旦)有一件东西在这里，是他当初摆布我的。我一向要拿来摆布他，只因没有帮手，不好做得，如今要用着了。(旦)是件甚么东西？(老旦)我初来的时节，原不肯同他睡，被他把一服迷药，放在茶饭之中与我吃了，就昏迷不醒，所以失身与他。及至醒来，已悔之不及。后来他不疑我，把迷药都教我收藏。如今现有一包在此，几时设个计较，弄他过来，放在酒杯里面与他吃了，待他昏迷不醒的时节，丢他下水就是了。(旦喜介)妙绝，妙绝！

【江神子】

虽然罹祸殃，还喜得同仇辈协力勷襄。两人合胆偕肠，休呼主母呼梅香，彼此互称吾党。

既有此药，事不宜迟。你几时走过船去，说我情愿嫁他，叫他过来成了亲事。到那时节，依计而行便了。(老旦)说得有理，明日就过船去。

【余文】

(合)不须别处伸冤枉，至公堂就在这木兰舟上，那生杀之权都是我和你一对儿掌！

注

① 山魈(xiāo):古代传说中山里的鬼怪。
② 墨渖(shěn):墨汁。
③ 张敞:西汉河东平阳人,仕为京兆尹,尝为妻画眉,时长安有“张京兆眉怃(妩)”之说,见《汉书·张敞传》。后来“画眉”成为夫妻恩爱的典故。
④ 二王:东晋著名书法家王羲之、王献之父子。
⑤ 寻鸡告攘:典出《孟子·滕文公下》:“今有人日攘其邻之鸡者,或告之曰:‘是非君子之道。’曰:‘请损之,月攘一鸡,以待来年,然后已。’”攘鸡,偷鸡。这里用其字面,言其剽窃他人。
⑥ 相持鹬蚌:即鹬蚌相争,渔翁得利。喻两败俱伤,便宜了第三者。
⑦ 梅香:婢女的代称,因旧时多以“梅香”为婢女的名字,故云。

鉴赏

《意中缘》演杭州女子杨云友、闽中名妓林天素与晚明著名文人董其昌(号思白)、陈继儒(号眉公)才子佳人遇合之事。杨、林二人皆善画,历史上实有其人,陈、董亦曾过访并赞赏之,然无婚姻事。李渔认为佳人当配才子,遂编此剧。其中情节变幻皆属扭合,故谓之《意中缘》。

剧中叙闽妓林天素寓居杭州,夙慕陈继儒画风,仿其笔意画扇一柄,寄卖店中以求识者。杭州贫女杨云友亦仿董笔为古董店作画糊口。陈、董游至店中,见画大喜。陈即托友江怀一为媒与林结婚。董因店主不肯告诉实情,即托陈、江二友代寻云友,自回松江。店主是空和尚早已对云友垂涎三尺,遂先行一步,假冒董名骗娶云友连夜进京。途中被云友识破骗局,与同船诸人设计将和尚沉入水中。

云友卖画京中，积够盘缠即返乡。其时云友父却因生活无着，前往董府寻女投亲，幸为董收留。及董升任京官，又携之北上。至京中，方知云友已南下，董又馈资，请其南下寻女。云友回乡，江怀一、陈继儒即代董求亲，遭到拒绝。林天素女扮男装，骗娶成功。俟云友父寻女至林府，父女相见后一起进京，云友与董其昌喜结良缘。

《意中缘》全剧以杨云友的两次婚姻为主要内容，其中《露丑》是第一次骗婚事件的高潮戏。在这出戏中，作者巧妙地利用新婚期间三人的不同心理制造情节冲突，烘托舞台气氛。杨云友新婚之夜见新郎容貌龌龊，即生疑心。又见其托故一连几日不进新房，不似个新郎模样，更加疑虑重重。以其才女的特有敏锐，觉出事情有些蹊跷。因此预备下笔墨纸砚，心想："待他进来，就好面试，且看真假何如。"黄天监因是假冒才子，腹内原本空空；又加上杨云友是个出了名的才女，更是敬而远之。再者，他是替人做新郎，担着干系非轻，万一露出破绽，不但坏了别人的大事，亦连自己的前程也葬送了。（是空许诺事成之后介绍他入宫做太监）有这三桩心事，使得他怕见云友，怕与之交谈。故一路上他姿态甚高，尽量不进新房自找难堪。而真正的新郎，用计赚人的是空和尚却心急如焚。既怕黄天监冷淡了新娘，惹她疑心，看出破绽。又心急想吃热豆腐，想着离京渐近，要黄天监略露些破绽，借机说明真相，早些成亲。此时的和尚是色胆包天，有些得意忘形，且又依着早与妙香商定的临时为黄天监救场之计,故有恃无恐,一味要黄去调情“露丑”。

黄天监被怂恿不过,硬着头皮进了新娘舱中,一见云友在作画,吓得赶紧想溜。既被留下,又连呼妙香侍候,假才子叫苦不迭的宾白、懊悔不已的窘态令人忍俊不禁,幽默滑稽的舞台气氛便自然酝酿出来了。此时舞台上三人各怀心事,云友是满腹狐疑步步紧逼,一心要探出个究竟来,黄天监是作贼心虚欲盖弥彰。你看他一会儿“背介”“转介”“看岸上笑介”,一会儿又“想介”“闷想,忽笑介”,真是捉襟见肘丑态百出!看到黄天监满口胡唚汗流浃背的样子,妙香是幸灾乐祸畅快不已。这场骗局,妙香最是个知情人,和尚把她当作心腹,派她监视黄并在紧急关头作些救应。孰知妙香内心却恨和尚骗她失身,一心想伺机报仇,坏他的“大事”。因此当黄天监呼救时,她不但不救,反而走出舱外“好等他出丑”。妙香的这一立场,无疑加速了黄天监“露丑”的速度、程度。这出戏的主角就是黄天监,他的丑露得越多,戏的喜剧气氛就越浓。当云友要黄天监题诗,黄想找借口逃走时,妙香暗把舱门反扣,任他怎么呼叫也不应。这一下把个伪装的才子、假冒的新郎急得现了原形。他“急走开门,开不开介”,“大慌背介”,一边在舞台上如热锅上的蚂蚁团团乱转,一边又自言自语:“这怎么了!这怎么了!……如今说得好话,调得好情。”气急败坏之情溢于言表:“急得我浑身虚汗流似浆,急得我凄慌泪乱流似汤”。最后索性还了浪子泼皮本相作“捶胸顿足介”“放声大哭介”。此时的舞台真是热闹非常，黄天监在一边涕泗滂沱，原形毕露；杨云友在那里言语讽刺，气愤交加；妙香却暗中称快，得意扬扬。至此，这出戏的高潮也就到来了。

这出戏的成功之处在于同一个舞台背景下，对同一件事，作者能从不同角度探寻其喜剧成分，巧妙地利用剧中人物各各不一的矛盾，使他们成为舞台上相反相成的喜剧因素，从而使“嘲风月”的喜剧主题得以淋漓尽致地表现。制造舞台的喜剧气氛一直是李渔戏曲创作的关注点之一，他曾宣称“一夫不笑是吾忧”。这出《露丑》堪称李渔喜剧创作中的典范之笔，不仅流行当时，后世亦屡屡搬上舞台，川剧《画梅花》即据此改编。

（盛志梅）

意中缘

第二十八出　诳姻

原文

【番卜算】

(老旦上)俊眼相才郎，没个堪留意。一年好景负《桃夭》[1]，又是摽梅际[2]。

我家小姐自从京里回来，那些冰人月老足不离门，把男子的才貌，说得天花乱坠。谁想走到面前，不是读死书的秀才，就是卖油腔的浪子，所以小姐甚是厌烦。如今坐在绣房里面，不肯轻易见人。但有求亲的来，只传个题目出来考试，要待文才技艺都考中了，才肯出来面相人才。今日是个结婚姻的日子，怕有说亲的来，只得在此伺候。

【赵皮鞋】

(丑持念珠上)来做撇脱媒，下聘成亲不用催。寅时相中卯时归，好歹只争这一会。(见介)

(老旦)老师父，想是又来说亲么？(丑)正是。今日这头亲事是十拿九稳的，快请小姐出来。(老旦)我家小姐被那些面目可憎、语言无味的人相得厌了，如今躲在绣房，连媒人也不许见面。分付有说亲的来，只许传题考试，考中了才相人才。(丑)这也使得。今日这一个莫说四样，就是四十样也任凭你考。只是一件，他方才说过了，相不中就罢，若还相得中，即刻就要娶过门的。这句话也要预先说过。(老旦)只要相得中,他也肯随轿过门。只怕那位郎君没有这等必售之技,不要太拿稳了!(丑)不敢相欺,他把这头亲事竟捏在手心里,连花灯、彩轿都随身带了。若没有真才实学,怎敢如此?(老旦背介)我不信有这等奇人。且等他到来,看是甚么光景?

【望吾乡】

(小旦巾服领花灯、彩轿、鼓乐上)稳效于飞[③],花灯鼓乐随。给弓请试穿杨技,雀屏不中羞回里[④],舍我谁堪婿?(合)男孤往,女并归,拿得定的风流会。(到介)

新郎到了。梅香姐,你先替小姐相一相。(老旦背介)果然好一个人物。但不知才技何如?我且去请题目出来。(下)(丑)林相公你看,莫说小姐生得十全,就是这个丫鬟也有七八分姿色。若还做得成,都是你口里的食了。(小旦笑介)(老旦持笺上)丹青为末技,诗翰作头场。题目在此,求相公做绝句一首,写作一幅单条,待小姐一来看诗,二来看字。(小旦展看背介)呀,原来是木兰从军,这个题目恰好合着我女扮男妆的事,料他是出于无心,决非有意。我倒要露些意思,藏在诗中,待他后来识破的时节,才好藉口。媒婆,磨起墨来。(丑磨墨介)

【醉罗袍】

【醉扶归】借题巧寓诗人意,谁能识得暗藏机?待将本相露鸳帏,那时方解风流谜。诗成了。梅香姐牵直了纸,待我写来。(写完念介)蛾眉披甲代行师,扫退群雄不识雌。

莫道补天非女职，娲皇原不是男儿。——写完了，送进去看。(老旦取下)(丑)相公，诗可得意？不要把头场的文字，就被他贴出来。(小旦)岂有此理。这样文字若不中，世上竟没有举子了。(老旦持笺上)欲试无双技，还观第二场。小姐说诗与字俱中式了，还有一幅小笺，请相公作画。(小旦)这个一发不难。(画介)【皂罗袍】雕龙慧业，已经夺魁。雕虫末技，何难擅奇。后场当与前场配。

画完了，送进去看。(老旦取下)(丑)阿弥陀佛！保佑这场文字再中了也好。(老旦上)正在夸词翰，谁知画又工。安排窥婿眼，分付下帘栊。小姐说字画俱与诗才相称。如今要看容貌了，待我放下帘子，好待他出来。(下帘介)

【罗袍歌】

【皂罗袍】(旦上)掩卷频夸才艺，怕中清外浊，难擅双奇。(细看小旦介)呀！看了那张郎自画的镜台眉，只怕我新人还不及新郎美！(丑)相公，你走几个俏步儿与小姐看看。(小旦行介)(旦)说甚么凌波纤步，轻盈欲飞。似这等凌云仙致，也飘飏似吹。风流仿佛张家绪⑤。妙香，你对他说：才称其貌，技称其才，不愧乘龙之号，准与联姻。(老旦传话介)(小旦)这等，取聘礼过来。(送礼介)小生备有寸丝之聘，望你呈上小姐。起先曾着媒婆说过，就要迎娶过门。(老旦)这等，待我传言。(传介)(旦)聘礼不消，送去还了。过门的话，依他就是。(老旦覆小旦介)(小旦)既然如此，请小姐更衣上轿。(老旦请旦更衣介)【排歌】把新妆换，莫待催，催妆删去这

旧诗题。(丑)相公也换了衣服,好同新人一齐上轿。(小旦更衣介)(丑)更常服,换吉衣,看香车宝马一同归。(众鼓乐同行介)

【望吾乡】

果效于飞,花灯鼓乐随。给弓一试穿杨技,雀屏已中今回里,似我才堪婿!(合)男孤往,女并归,拿得定的风流会!

(到介)(净扮宾相上)(照常赞礼介)(外、小生潜上偷看)(笑介)(小旦行礼毕)(更衣坐介)(外、小生闯进)(贺喜介)林兄娶了这样好新人,甚为可妒。俗例原该打喜,如今未能免俗,也要各奉几拳,作为贺礼。(欲打介)(小旦笑介)打喜虽是旧例,求看相与面上,饶过了罢。(外、小生)这等,打便饶了,喜酒是要吃的。(小旦)今晚请回,明日过来奉请。(送出介)(小生)果然是个绝世佳人。可喜,可喜!(外对小旦介)娶便娶过来了,只是后半篇文字比前半篇更难,你须要用心去做。我们别了。(同小生笑下)(小旦转介)有这样不知趣的朋友,可恨,可恨!

【隔尾】

这千金一刻非容易,怎经得把工夫闲费?只得要赶散亲朋好把玉手携。

(小旦)众人都回避了罢。(众应介)(小旦)取合卺杯来。(老旦斟酒,小旦亲送介)娘子,我和你是文字知己,比寻常夫妇不同,须要脱去成亲的套子,欢饮几杯,谈一谈衷曲,千万不要害羞。

隐菴道人题

【园林好】

洞房中无人注仪，须脱略休行套礼。况不是寻常连理，才作合技为媒，才作合技为媒！(劝酒旦不饮介)

(小旦)怎么，小生这等说过，酒杯还不肯沾唇？想是怪我礼数不周，只得要出位来奉劝了。(一手搭肩一手劝酒)(旦饮)(小旦喜介)好！才女成亲，原该如此。不然就落了做新人的窠臼了。(复坐介)梅香，不住的酌酒，待我与娘子谈心。娘子，如今开一开金口罢！

【嘉庆子】

(旦)我乍逢腼腆心恐悸，怎当那软款温柔的絮语催？自觉朱唇难闭，权待唱，便相随，权待唱，便相随！

(小旦)娘子，小生往常看你的画，笔笔到家，幅幅尽善，为甚么再不摹仿别人，只喜临那董思白？董思白的画有甚么好处，你就这等爱慕他？(旦)奴家不是有心学他，只因平日爱他的文章，重他的人品，故此笔墨之间，不觉无心契合。(小旦)既然如此，前日有人替他作伐，你就该应许了，为甚么又拒绝他？想是爱其才，不爱其貌么？

【尹令】

既然暗投臭味，缘何不从婚议？多因怪他形秽，因此上谢绝良缘，顿把怜才素愿违。

(旦)奴家不曾见过，那里知道他容貌何如？况且真正才人，也不可以皮相。只因被个不良之人，假冒他的名字，骗过一遭，故此不敢轻信人言，恐堕从前奸计耳。

【品令】

鱼经钓伤，见钩影便生疑。况伊行隔远，谁人倩良媒？因此上疑奸诧诡，不觉的声色同时厉。(小旦)万一那做媒的人，果然是替他做的，岂不错了机会？(旦)虽则是难分真假，赢得个后来无悔。到如今别缔丝萝[⑥]，那好恶姻缘总莫提。

(小旦背介)我今晚既娶过门，自然该与他同睡。只是相逢未久，情意不曾洽浃，忽然露出本相来，恐怕他要发极。今晚且两处宿歇，待盘桓几日，有些熟事起来，那时节就说出真情，他也相信得过，决不怪了。(转介)娘子，小生起先的意思，惟恐你要更变，故此不拣好日，竟娶过门。我想男女成亲是百年大事，岂可草草。今晚的日子不大十分吉利，小生且到别房宿歇，另选一个好日，同你完姻。如今且暂别一夜。

【豆叶黄】

非是我蹉跎好事，冷落鸳帏。念不比那露水夫妻，念不比那露水夫妻，情到处便成佳会。(旦背对老旦介)妙香，他说的话又有些古怪了！(老旦)正是。难道又是一个黄天监不成？(旦)今晚不论好歹，定要见个明白。你走过来，我分付你。(老旦近身)(旦附耳说话介)(老旦)妙妙妙！我就去讲。(对小旦介)相公，小姐方才说，今晚的日子既然不好，求你叫一乘轿子来,小姐权且回去,待相公选了吉日,再来完姻。(小旦)说那里话,既娶过门,那有转去之理。你替我劝一劝。(老旦)我家小姐平日是最执意的,他说要去,是一定要去的了,那里还劝得转!(旦)妙香!快催打轿,不要耽搁了工夫。(小旦背慌介)这怎么处?如今没奈何,只得要将计就计,与他说明白了。(转介)既然如此,就是今夜成亲,不消回去。(旦)日子不好,不便成亲。(小旦)自古道选日不如撞日。既然相得中,也就是一个好日子了。不消拘得,待我替你解带宽衣。(代除簪介)先除簪珥,(代解衣介)后松带围。才嗅得异香一缕,才嗅得异香一缕,早不觉令人心醉魂迷!

(老旦)相公也请宽衣。(小旦)怎么我也要宽衣?(老旦)自然。难道新人脱了衣服,做新郎的倒和衣睡觉不成?(小旦)既然如此,说不得也要脱了。(除巾介)(老旦细看)(背对旦介)你看好一头黑发,竟与小姐的云髻一般!(旦)正是。

【玉交枝】

(老旦)为甚的男梳云髻,褪儒冠双环渐垂?(小旦脱衣介)(老旦)看沈郎一捻腰肢细[⑦],与娘行肥瘦堪比。相公请坐,待梅香替你脱靴。(代脱靴介)(老旦大惊)(背对旦介)呀!小姐,皂靴脱去,竟是一双三寸金莲。这等看起来,是个女子无疑了。云鬟瘦腰俱可疑,看看露出金莲底。(小旦、老旦合)多应是犯孤鸾红颜数奇[⑧],犯孤鸾红颜数奇。(旦细看)

(问介)呀!你怎么是个妇人?(小旦)我原说是个妇人,并不曾讲是男子。(旦)又来胡赖,你何曾说是妇人?(小旦)小姐,你是个聪明绝顶的人,怎么说出这样懵懂的话?自古道明人不作暗事。我起先那首诗,临了有一句道:娲皇原不是男儿。不是男儿,自然是个女子了。明明白白的讲过,还说不曾讲?口是风,笔是迹,你若不信,取出来验一验。(旦)既然如此,你是个妇人,娶我来做甚么?(小旦)不瞒小姐说,我是替人代做新郎的。(旦、老旦共惊介)呀,又是替人代做的!(旦哭介)天那!我前生造了甚么业,被人骗来骗去,再不能勾出头!(小旦)小姐不要着急,你如今出头了。(旦)这等,你替那一个代做?快快讲来,是好人就罢,若还不是好人,我拚了性命结识你,今晚就不得开交!(小旦)不瞒你说,是替董思白娶的。(旦大惊介)呀,当初说是董思白,如今又说是董思白!我杨云友生前欠了董家甚么冤债?如今董来董去,只是董个不了。(顿足哭介)(小旦)小姐,如今这一董被你董着了。不要着慌,请坐下来,待我与你细讲。(扯旦坐介)从古以来佳人才子的四个字再分不开。是个佳人一定该配才子,是个才子一定该配佳人;若还配错了,就是千古的恨事!如今世上的才子只有两位:第一个是董思白,第二个是陈眉公。若论佳人也只有两位:第一个是你,那第二个也就要数着我了。(旦)你是那一个?(小旦)区区叫做林天素。(旦背介)林天素是海内知名的妓女,原来就是他。(小旦)我们两个怎么好丢了才子,去嫁那没名没姓的人?我与眉公已订了百年之约,可谓侥幸得所了。那董思白当初见了你的尊笔,就彻底钟情,曾托江怀一到处寻访,谁想你被人骗去。如今完节回来,可见夙缘未断。及至江怀一央人作伐,你竟回绝了他。他与眉公商议,怕你失身于人,后来追悔不及,故此教我妆做男子，娶你回来，要送与董公酬其夙愿，这是一片真情。小姐，你从今以后，再不消疑虑了。

【江儿水】

既把真情告，休将错念疑。佳人怎与村夫配，芳心忍把多情背，吾侪肯使良缘弃？劝你回嗔作喜，休得要一味相猜，把好意翻成恶意！

（旦）这等说起来，难道那个董思白，也曾钟情于我？（小旦）岂止钟情，他还不曾遇着新人，先做了个养老女婿。你那位令尊一向住在他家，如今也随他上任去了。你若再不信，明日送到京中，预先见过令尊，然后与他成亲就是了。（旦）若果然如此，不但是个情种，竟是我的恩人了，为甚么还不嫁他！

【川拨棹】

心堪慰，放愁容展皱眉。亏你这有心人赚入鸳帏，有心人赚入鸳帏，不使我做负心人身投浊溪。（旦、小旦合）两推心不复疑，两相知喜共依。

（小旦）是便是了。我既做一番新郎，也要与你同宿几夜，略讨些虚哄的便宜，方才肯送你去。难道就是这等罢了不成？（戏作搂旦介）

【尾声】

今夜呵，夫妻虽假也还同睡，休得要冷落了凤衾鸳被。（旦）你这位新郎呵，还强似前日的男儿不敢陪。

注

① 桃夭：《诗经·周南》篇名。诗以桃花盛开为比，赞美男女及时嫁娶，以首句“桃之夭夭”名篇。夭，草木茂盛。

② 摽(biào)梅：言梅熟而落，比喻女子已到结婚年龄。《诗经·召南·摽有梅》：“摽有梅，其实七兮。求我庶士，迨其吉兮。”

③ 于飞：比翼而飞。后用以比喻夫妻和好亲爱。《诗经·大雅·卷阿》：“凤凰于飞，翙翙其羽。”

④ 雀屏：据《旧唐书·高祖窦皇后传》，北周大将窦毅为其女择婿，于屏上画二孔雀，使求婚者射二矢，暗中约定中目则许之。射者数十皆不中。唐高祖李渊最后射，两矢各中一目，遂得娶窦女。后因以雀屏中选为择婿之典。

⑤ 张家绪：即张绪。《南史·张绪传》：“张绪吐纳风流，齐武帝常嗟赏灵和殿前蜀柳曰：‘此杨柳风流可爱，似张绪当年时。’”

⑥ 丝萝：即菟丝和女萝。《诗经·小雅·頍弁》：“茑与女萝。”女萝，菟丝，松萝。诗文中常以比喻男女结成婚姻。

⑦ 沈郎：指南朝梁沈约。他曾在给友人的书中说：“百日数旬，革带常应移孔；以手握臂，率计月小半分。”见《梁书·沈约传》。后世常以“沈腰”作腰瘦之典。

⑧ 孤鸾：喻没有配偶。

鉴赏

《诳姻》是《意中缘》下半场的高潮。杨云友自京中返杭，吸取上次的教训，要自选才郎。江怀一、陈继儒遂遣媒为董其昌求亲，被云友回绝。二人又设良谋，令林天素女扮男装前去求亲。杨云友试才看貌之后允婚。洞房之夜，林天素想借机逃脱，引起杨的警觉，以为又是一个黄天监。后在妙香的盘问催逼之下，林天素露出女儿身。云友惊诧悲哭之中听林解释事情的来龙去脉，方释去疑团，皆大欢喜。

这一出纯是两个才女的戏。前半截林天素求亲，气势逼人。求亲时先声夺人，随身携带迎亲花轿，要即刻迎娶进门，一副十拿九稳的派头。由于林是个风流名妓，诗才和容貌都略胜云友一筹。在云友让她写诗时，她巧妙地将自己的身份寓于《木兰从军》诗中，声称“娲皇原不是男儿”，既为自己留了后路，又博得了云友的好感。在容貌上，她“凌云仙致，飘飏似吹”，连云友“看了那张郎自画的镜台眉”，都叹息“只怕我新人还不及新郎美”。对林优越的求亲条件，云友一时间心满意足，认为“才称其貌，技称其才，不愧乘龙之号”，很痛快地就“准与联姻”。对林天素似乎荒唐的“就要迎娶过门”，并未过多考虑，反倒是很爽快地答应了，并连聘礼也退还不要。看来云友是心疲神倦，很想有个自己的家了，这盘棋让林天素先占了头着。至此，我们不免为云友聪明一世、糊涂一时感到有些愉快的遗憾。

迎进洞房，天素就有些踌躇不安了。她先是恭维云友是才女新娘，他们是才技作合的文字知己，“比寻常夫妇不同，须要脱去成亲的套子，欢饮几杯，谈一谈衷曲”。面对风流佳婿的柔情蜜意，软语甜言，云友一时间“自觉朱唇难闭”，有些高兴得合不拢嘴，哪里会去疑心新郎的真假。这次的假女婿比那个黄天监要“真实”得多，要不是接下来的“破绽”，林天素新婚之夜的“表演”堪称合格。林东拉西扯地与云友套近乎,探听她对董其昌的印象,并有意无意中提到那次江、陈二人代董求亲遭拒的事,探知了云友对董的倾慕之情并对媒妁之言的惊弓之痛。此时洞房中,一个是初为人妻,羞答答称心如意全无戒备,一个是假戏真做,急煎煎满腹鬼胎进退两难。舞台上二人的神态对比越强烈,喜剧效果越明显。

林天素尽管聪明乖觉,却逃不过那最后一关。新婚之夜不同床,如若是初经此事,云友或许不疑心,怎奈这次是余痛未消,更加上林逃避的理由与黄天监当日竟是何其相似乃尔!由不得她与妙香同时惊呼:“难道又是一个黄天监不成?”惶恐中她当机立断,将计就计,吩咐妙香:既是日子不好,打轿回府,“待相公选了吉日,再来完姻”。这一下把林天素逼得无路可逃,境况之难与当日黄天监之艰难相差无几。只是这一位冒牌新郎到底是个真“才子”,且所替代者又是一位真材实料的风流佳婿,林之尴尬只在一时,于大局无损,故林天素索性又一次外强中干以势压人。看她装模作样无所畏惧地宣布:“既然如此,就是今夜成亲,不消回去。”她一不做二不休,急切切地为新娘解带宽衣。此时,云友、妙香提着的心似乎可以放下了,看这架势,是位情急似火的新郎官无疑了。谁知精神刚一放松,麻烦又来了。新娘宽衣解带完毕,新郎却要和衣而睡,真是怪哉!在妙香的一再催逼下,林天素索性露出云鬓双环,细腰金莲,一副大丈夫生死何惧的慷慨大度。当天素一口气卸去

“伪装”露出真身时，在她是节节卸去重任，可以松一口气了。而云友主仆此时却目瞪口呆，不知如何是好。场上的局面是如此的山水轮转，双方的心情与刚入洞房时恰好掉了个个！

既露了真身，林天素就自在多了，索性将事情的经过和盘托出，当杨云友听说又是代董其昌成亲时，不由得号啕大哭：“当初说是董思白（董其昌号思白），如今又说是董思白！我杨云友生前欠了董家甚么冤债？如今董来董去，只是董个不了。（顿足哭介）”杨云友在台上哭得越凶，台下的观众笑得越厉害。因为他们知道，这一次是完全不必要哭了，恰如林天素所说：“如今这一董被你董着了。”杨云友在那里顿足痛哭，林天素不但不劝，反而时不时地敲敲边鼓，说些俏皮话，言语中流露出大功告成的得意。两人情绪的一冷一热、一缓一急，形成了极好的幽默气氛，使整台戏始终处于一个流动的进展的状态。剧情在一张一弛、波澜起伏中前进，造成了高潮迭起的舞台氛围，给人一种紧锣密鼓、目不暇接的欣赏快感。这正是李渔戏曲创作的独到之处，是他“立主脑，密针线”创作主张的成功所在。

（盛志梅）

蜃中楼

第十四出　抗姻

原文

【梨花儿】

(丑金冠艳服)(老旦随上)现有家中淡菜香,何须又买新鲜鲞,两味同看嘴一张。嗏!只愁惹起油盐酱。

自家泾河小龙是也。我爹爹聘了洞庭龙女,今日过门,打扮得齐齐整整,只等新人到了,和他不亦乐乎。(老旦)小千岁,前日教导你的话,你可明白了么?(丑)这样教导,若还再不明白,就是个真痴子了。

【卜算子】

(副净上)儿女结良姻,心事今朝放。(净扮红面龙母上)吃得醉醺醺,好坐高堂上。

大王,轿子去了这一日,怎么还不见来?(副净)如今也好到了。(众鼓吹纱灯)(末扮宾相、小旦扮丫鬟引旦上)

【不是路】

(合)花烛辉煌,水国笙歌另一腔。规模壮,龙王儿女嫁龙王。佐奁妆,连城异宝盈箱贮,照乘明珠论斛量。(到介)(丑)只见些吹的打的,不见有个新人在那里。(末指介)在这轿子里面。(丑)他有尺二金莲,难道不会走路,要这个四方东西抬了他来?(末)真奇创,生平未识于归样。出言太莽,出言太莽!(照常请出轿介)

(丑扯住看头、看脚、看面)(大叫介)不要他,不要他!(副净)怎么说?(丑)头发是黑狗毛,不是金丝发;脚是三寸狗爪,不是尺二金莲。就是这副嘴脸,也不像有一千岁的。(众各背笑介)(副净怒介)胡说!这样好媳妇还要憎嫌,快走过来拜堂!(丑)你骗我,你骗我,我只是不要。(副净)这怎么处?你们大家扯他拜。(众扯介)(丑)这等,你与他讲过:进房要磕我的头,上床要替我脱衣服,脱了衣服要抱我上床。若还一件不依我,我就不要他了。(众)都依你就是了,且过来同拜。(扯丑与旦同立)(末赞礼)(丑拜旦不拜介)(副净)怎么儿子倒肯拜了,媳妇又不肯起来?你们扯他拜。(众扯旦拜)(旦不拜介)(副净大怒介)怎么?自古道嫁鸡逐鸡。我儿子虽然有些痴气,你如今既嫁了他,就是他的人了,还强到那里去?(旦泪介)(净)你若再不拜,我的酒风就要发作了。叫丫鬟取家法过来,待我赏他个下马威!(副净)夫人,不要性躁,慢慢的劝他。媳妇,你莫非嫌他痴蠢么?他自有个好起来的日子。(旦)大王在上:奴家不嫌令郎痴蠢。(副净)这等,是嫌他丑陋么?(旦)奴家也不嫌令郎丑陋。(副净)这等,为甚么不肯拜堂?(旦)奴家自有苦情。大王、夫人请坐,容奴家细禀。(副净对丑介)这等,我儿你且暂时回避,待我劝他肯了,请你出来拜堂。(丑)我原不要他,都是你们惹他放肆。贱人不堪抬举,丑妇惯会装腔。(下)(副净)媳妇你且坐了,有甚么说话,慢慢的讲来。(旦坐介)

【北越调斗鹌鹑】

念奴家生长闺房，颇识些高低天壤。也曾将女史频翻，也曾将人伦细讲。也曾读烈女词章，也曾学贤妻标榜。见了那二天的面觉羞[①]，见了那淫奔的怒欲狂。见了那死节的气概偏昂，见了那矢贞的心儿忒痒。

(副净)你既晓得这些道理，就不该憎嫌丈夫了。

【紫花儿序】

(旦)原不怪形容蠢劣，几曾嫌心体愚顽？又何妨性格乖张。便做道仪容俊雅，心性温良，也难效鸾凰。(副净)你为甚么不肯拜堂？(旦)须知道，不是夫妻怎拜堂？试问俺是谁家的媳妇？他是若个的儿夫？恁是那姓的姑嫜？

(副净)怎么？一发说得诧异。你不是我的媳妇，他不是你儿夫，我不是你的姑嫜？这等，你嫁到我家来做甚么？难道今日花灯、彩轿，请你来吃酒么？

【小桃红】

(旦)俺不是汉朝情愿嫁王嫱，都只为狠叔将人强。他和亲娇诏无谦让，俺爹行，情原手足难强项[②]。因此上把儿女柔肠，变做了英雄雅量，权做个涕泣女吴王！

(副净)这等，你不情愿到我家来，要到甚么人家去？

【天净沙】

(旦)罗敷自有儿郎[3]，宋弘定下糟糠[4]。漫道生前不忘，便死后东西分葬，也做个鬼团圆地府成双。

(副净)这等，先许的人家姓甚么？

【调笑令】

(旦)说起俺夫家姓字香，不在梅旁在柳旁，他是那坐怀不乱的宗风倡。(副净)叫甚么名字？(旦)论名儿曾把道义担当。(副净)做甚么营生？(旦)他把万象包罗在一腔，任教他定霸图王。

(副净)你既要替他守节，就不该到我家来了。难道这个去处，是你守节的所在不成？

【金蕉叶】

(旦)第一来拗不过狠心叔王，第二来违不得认真父行，第三来看不过受气萱堂[5]。因此上来做个守寡新娘。

(副净)这等，你的心事我都晓得了。只是你既受了我家的聘，进了我家的门，生米煮成熟饭，说不得这句话了。你如今好好与我儿子成亲，我两口儿自然另眼看待；若还执意不从，我也有法儿处你。(净)你看看我的拳头,看看我的脚跟。朝一拳,暮一脚,磨你做肉酱也容易。

【秃厮儿】

(旦)便劖做粉齑肉酱,也甘心剖腹刳肠。再休提偷生今夜偕鸳帐,遗万载臭名扬,惶惶!

(副净怒介)哇!贱丫头不识抬举,我越劝你,你倒越放肆起来。欺负我没有家法么?(净)叫丫鬟,除下他的钗环,剥去他的衣服,快取家法过来!(旦自除冠脱衣介)

【圣药王】

俺便卸艳妆,解绣裳,荆钗裙布有何妨!(净打介)(旦)俺劝你怒莫张,气莫扬。自拚击碎这皮囊,纵死骨犹香!

(副净背介)我想这个拗性的女子,那里是口舌劝得转的?若要难为他,又怕他要寻短见,除非慢慢的熨他转来。我如今罚他到泾河边上去牧羊,镇日风吹日晒,忍饿担饥,他受苦不过,或者有个回心的日子,也不可知。(转介)看你这样贱人,也做不得我的媳妇。我如今把你做下人看待,有一群羊在那里,交与你去看。若是少了一个,瘦了一斤,我要和你算账!(旦)这样的事,奴家倒情愿去做,不劳大王费心。

【络丝娘】

多谢你洪恩浩荡,至泽汪洋。缓死须臾,暂留世上。

仙家別有
降華術
不在臨川
寂寞中
璞我居
主人

俺舜华呵，就自任也无谦让。

(副净)这等，明日就去牧羊。这叫做：小船不堪重载，梅香怎做夫人[⑥]。(同净下)(旦喜介)谢天谢地！我如今得了这个美差，不但可以保全名节，又可以觅便寄书，倒反因祸而得福也。

【煞尾】

已拚身向泾河葬，又谁料这浮生偷得片时长。这牧羊呵，他当做服苏武的无上刑[⑦]，俺认做傲李陵的至公赏[⑧]！

注

① 二天：谓女子改嫁。清蒲松龄《聊斋志异·白于玉》："远近无不知儿身许吴郎矣，今改之，是二天也。"

② 强项：性格刚强，不肯低首下人。项，头颈。

③ 罗敷：人名。古乐府《日出东南隅行》："秦氏有好女，自言名罗敷。"晋崔豹《古今注》："秦氏，邯郸人。有女名罗敷，为邑人千乘王仁妻。仁后为赵王家令，罗敷出采桑于陌上，赵王登台见而悦之，因饮酒欲夺焉。罗敷乃弹筝作《陌上歌》，以自明焉。"后世通指貌美而有节操的妇女。

④ 糟糠：《后汉书·宋弘传》："弘曰：'臣闻贫贱之知不可忘，糟糠之妻不下堂。'"后因以糟糠为妻的代称。

⑤ 萱堂：母亲。古时以萱草代指母亲。

⑥ 梅香：指丫鬟。因古时丫鬟常以梅香为名，故称。

⑦ 苏武：西汉杜陵人，字子卿。武帝天汉元年(前100)，以中郎将出使匈奴，被留。匈奴单于迫其投降，武不屈，被徙至北海，使牧羊。武啮雪食草籽，持汉节牧羊十九年，节旄尽落。此处指龙女以苏武自比，表示自己对爱情忠贞不贰的决心。

⑧ 李陵：西汉陇西成纪人，字少卿。名将李广之孙。武帝时任骑都尉。天汉二年(前99)，率步兵五千人击匈奴，粮尽援绝而降。

鉴赏

《蜃中楼》是"笠翁十种曲"之一,因其创意独立,构思精巧而盛行一时。故事巧妙地将唐传奇《柳毅传》与元杂剧《张生煮海》的情节糅合在一起,叙述柳毅、张羽是同窗好友,又都在婚娶之年尚无佳偶,二人商定分头寻觅,既为己谋,又为友谋。柳毅寻觅至海滨,恰遇洞庭公主舜华和堂妹东海公主琼莲在蜃楼游玩。通过东华上仙的帮助,柳毅与两佳人见面,并与舜华互订终身,又替张生订下琼莲。分手之后,柳、张考取功名,官拜御史。舜华被叔父钱塘君许嫁给泾川龙王之子,但她坚守旧盟,忠贞不屈,甘受折磨,触怒龙王,被罚牧羊。柳毅奉命巡河,遇之。舜华托柳投书于洞庭,柳转托张生。张入洞庭报信,钱塘君获讯大怒,遂率兵扫荡泾川龙府,杀死龙子,迎回舜华。钱塘君本欲为侄女说亲,将其嫁给张生,后知张、柳就是前次蜃楼定约之人,大怒,遂拒绝婚姻。张生在东华上仙的帮助下,煮海降龙。东海龙王被迫嫁女,两对有情人终成眷属。

《抗姻》这出戏是讲舜华嫁到泾川龙王府中,拒不拜堂,被龙王罚去牧羊的经过。在唐传奇《柳毅传》中,龙女牧羊是作为一个既成事实出现的,龙女的不幸遭遇是自己讲出来的。读完小说,龙女其人若何,我们很难说清楚。塑造鲜明的人物形象亦非李渔长技,但在这出戏中,却将龙女舜华为爱情坚贞不屈,为大局姑且隐忍的大节操、大气度刻画了出来。虽然人物内涵尚欠丰厚,但较之所本《柳毅传》已是技高一筹了。

这出戏是以层层皴染的冲突为主要手段,以人物感情的宣泄为主要内容来铺排剧情、塑造形象的。舜华嫁到泾川龙宫,痴呆龙子听信谗言,将丑作美,以美为丑,认为舜华奇丑无比,不肯拜堂。龙宫里一时乱作一团,最后说服了龙子,但那个呆子又提出了许多荒唐的条件,众人都答应了,才肯拜堂。通过这个小小闹剧,作者以反作正,从反面描写了舜华的美貌,并以婚姻对象的极端不般配讽刺了包办婚姻的不合情理。龙王夫妇也觉儿子配不上媳妇,先拿“嫁鸡随鸡,嫁狗随狗”的夫纲大帽子威吓了一顿,终是理亏,随即好言相劝,软语抚慰。这一层小波澜虽即起即落,却预示了舜华婚后的家庭气氛。如果她肯成亲,公婆自然会对她宠爱有加。然而舜华却不肯欺骗自己,坚持爱其所爱,虽死无悔。她毫无畏惧地向龙王说明自己已心有所爱,不能勉强。由此,戏剧进入第三个波澜。

这是接近高潮的冲突,作者用了先抑后扬的手法来推波助澜。先让龙女标榜自己“也曾将女史频翻,也曾将人伦细讲。也曾读烈女词章,也曾学贤妻标榜”,俨然一个女道学。所以龙王听了很高兴,道:“你既晓得这些道理,就不该憎嫌丈夫了。”双方认识似乎达成一致,没有矛盾了。谁知龙女对“丈夫”有了新的理解,她否认父母塞给自己的婚姻配偶,坚持自己相中的那个是“合法丈夫”。虽未结婚,但心已相许,心目中已是“罗敷自有儿郎”,甘心为他守妇道,不做事“二天”之女。这样,龙女就不再是个遵守三纲五常的道学女子,而是捍卫自己纯真爱情的勇敢斗士。很显然,龙女的认识已与龙王所代表的传统观念有了本质不同,双方矛盾就要激化了。但龙王毕竟要世故得多,为了儿子,他不想激化矛盾。于是用好言劝她:“说不得这句话了,你如今好好与我儿子成亲,我两口儿自然另眼看待。”如果舜华此时听劝,一场冲突自然就避免了。然而龙女胸中已是波涛翻滚,她一气呵成连唱了【紫花儿序】、【小桃红】、【天净沙】、【金蕉叶】四曲,已经鲜明地表达了自己的态度:“漫道生前不忘,便死后东西分葬,也做个鬼团圆地府成双。”这样的情绪状态,几句好话怎么可能改变呢?因此,事情必然要走上高潮,双方的冲突是不可避免的。

果然,当软硬不吃的舜华表示“甘心剖腹刳肠。再休提偷生今夜偕鸳帐”时,老龙王再也耐不住性子了,大怒道:“我越劝你,你倒越放肆起来。欺负我没有家法么?”要拿家法治舜华。舜华不为所惧,自除钗环,甘受惩罚。且边挨打边高喊:“自拚击碎这皮囊,纵死骨犹香!”积蓄已久的矛盾终于爆发,舜华视死如归,誓不成亲;龙王夫妻家法用尽,气急败坏,无可奈何,舞台气氛进入高潮。双方剑拔弩张相持了一会儿,最后还是泾川龙王先软了下来。因为他怕舜华自寻短见,不好向钱塘、洞庭二龙君交代。他罚舜华去泾川河边牧羊,想以此消磨她的意志:“他受苦不过,或者有个回心的日子。”高潮陡落，令人亦不免为舜华的命运松了一口气。

这一出戏好就好在高潮前夕的几场小矛盾的推波助澜，针线细密，情节紧凑，特别是舜华的几段唱词如【天净沙】、【金蕉叶】等段，几乎是一气呵成，把剧情渐渐推向高潮。因此垒庵居士叹曰：“此等传奇，不必当场看演，始觉其妙，只快读一过，亦令人气色飞扬。思及作者，唯恐有生不同时之恨矣！”以之论全剧，或有过誉之嫌，以之论此出，则洵为确论。

（盛志梅）

小说

合影楼

第一回 防奸盗刻意藏形 起情氛无心露影

原文

词云：

世间欲断钟情路，男女分开住。掘条深堑在中间，使他终身不度是非关。　　堑深又怕能生事，水满情偏炽。绿波惯会做红娘，不见御沟流出墨痕香？

右调《虞美人》

这首词，是说天地间越礼犯分之事，件件可以消除，独有男女相慕之情，枕席交欢之谊，只除非禁于未发之先。若到那男子妇人动了念头之后，莫道家法无所施，官威不能摄，就使玉皇大帝下了诛夷之诏，阎罗天子出了缉获的牌，山川草木尽作刀兵，日月星辰皆为矢石，他总是拚了一死，定要去遂心了愿。觉得此愿不了，就活上几千岁然后飞升，究竟是个鳏寡神仙；此心一遂，就死上一万年不得转世，也还是个风流鬼魅。到了这怨生慕死的地步，你说还有甚么法则可以防御得他？所以惩奸遏欲之事，定要行在未发之先。未发之先又没有别样禁法，只是严分内外，重别嫌疑，使男女不相亲近而已。儒书云："男女授受不亲。"道书云："不见可欲，使心不乱。"

这两句话极讲得周密。男子与妇人亲手递一件东西，或是相见一面，他自他，我自我，有何关碍，这等防得森严？要晓得古圣先贤，也是有情有欲的人，都曾经历过来，知道一见了面，一沾了手，就要把无意之事认作有心，不容你自家作主，要颠倒错乱起来。譬如妇人取一件东西，递与男子，过手的时节，或高或下，或重或轻，总是出于无意。当不得那接手的人，常要画蛇添足，轻的说他故示温柔，重的说他有心戏谑，高的说他提心在手，何异举案齐眉，下的说他借物丢情，不啻抛球掷果。想到此处，就不好辜其来意，也要弄些手势答他。焉知那位妇人不肯将错就错？这本风流戏文，就从这件东西上做起了。至于男女相见，那种眉眼招灾、声音起祸的利害，也是如此，所以只是不见不亲的为妙。不信，但引两对古人做个证验。李药师所得的红拂妓，当初关在杨越公府中，何曾知道男子面黄面白？崔千牛所盗的红绡女，立在郭令公身畔，何曾对着男子说短说长？只为家主公要卖弄豪华，把两个得意侍儿与男子见得一面，不想他五个指头、一双眼孔就会说起话来。及至机心一动，任你铜墙铁壁，也禁他不住，私奔的私奔出去，窃负的窃负将来。若还守了这两句格言，使他“授受不亲”，“不见可欲”，那有这般不幸之事！

我今日这回小说，总是要使齐家之人，知道防微杜渐，非但不可露形，亦且不可露影，不是单阐风情，又替才子佳人辟出一条相思路也。

元朝至正年间，广东韶州府曲江县有两个闲住的缙绅，一姓屠，一姓管。姓屠的由黄甲[①]起家，官至观察[②]之职；姓管的由乡贡[③]起家，官至提举[④]之职。他两个是一门之婿，只因内族无子，先后赘在家中，才情学术都是一般，只有心性各别。管提举古板执拘，是个道学先生；屠观察跌荡豪华，是个风流才子。两位夫人的性格起先原是一般，只因各适所夫，受了刑于之化[⑤]，也渐渐的相背起来。听过道学的，就怕讲风情；说惯风情的，又厌闻道学。这一对连襟，两个姊妹，虽是嫡亲瓜葛，只因好尚不同，互相贬驳，日复一日，就弄做仇家敌国一般。起先还是同居，到了岳丈岳母死后，就把一宅分为两院，凡是界限之处，都筑了高墙，使彼此不能相见。独是后园之中有两座水阁，一座面西的，是屠观察所得；一座面东的，是管提举所得。中间隔着池水，正合着唐诗二句：

遥知杨柳是门处，似隔芙蓉无路通。

陆地上的界限，都好设立墙垣，独有这深水之中，下不得石脚，还是上连下隔的。论起理来，盈盈一水，也当得过黄河天堑。当不得管提举多心，还怕这位姨夫要在隔水间花之处，窥视他的姬妾，就不惜工费，在水底下立了石柱，水面上架了石板，也砌起一带墙垣，分了彼此，使他眼光不能相射。从此以后，这两分人家，莫说男子与妇人，终年不得谋面，就是男子与男子，一年之内也会不上一两遭。

却说屠观察生有一子，名曰珍生；管提举生有一女，名曰玉娟。玉娟长珍生半岁。两个的面貌，竟象一副印板印下来的。只因两位母亲原是同胞姊妹，面容骨格相去不远，又且娇媚异常。这两个孩子又能各肖其母，在襁褓的时节还是同居，辨不出谁珍谁玉。有时屠夫人把玉娟认做儿子，抱在怀中饲奶；有时管夫人把珍生认做女儿，搂在身边睡觉。后来竟习以为常，两母两儿互相乳育。有《诗经》二句道得好："螟蛉有子，式谷似之。"[6]从来孩子的面貌多肖乳娘，总是血脉相荫的原故。

同居之际，两个都是孩子，没有知识，面貌象与不象，他也不得而知。直到分居析产之后，垂髫总角[7]之时，听见人说，才有些疑心，要把两副面容合来印正一印正，以验人言之确否。却又咫尺之间分了天南地北，这两副面貌印正不成了。再过几年，他两人的心事就不谋而合，时常对着镜子赏鉴自家的面容，只管啧啧赞羡道："我这样人物，只说是天下无双，人间少二的了，难道还有第二个人赶得我上不成？"他们这番念头还是一片相忌之心，并不曾有相怜之意；只说九分相合，毕竟有一分相岐，好不到这般地步，要让他独擅其美。那里知道相忌之中，就埋伏了相怜之隙，想到后面做出一本风流戏来？

玉娟是个女儿，虽有其心，不好过门求见。珍生是个男子，心上思量道：“大人不相合，与我们孩子无干，便时常过去走走，也不失亲亲之义。姨娘可见，表妹独不可见乎?”就忽然破起格来，竟走过去拜谒。那里知道那位姨翁预先立了禁约，却象知道的一般，竟写几行大字贴在厅后道：

凡系内亲，勿进内室。本衙止别男妇，不问亲疏。各宜体谅。

珍生见了，就立住脚跟，不敢进去。只好对了管公，请姨娘表妹出来拜见。管公单请夫人见了一面，连“小姐”二字绝不提起。及至珍生再请，他又假示龙钟，茫然不答。珍生默喻其意，就不敢固请，坐了一会，即便告辞。

既去之后，管夫人问道：“两姨姊妹，分属表亲，原有可见之理，为甚么该拒绝他?”管公道：“夫人有所不知，‘男女授受不亲’这句话头，单为至亲而设。若还是陌路之人，他何由进我的门，何由入我的室？既不进门入室，又何须分别嫌疑？单为碍了亲情，不便拒绝，所以有穿房入户之事。这分别嫌疑的礼数，就由此而起。别样的瓜葛，亲者自亲，疏者自疏，皆有一定之理。独是两姨之子，姑舅之儿，这种亲情，最难分别。说他不是兄妹，又系一人所出，似有共体之情；说他竟是兄妹，又属两姓之人，并无同胞之义。因在似亲似疏之间，古人委决不下，不曾注有定仪，所以泾渭难分，彼此互见，以致有不清不白之事做将出来。历观野史传奇，儿女私情，大半出于中表。皆因做父母的没有真知灼见，竟把他当了兄妹，穿房入户，难以提防，所以混乱至此。我乃主持风教的人，岂可不加辨别，仍蹈世俗之陋规乎?”夫人听了，点头不已，说他讲得极是。

从此以后，珍生断了痴想，玉娟绝了妄念，知道家人的言语印正不来，随他象也得，不象也得，丑似我也得，好似我也得，一总不去计论他。偶然有一日，也是机缘凑巧，该当遇合，岸上不能相会，竟把两个影子放在碧波里面印正起来。有一首现成绝句，就是当年的情景，其诗云：

绿树阴浓夏日长，楼台倒影入池塘。

水晶帘动微风起，并作南来一味凉。

时当中夏，暑气困人，这一男一女，不谋而合，都到水阁上纳凉。只见清风徐来，水波不兴，把两座楼台的影子，明明白白倒竖在水中。玉娟小姐定睛一看，忽然惊讶起来道：“为甚么我的影子倒去在他家？形影相离，大是不祥之兆。”疑惑一会，方才转了念头，知道这个影子就是平时想念的人，“只因科头而坐，头上没有方巾，与我辈妇人一样，又且面貌相同，故此疑他作我”。想到此处，方才要印正起来，果然一线不差，竟是自己的模样。既不能够独擅其美，就未免要同病相怜，渐渐有个怨怅爷娘不该拒绝亲人之意。

却说珍生倚栏而坐，忽然看见对岸的影子，不觉惊喜跳跃，凝眸细认一番，才知道人言不谬。风流才子的公郎，比不得道学先生的令爱，意气多而涵养少，那些童面习之的学问，等不到第二次就要试验出来，对着影子，轻轻的唤道："你就是玉娟姐姐么？好一副面容！果然与我一样。为甚么不合在一处做了夫妻？"说话的时节，又把一双玉臂对着水中，却象要捞起影子拿来受用的一般。玉娟听了此言，看了此状，那点亲爱之心，愈加歆动起来，也想要答他一句，回他一手，当不得家法森严，逾规越检的话从来不曾讲过，背礼犯分之事从来不曾做过，未免有些碍手碍口，只好把满腹衷情付之一笑而已。屠珍生的风流诀窍，原是有传受的。但凡调戏妇人，不问他肯不肯，但看他笑不笑，只消朱唇一裂，就是好音。这副同心带儿，已结在影子里面了。

从此以后，这一男一女，日日思想纳凉，时时要来避暑。又不许丫鬟伏侍，伴当追随，总是孤凭画阁，独倚雕栏，好对着影子说话。大约珍生的话多，玉娟的话少，只把手语传情，使他不言而喻。恐怕说出话来被爷娘听见，不但受鞭笞之苦，亦且有性命之忧。

这是第一回。单说他两个影子相会之初，虚空摹拟的情节。但不知见形之后，实事何如，且看下回分解。

第二回　受骂翁代图好事　被弃女错害相思

却说珍生与玉娟自从相遇之后，终日在影里盘桓，只可恨隔了危墙，不能勾见面。偶然有一日，玉娟因睡魔缠扰，起得稍迟，盥栉起来，已是巳牌时候。走到水阁上面，不见珍生的影子，只说他等我不来，又到别处去了，谁想回头一看，那个影子忽然变了真形，立在他玉体之后，张开两手，竟要来搂抱他。这是甚么缘故？只为珍生蓄了偷香之念，乘他未至，预先赴水过来，藏在隐僻之处，等他一到，就钻出来下手。玉娟是个胆小的人，要说句私情话儿，尚且怕人听见，岂有青天白日对了男子做那不尴不尬的事，没有人捉奸之理？就大叫一声“呵呀”，如飞避了进去，一连三五日不敢到水阁上来。看官，要晓得这番举动，还是提举公家法森严，闺门谨饬的效验，不然，就有真赃实犯的事做将出来，这段奸情不但在影似之间而已了。珍生见他喊避，也吃了一大惊，翻身跳入水中，踉跄而去。

玉娟那番光景，一来出于仓皇，二来迫于畏惧，原不是有心拒绝他。过了几时，未免有些懊悔，就草下一幅诗笺，藏在花瓣之内，又取一张荷叶，做了邮筒，使他入水不濡，张见珍生的影子，就丢下水去道：“那边的人儿，好生接了花瓣。”珍生听见，惊喜欲狂，连忙走下楼去，拾起来一看，却是一首七言绝句。其诗云：

绿波摇漾最关情，何事虚无变有形？
非是避花偏就影，只愁花动动金铃。

珍生见了，喜出望外，也和他一首，放在碧筒之上寄过去，道：

惜春虽爱影横斜，到底如看梦里花。
但得冰肌亲玉骨，莫将修短问韶华。

玉娟看了此诗，知道他色胆如天，不顾生死，少不得还要过来，终有一场奇祸。又取一幅花笺，写了几行小字，去禁止他道：

初到止于惊避，再来未卜存亡。吾翁不类若翁，吾死同于汝死。戒之！慎之！

珍生见他回得决裂，不敢再为挑达之词，但写几句恳切话儿，以订婚姻之约。其字云：

家范固严，杞忧亦甚。既杜桑间之约[⑧]，当从冰上之言[⑨]。所虑吴越相衔[⑩]，朱陈[⑪]难合，尚俟徐觇[⑫]动静，巧觅机缘。但求一字之贞，便矢终身之义。

玉娟得此，不但放了愁肠，又且合他本念，就把婚姻之事，一口应承，复他几句道：

既删《郑》《卫》[⑬]，当续《周南》[⑭]。愿深寤寐之求，勿惜参差之采[⑮]。此身有属，之死靡他。倘背厥[⑯]天，有如皎日！

珍生览毕，欣慰异常。

从此以后，终日在影中问答，形外追随，没有一日不做几首情诗。做诗的题目总不离一个“影”字。未及半年，珍生竟把唱和的诗稿汇成一帙，题曰《合影编》。放在案头，被父母看见，知道这位公郎是个肖子，不惟善读父书，亦且能成母志，倒欢喜不过，要替他成就姻缘，只是逆料那个迂儒断不肯成人之美。

管提举有个乡贡同年，姓路，字子由，做了几任有司，此时亦在林下。他的心体绝无一毫沾滞，既不喜风流，又不讲道学，听了迂腐的话也不见攒眉，闻了鄙亵之言也未尝洗耳，正合着古语一句：“在不夷不惠之间。”故此与屠、管二人都相契厚。屠观察与夫人商议，只有此老可以做得冰人，就亲自上门求他作伐，说：“敝连襟与小弟素不相能，望仁兄以和羹妙手调剂其间，使冰炭化为水乳，方能有济。”路公道：“既属至亲，原该缔好，当效犬马之力。”一日，会了提举，问他令爱芳年，曾否许配，等他回了几句，就把观察所托的话婉婉转转说去说他。管提举笑而不答，因有笔在手头，就写几行大字在几案之上，道：

> 素性不谐，矛盾已久。方著绝交之论，难遵缔好之言。欲求亲上加亲，何啻梦中说梦！

路公见了，知道他不可再强，从此以后，就绝口不提。走去回复观察，只说他坚执不允，把书台回复的话隐而不传。

观察夫妇就断了念头，要替儿子别娶。又闻得人说路公有个螟蛉之女，小字锦云，才貌不在玉娟之下，另央一位冰人，走去说合。路公道："婚姻大事，不好单凭己意，也要把两个八字合一合婚，没有刑伤损克，方才好许。"观察就把儿子的年庚封与媒人送去。路公拆开一看，惊诧不已。原来珍生的年庚就是锦云的八字，这一男一女竟是同年同月同日同时的。路公道："这等看来，分明是天作之合，不由人不许了，还有甚么狐疑。"媒人照他的话过来回复。观察夫妇欢喜不了，就瞒了儿子，定下这头亲事。

珍生是个伶俐之人，岂有父母定下婚姻全不知道的理？要晓得这位郎君，自从遇了玉娟，把三魂七魄倒附在影子上去，影子便活泼不过，那副形骸肢体竟象个死人一般，有时叫他也不应，问他也不答。除了水阁不坐，除了画栏不倚，只在那几尺地方走来走去，又不许一人近身。所以家务事情无由入耳，连自己婚姻定了多时，还不知道。倒是玉娟听得人说，只道他背却前盟，切齿不已，写字过来怨恨他，他才有些知觉。走去盘问爷娘，知道委曲，就号呼痛哭起来，竟象小孩子撒赖一般，倒在爷娘怀里，要死要活，硬逼他去退亲。又且痛恨路公，呼其名而辱骂，说："姨丈不肯许亲，都是他的鬼话！明明要我做女婿，不肯让与别人，所以借端推托。若央别个做媒，此时成了好事也未见得！”千乌龟，万老贼，骂个不了。观察要把大义责他，只因娇纵在前，整顿不起；又知道儿子的风流，“原是看我的样子，我不能自断情欲，如何禁止得他？”所以一味优容，只劝他暂缓愁肠，“待我替你画策”。珍生限了时日，要他一面退亲，一面图谋好事，不然就要自寻短计，关系他的宗祧。

观察无可奈何，只得负荆上门，预先请过了罪，然后把儿子不愿的话直告路公。路公变起色来，道：“我与你是何等人家，岂有结定婚姻又行反复之理！亲友闻之，岂不唾骂？令郎的意思，既不肯与舍下联姻，毕竟心有所属，请问要聘那一家？”观察道：“他的意思，注定在管门。知其必不可得，决要希图万一，以俟将来。”路公听了，不觉掩口而笑，方才把那日说亲书台回复的狠话，直念出来。观察听了，不觉泪如雨下，叹口气道：“这等说来，豚儿的性命，决不能留，小弟他日必为若敖之鬼矣！”路公道：“为何至此？莫非令公郎与管小姐有了甚么勾当，故此分拆不开么？”观察道：“虽无实事，颇有虚情。两副形骸虽不曾会合，那一对影子已做了半载夫妻。如今情真意切，实是分拆不开。老亲翁何以救我？”说过之后，又把《合影编》的诗稿递送与他，说是一本风流孽账。路公看过之后，怒了一回，又笑起来道：“这桩事情虽然可恼，却是一种佳话。对影钟情，从来未有其事，将来必传。只是为父母的不该使他至此。既已至此，那得不成就他？也罢，在我身上替他生出法来，成就这桩好事。宁可做小女不着，冒了被弃之名，替他别寻配偶罢。”观察道：“若得如此，感恩不尽。”

观察别了路公，把这番说话报与儿子知道。珍生转忧作喜，不但不骂，又且歌功颂德起来，终日催促爷娘去求他早筹良计，又亲自上门，哀告不已。路公道：“这桩好事，不是一年半载做得来的，且去准备寒窗，再守几年孤寡。”

路公从此以后，一面替女儿别寻佳婿，一面替珍生巧觅机缘，把悔亲的来历在家人面前绝不提起。一来虑人笑耻，二来恐怕女儿知道，学了人家的样子，也要不尴不尬起来，倒说女婿不中意，恐怕误了终身，自家要悔亲别许。那里知道儿女心多，倒从假话里面弄出真事故来。

却说锦云小姐未经悔议之先，知道才郎的八字与自己相同，又闻得那副面容俊俏不过，方且自庆得人，巴不得早完亲事，忽然听见悔亲，不觉手忙脚乱。那些丫鬟侍妾又替他埋怨主人，说：“好好一头亲事，已结成了，又替他拆开！使女婿上门哀告，只是不许。既然不许，就该断绝了他，为甚么又应承作伐，把个如花似玉的女婿送与别人！”锦云听了，痛恨不已，说：“我是他螟蛉之女，自然痛痒不关；若还是亲生自养，岂有这等不情之事！”恨了几日，不觉生起病来。俗话讲得好：“说不出的，才是真苦；挠不着的，才是真痒。”他这番心事，说又说不出，只好郁在胸中，所以结成大块，攻治不好。男子要离绝妇人，妇人反思念男子，这种相思，自开辟以来，不曾有人害得。看官们看到此处，也要略停慧眼，稍掬愁眉，替他存想存想。且看这番孽障，后来如何结果。

第三回 堕巧计爱女嫁媒人 凑奇缘媒人赔爱女

却说管提举的家范原自严谨，又因路公来说亲，增了许多疑虑，就把墙垣之下，池水之中，填以瓦砾，覆以泥土，筑起一带长堤；又时常着人伴守，不容女儿独坐。从此以后，不但形骸隔绝，连一对虚空影子，也分为两处，不得相亲。珍生与玉娟，又不约而同做了几首别影诗，附在原稿之后。

玉娟只晓得珍生别娶，却不知道他悔亲，深恨男儿薄幸，背了盟言，误得自己不上不下。又恨路公怀了私念，把别人的女婿攘为己有，媒人不做，倒反做起岳丈来，可见说亲的话并非忠言，不过是勉强塞责，所以父亲不许。一连恨了几日，也渐渐的不茶不饭，生起病来。路小姐的相思叫做“错害”，管小姐的相思叫做“错怪”。害与怪虽然不同，其错一也。

更有一种奇怪的相思，害在屠珍生身上，一半象路，一半象管，恰好在"错害""错怪"之间。这是甚么原故？他见水中墙下筑了长堤，心上思量道："他父亲若要如此，何不行在筑墙立柱之先？还省许多工料。为甚么到了此际忽然多起事来？毕竟是他自己的意思，知道我聘了别家，竟要断恩绝义，倒在爷娘面前讨好，假装个贞节妇人，故此教他筑堤，以示诀绝之意，也未见得。我为他做了义夫，把说成的亲事都回绝了，依旧要想娶他。万一此念果真，我这段痴情向何处着落？闻得路小姐娇艳异常，他的年庚又与我相合，也不叫做无缘。如今年庚相合的既回了去，面貌相似的又娶不来，竟做了一事无成，两相担误，好没来由！"只因这两条错念横在胸中，所以他的相思更比二位佳人害得诧异。想到玉娟身上，就把锦云当了仇人，说他是起祸的根由，时常在梦中咒骂；想到锦云身上，又把玉娟当了仇人，说他是误人的种子，不住在暗里唠叨。弄得父母说张不是，说李不是，只好听其自然。

却说锦云小姐的病体越重，路公择婿之念愈坚；路公择婿之念愈坚，锦云小姐的病体越重。路公不解其意，只说他年大当婚，恐有失时之叹，故此忧郁成病，只要选中才郎，成了亲事，他自然勿药有喜。所以分付媒婆，引了男子上门，终朝选择。谁想引来的男子，都是些魑魅魍魉。丫鬟见了一个，走进去形容体态，定要惊个半死。惊上几十次，那里还有魂灵，止剩得几茎残骨，一副枯骸，倒在床褥之间，恹恹待毙。

路公见了，方才有些着忙。细问丫鬟，知道他得病的来历，就翻然自悔道："妇人从一而终，原不该悔亲别议。他这场大病，倒害得不差，都是我做爷的不是。当初屠家来退亲，原不该就许。如今即许出口，又不好再去强他。况且那桩好事，我已任在身上。大丈夫千金一诺，岂可自食其言？只除非把两头亲事合做一头，三个病人串通一路，只瞒着老管一个，等他自做恶人。直等好事做成，方才使他知道。到那时节，生米煮成熟饭，要强也强不去了。只是大小之间有些难处。"仔细想了一回，又悟转来道："当初娥皇、女英，同是帝尧之女，难道配了大舜，也分个妻妾不成？不过是姊妹相称而已。"主意定了，一面叫丫鬟安慰女儿，一面请屠观察过来商议，说："有个两便之方，既不令小女二夫，又不使管门失节。只是令郎有福，忒煞讨了便宜，也是他命该如此。"观察喜之不胜，问他计将安出。路公道："贵连襟心性执拗，不便强之以情，只好欺之以理。小弟中年无子，他时常劝我立嗣。我如今只说立了一人，要聘他女儿为媳，他念相与之情，自然应许。等他许定之后，我又说小女尚未嫁人，要招令郎为婿，屈他做个四门亲家，以终夙昔之好。他就要断绝你，也却不得我的情面。许出了口，料想不好再许别人。待我选了吉日，只说一面娶亲，一面赘婿，把二女一男并在一处，使他各畅怀抱，岂不是桩美事?”屠观察听了,笑得一声,不觉拜倒在地,说他不但有回天之力,亦且有再造之恩,感颂不已。就把异常的喜信报与儿子知道。

珍生正在两忧之际,得了双喜之音,如何跳跃得住!他那种诧异相思,不是这种诧异的方术也医他不好。锦云听了丫鬟的话,知道改邪归正,不消医治,早已拔去病根,只等那一男一女过来,他就好做女英之姊,大舜之妻。此时三个病人好了两位,只苦得玉娟一个,有了喜信,究竟不得而知。

路公会着提举,就把做成的圈套去笼络他。管提举见女儿病危,原有早定婚姻之意,又因他是契厚同年,巴不得联姻缔好,就满口应承,不作一毫难色。路公怕他食言,过不上一两日,就送聘礼过门。纳聘之后,又把招赘珍生的话吐露出来。管提举口虽不言,心上未免不快,笑他明于求婚,暗于择婿,前门进人,后门入鬼,所得不偿所失。只因成事不说,也不去规谏他。

玉娟小姐见说自己的情郎赘了路公之女,自己又要嫁入路门,与他同在一处,真是羞上加羞,辱中添辱,如何气愤得了。要写一封密札寄与珍生,说明自家的心事,然后去赴水悬梁,寻个自尽。当不得丫鬟厮守,父母提防,不但没有寄书之人,亦且没有写书之地。一日,丫鬟进来传话说:“路家小姐闻得嫂嫂有病,要亲自过来问安。”玉娟闻了此言,一发焦躁不已,只说“他占了我的情人，夺了我的好事，一味心高气傲，故意把喜事骄人，等不得我到他家，预先上门来羞辱，这番歹意如何依允得他?”就催逼母亲叫人过去回复。那里知道这位姑娘并无歹意，要做个瞒人的喜鹊，飞入耳朵来报信的。只因路公要完好事，知道这位小姐是道学先生的女儿，决不肯做失节之妇，听见许了别人，不知就里，一定要寻短见。若央别个寄信，当不得他门禁森严，三姑六婆无由而入，只得把女儿权做红娘，过去传消递息。玉娟见说回复不住，只得随他上门。未到之先，打点一副吃亏的面孔，先忍一顿羞惭，等他得志过了，然后把报仇雪耻的话去回复他。不想走到面前，见过了礼，就伸出一双嫩手在他玉臂之上捏了一把，却象别有衷情，不好对人说得，两下心照的一般。玉娟惊诧不已，一茶之后，就引入房中，问他捏臂之故。锦云道:“小妹今日之来，不是问安，实来报喜。《合影编》的诗稿，已做了一部传奇，目下就要团圆快了。只是正旦之外，又添了一脚小旦，你却不要多心。”玉娟惊问其故，锦云把父亲作合的始末细述一番，玉娟喜个不了。只消一剂妙药，医好了三个病人。大家设定机关，单骗着提举一个。

路公选了好日，一面抬珍生进门，一面娶玉娟入室，再把女儿请出洞房，凑成三美，一齐拜起堂来。真个好看！只见：

男同叔宝，女类夷光。评品姿容，却似两朵琼

花，倚着一根玉树；形容态度，又象一轮皎月，分开两片轻云。那一边年庚相合，牵来比并，辨不清孰妹孰兄；这一对面貌相同，卸去冠裳，认不出谁男谁女。把男子推班出色，遇红遇绿，到处成牌；用妇人接羽移宫，鼓瑟鼓琴，皆能合调。允矣无双乐事，诚哉对半神仙。

成亲过了三日，路公就准备筵席，请屠、管二人会亲。又怕管提举不来，另写一幅单笺，夹在请帖之内，道：

亲上加亲，昔闻戒矣；梦中说梦，姑妄听之。今为说梦主人，屈作加亲创举。勿以小嫌介意，致令大礼不成。再订。

管提举看了前面几句，还不介怀，直到末后一联，有“大礼”二字，就未免为礼法所拘，不好借端推托。到了那一日，只得过去会亲。走到的时节，屠观察早已在座。路公铺下毡单，把二位亲翁请在上首，自己立在下首，一同拜了四拜；又把屠观察请过一边，自家对了提举，深深叩过四首，道：“起先四拜是会亲，如今四拜是请罪。从前以后，凡有不是之处，俱望老亲翁海涵。”管提举道：“老亲翁是个简略的人，为何到了今日，忽然多起礼数来？莫非因人而施，因小弟是个拘儒，故此也作拘儒之套么？”路公道：“怎敢如此。小弟自议亲以来，负罪多端，擢发莫数。只求念‘至亲’二字，多方原宥。俗话道得好，儿子得罪父亲，也不过是负荆而已，何况儿女亲家。小弟拜过之后，大事已完，老亲翁要施责备，也责备不成了。”管提举不解其意，还只说是谦逊之词。只是说过之后，阶下两边鼓乐一齐吹打起来，竟象轰雷震耳，莫说两人对语绝不闻声，就是自己说话也听不出一字。

正在喧闹之际，又有许多侍妾，拥了对半新人，早已步出画堂，立在毡单之上，俯首躬身，只等下拜。管提举定睛细看，只见女儿一个立在左手，其余都是外人，并不见自家的女婿。就对着女儿，高声大喊道：“你是何人，竟立在姑夫左手！不惟礼数欠周，亦且浑乱不雅。还不快走开去！”他便喊叫得慌，并没有一人听见。这一男二女低头竟拜。管提举掉转身来正要回避，不想二位亲翁走到，每人拉住一边，不但不放他走，亦且不容回拜，竟象两块夹板夹住身子的一般，端端正正受了一十二拜。直到拜完之后，两位新人一齐走了进去，方才分付乐工，住了吹打。听管提举变色而道：“说小女拜堂，令郎为何不见？令婿与令爱与小弟并非至亲，岂有受拜之礼？这番仪节，小弟不解，老亲翁请道其故。”路公道：“不瞒老亲翁说，这位令姨侄，就是小弟的螟蛉。小弟的螟蛉，就是亲翁的令婿；亲翁的令婿，又是小弟的东床。他一身充了三役，所以方才行礼，拜了三四一十二拜。老亲翁是个至明至聪的人，难道还懂不着？”管提举想了一会，再辨不清，又对路公道：“这些说话，小弟一字不解，缠来缠去，不得明白。难道今日之来，不是会亲，竟在这边做梦不成？”路公道：“小柬上面已曾讲过，‘今为说梦主人’，就是为此。要晓得‘说梦’二字，原不是小弟创起；当初替他说亲，蒙老亲翁书台回复，那个时节早已种下梦根了。人生一梦耳，何必十分认真？劝你将错就错，完了这场春梦罢。”

提举听了这些话，方才省悟，就问他道：“老亲翁是个正人，为何行此瞒昧之事？就要做媒，也只该明讲。怎么设定圈套，弄起我来？”路公道：“何尝不来明讲？老亲翁并不回言，只把两句话儿示之以意，却象要我说梦的一般。所以不复明言，只得便宜行事。若还自家弄巧，单骗令爱一位，使亲翁做了愚人，这重罪案就逃不去了。如今舍得自己，赢得他人，方才拜堂的时节，还把令爱立在左首，小女甘就下风，这样公道拐子，折本媒人，世间没有第二个！求你把责人之念稍宽一分，全了忠恕之道罢。”提举听到此处，颜色稍和。想了一会，又问他道：“敝连襟舍了小女，怕没有别处求亲？老亲翁除了此子，也另有高门纳彩。为甚么二女配了一夫，定要陷人以不义？”路公道：“其中就里，只好付之不言。若还根究起来，只怕方才那四拜，老亲翁该赔还小弟，倒要认起不是来。”提举听到此处，又从新变起色来，道：“小弟有何不是？快请说来！”路公道：“只因府上的家范过于严谨，使男子妇人不得见面，所以郁出病来。别样的病只害得

合影楼

——《十二楼》插图

自己一个。不想令爱的尊恙，与时灾疫症一般，一家过到一家，蔓延不已。起先过与他，后来又过与小女，几乎把三条性命断送一时！小弟要救小女，只得预先救他；既要救他，又只得先救令爱。所以把三个病人，合来住在一处，才好用药调理。这就是联姻缔好的原故。老亲翁不问，也不好直说出来。”

提举听了，一发惊诧不已，就把自家坐的交椅，一步一步挪近前来，就着路公，好等他说明就里。路公怕他不服，索性说个尽情，就把对影钟情、不肯别就的始末，一原二故，诉说出来。气得他面如土色，不住的咒骂女儿。路公道：“姻缘所在，非人力之所能为。究竟令爱守贞不肯失节，也还是家教使然。如今业已成亲，也算做既往不咎了，还要怪他做甚么？”提举道：“这等看来，都是小弟治家不严，以致如此。空讲一生道学，不曾做得个完人。快取酒来，先罚我三杯，然后上席。”路公道：“这也怪不得亲翁。从来的家法，只能锢形，不能锢影。这是两个影子做出事来，与身体无涉，那里防得许多！从今以后，也使治家的人知道，这番公案，连影子也要提防，决没有露形之事了。”又对观察道：“你两个的是非曲直，毕竟要归重一边。若还府上的家教也与贵连襟一般，使令公郎有所畏惮，不敢胡行，这桩诧事就断然没有了。究竟是你害他，非是他累你。不可因令公郎得了便宜，倒说风流的是，道学的不是，把是非曲直颠倒过来，使人喜风流而恶道学，坏先辈之典型。取酒过来，罚你三巨斝[17]，以服贵连襟之心，然后坐席。”观察道：“讲得有理。受罚无辞。”一连饮了三杯，就作揖赔个不是，方才就席饮酒，尽欢而散。

从此以后，两家释了芥蒂，相好如初。过到后来，依旧把两院并为一宅，就将两座水阁做了金屋，以贮两位阿娇，题曰“合影楼”，以成其志。不但拆去墙垣，掘开泥土，等两位佳人互相盼望。又架起一座飞桥，以便珍生之来往，使牛郎织女无天河银汉之隔。后来珍生联登二榜，入了词林，位到侍讲之职。

这段逸事，出在胡氏《笔谈》，但系抄本，不曾刊板行世，所以见者甚少。如今编做小说，还不能取信于人。只说这一十二座亭台，都是空中楼阁也。

注

① 黄甲：指进士及第，因科举甲科进士及第者的名单用黄纸书写，故名。

② 观察：观察处置使的简称，中唐时始设，掌考察州县官吏政绩，后兼理民事，辖一道或数州。

③ 乡贡：唐代选士，出自州县者称乡贡，元明清则以行省选贡士，亦称“乡贡”，即举人经会试得中者。

④ 提举：为提举某某司的简称，宋代始设，为主管某种专门事务的职官，如提举学事、提举茶盐、提举市舶等。

⑤ 刑于之化：意为夫妻和睦，这里强调的是影响感化。刑，通“型”，意为示范。典出《诗·大雅·思齐》：“刑于寡妻，至于兄弟，以御于家邦。”

⑥ “螟蛉有子”二句：见《诗·小雅·小宛》，中间还有二句：“蜾蠃负之。教诲尔子，”螟蛉为鳞翅目昆虫的幼虫，青绿色。蜾(guǒ)蠃(luǒ)为一种寄生蜂，常衔螟蛉至巢中，排卵于其体内，供幼虫孵化后食用。古人误以为蜾蠃无子，以螟蛉为子，故螟蛉成为义子的代称。式：用。谷：善。下两句的意思是：用善道以教子，使之为善。

⑦ 垂髫：古时男子成年后才束发于头上，未成年时头发披散下垂。总角：古代男女未成年时束发为两结，形状如角，故称总角。此二词均以发式指代童年少年。

⑧ 桑间之约：桑间在濮水之上，为古卫国之地，为古代男女欢会之地。桑间之约即指男女幽会私合。

⑨ 冰上之言：意为寻媒人正式议婚。《晋书·索统传》有言：“冰上为阳，冰下为阴，阴阳事也；士如归妻，迨冰未泮，婚姻事也。君在冰上与冰下人语，为阳语阴，媒介事也。君当为人作媒，冰泮而婚成。”泮(pàn)：分，散。后称媒人为冰人本此。

⑩ 吴越相衔：吴越为春秋时古国，吴先灭越，越后灭吴，后常用来指敌对关系。

⑪ 朱陈：结姻的代称。白居易《朱陈村》诗：“徐州古丰县，有村曰朱陈……一村唯两姓，世世为婚姻。”

⑫ 觇(chān)：观测，窥视。

⑬ 《郑》《卫》：指《诗经》风诗中《郑风》和《卫风》，多情歌。此句是说不取私情苟合。

⑭ 《周南》：指《诗经》风诗中的《周南》。此句是说当像《周南》诗那样取婚姻正路。

⑮ 寤寐之求，参差之采：此二语均出《诗经·关雎》：“窈窕淑女，寤寐求之”；“参差荇菜，左右采之”。均男子对理想淑女的热恋追求。荇(xíng)菜：一种水生植物，嫩叶可食。

⑯ 厥：其。此句为盟誓之语。

⑰ 斝(jiǎ)：古代盛酒的器具，圆口，三足。

鉴赏

《合影楼》为李渔短篇小说集《十二楼》的第一篇。李渔创作的突出特点是立意新颖，他自己对此也很自豪，其《与陈学山少宰书》说："不效美妇一颦，不拾名流一唾，当世耳目，为我一新。"他又很注意小说与戏剧的共通性，视小说为"无声戏"，他的另一部短篇小说集便以此命名，有意识地将其戏剧创作的理论与经验运用到小说创作中来，故其小说情节曲折生动而又集中紧凑，富于戏剧性。

据杜濬《十二楼序》所署时间，本书当作于顺治十五年(1658)前。当时才子佳人小说方兴未艾，百年后曹雪芹说："这些书就是一套子。"(《红楼梦》五十四回)此时"套子"虽未形成，却也初见端倪。作才子佳人小说最多的天花藏主人，在此前后所写的作品，就不外是邂逅相逢，一见钟情，小人拨乱，经历磨难，最终团圆。本篇在题材上也属才子佳人小说，却"不借此套"，"反倒新鲜别致"(《红楼梦》第一回)。杜濬在篇末评曰："影儿里情郎，画儿中爱宠，此传奇野史中两个绝好题目。"揭示出其构思可能受《西厢记》启发。语出《琴心》一折中崔莺莺所唱曲词："他做了个影儿里的情郎，我做了个画儿里的爱宠。"后代确有不少小说戏剧如《写真幻》等就画中爱宠生发，但未见写影中情郎者。本篇的独到之处，便是在"影"上作文章，屠珍生与管玉娟在相互隔绝的情况下，因见到对方映在水中的倒影而生爱意，在《合影编》的诗文唱和中发展感情，最后终于鹊桥飞架，身影相合。如杜濬所评："相思害得稀奇，团圆做得热闹，《西厢记》后五百年始得一见。"

一般才子佳人小说就其积极方面看，首先是肯定婚姻自主，突破了封建婚姻制度“父母之命”的束缚；其次是男女双方所经受的磨难，往往是出于封建势力的阻挠破坏，因此也反映一定的社会生活，对封建制度有所批判。本篇则直接针对明清统治者所极力鼓吹倡导的程朱理学、阻绝男女任何社交接触的封建礼教和禁欲主义，即“男女授受不亲”“不见可欲，使心不乱”等封建教条。作品开篇即说：“天地间越礼犯分之事，件件可以消除，独有男女相慕之情，枕席交欢之谊，只除非禁于未发之先。若到那男子妇人动了念头之后，莫道家法无所施，官威不能摄，就使玉皇大帝下了诛夷之诏，阎罗天子出了缉获的牌，山川草木尽作刀兵，日月星辰皆为矢石，他总是拼了一死，定要去遂心了愿……到了这怨生慕死的地步，你说还有甚么法则可以防御得他？”体现了对人性，人类正当愿望和感情的肯定。作者有意安排故事发生在两个家长“心性各别”的家庭，一个重风情，一个讲道学，虽为连襟至亲，同居一宅，却如仇家敌国。讲道学的管提举不只立了区别男女，不问亲疏，不相走动的禁约，还筑墙隔离，连后园池塘也不放过，防范不可谓不严。但是如此的家法、高墙，只能痼形，不能痼影，更不能痼心，两家儿女对影钟情，不肯别就，演出了新鲜别致的爱情故事。小说最后写两家芥蒂尽释，拆去墙垣，宣告了道学先生及其所信守的理学、礼教的失败，因此本篇比其他才子佳人小说具有更为鲜明的反礼教、反理学色彩，是明代后期以李贽为代表的反对程朱理学的进步思潮的延续。文中也有一些如“禁于未发之先”“严分内外，重别嫌疑，使男女不相亲近”的说教，不过是明末小说注重劝惩的余风。故事中的管提举按照这套身体力行，但未达到目的。篇末路公所说：“连影子也要提防”，更是不可能的事，实际上是对管提举的讽刺。

至于小说女主人公正旦管玉娟之外，“又添了一脚小旦”路锦云，让屠珍生并获双美，一夫二妻，固然出于情节的需要，使“团圆做得热闹”，根本原因在于作者赞成一夫多妻制，否则亦可不生此枝节，仍由路公“身上替他生出法来，成就这样好事”。这反映了作者思想的庸俗方面。

李渔在戏剧创作上主张“立主脑”“减头绪”“密针线”。本篇便以“合影”为主脑，情节围绕此而展开，无关者一概省略。篇中有名有姓者亦仅男女主人公与路氏父女，连主人公双方家长，也仅提官衔观察、提举而已。对路子由称名道字，则因其既不过于风流，也不执拗古板，“在不夷不惠之间”，又有克己之心，成人之美，是作者心目中的理想人物。主脑突出，却不单调平淡，在情节发展上，起伏跌宕，饶有趣味。作者有意让双方家长“素性不谐，矛盾已久”，增加了男女主人公结合之难。而隔绝内外，禁锢身形，却促成二人对影生情，隔水说爱，以致私订终身。以管提举的心性，要得到其赞许，自然难上加难。路公上门提亲，遭严词拒绝，情节为之一顿。对于矛盾的解决，作者则是极尽腾挪之势。李渔《闲情偶寄》论戏剧结局云:“全本收场,名曰大收煞。此折之难在无包括之痕而有团圆之趣……山穷水尽之处,偏宜突起波澜,或先惊而后喜,或始疑而终信,或喜极信极而致惊疑,务使一折之中七情俱备,始为到底不懈之笔,愈远愈大之才,所谓有团圆之趣者也。”因管提举坚拒不允,小说又引进了与屠珍生同年同月同日同时生的路锦云,屠、路两家视为天作之合,珍生却要死要活的不肯,其父被迫退婚,不料锦云闻风亦兴怨。二女才貌不相上下,一与珍生面容相同,一则年庚一样。玉娟知珍生别聘,不知其拒婚,错怪珍生薄幸背盟,并怪路公做媒是假,夺爱是真;锦云先已心许,怨路公应允退婚,以为非其亲生,不关痛痒,恨路公不情;珍生则时而怒锦云是起祸的根由,时而恼玉娟坏了说成的亲事。三个人都生起病来,一个错怪,一个错害,一个兼有。情节至此,真有“山穷水尽之势”,路公的妙计,又使读者顿感柳暗花明。作者施“到底不懈之笔”,点染玉娟以为情人被夺,自己将嫁路公嗣子,与情敌为姑嫂,又羞又恨,欲寻自尽。路公派锦云作报信喜鹊,使其释疑病除。矛盾的焦点在提举,故在交代三人病除了却相思后,略写其洞房花烛,而详写四门会亲,并一再照应提举拒婚时所书“欲求亲上加亲,何啻梦中说梦”,可见针线之密,会亲时提举如在梦中,寻女婿不见,怪女儿与姑夫并立,等路公说明就里,他虽咒骂女儿,责怪自己,也只有承认既成事实。结局虽未脱大团圆的俗套,却恼怒、怨恨、惊疑诸种感情交并，最后皆大欢喜，写得“热闹”“有趣”，富于喜剧效果。

此外，作品中的一些细节，不仅真实可信，也很有新意。如写珍生、玉娟对影相认，及玉娟以花瓣荷叶水中传诗，极富诗情画意。又如锦云报信之时，玉娟满腹怨恨羞恼，如临大敌，锦云别无言语，却先在她玉臂上捏了一把，使其在惊诧中无从发作，锦云却借此说明缘由，亦别致有趣。

李渔遵循戏剧创作的经验与理论写小说，尤其注重情节的新奇，其小说确可称为“无声戏”。比较而言，李渔精于写戏，而弱于写人，在人物形象描摹的细腻与丰满上，稍嫌单薄。但在清代，仍不失为最有成就的白话短篇小说家之一，而《合影楼》则是其精品。

（苗壮）

秦淮健儿传

原文

嘉靖中，秦淮[1]民间有一儿，貌魁梧，色黝异。生数月，便不乳，与大人同饮啜。周岁怙恃[2]交失，鞠于外氏[3]。长有膂力，善拳击，尝以一掌毙一犬，人遂呼为“健儿”。健儿与群儿斗，莫不辟易[4]。群儿结数十辈攻之，健儿纵拳四挥，或啼或号，各抱头归，愬其父兄。父兄来叱曰：“谁家豚犬，敢与老子相触耶？”健儿曰：“焉敢相触？为长者服步武[5]之劳，则可耳。”乃至父兄前，以两手擎父兄，两胫去地二尺许，且行且止，或昂之使高，或抑之使下，父兄恐颠仆，莫敢如何，但咕咕笑，乡人哄焉。

健儿性善动，不喜读书。外氏命就外傅，不率教。师夏楚[6]之，则夺扑[7]裂眦曰：“功名应赤手致，焉用琐琐章句为？”师出，即与同塾诸儿斗，诸儿无完肤。又时盗其外氏簪珥衣物，向酒家饮，醉即猖狂生事。外氏苦之，逐于外。为人牧羊，每窃羊换饮，诈言多歧亡。主人怒，复见摈[8]。时已弱冠矣。

闻倭入寇，乃大快曰：“是我得意时也！”即去海上从军。从小校擢功至裨将[9]。与僚友饮，酒酣斗力，毙之，罪当死。遂弃官，逃之泗[10]，易姓名，隐于庖丁。民家有犊，丙夜[11]往盗之，牵出，必剧呼曰：“君家牛我骑去矣！”

呼竟，倒骑牛背，以斧砍牛臀。牛畏痛，迅奔若风，追之莫及。次日亡牛者适市物色之，健儿曰："昨过君家取牛者我也，告而后取，道也，奚[12]其盗？"索之，则牛已脯矣，无可凭。市中恶少，推为盟主，昼纵六博，夜游狭斜，自恃日甚。尝叹曰："世人皆不足敌，但恨生千载后，不得与拔山举鼎之雄一较胜负耳！"

邑使者禁屠牛，健儿无所事事，取向所屠牛皮及骨角，往瓜扬[13]间售之，得三十金。将归，饮于馆中，解金置案头。酒家翁见之，谓曰："前途多豪客，此物宜善藏之。"健儿掷杯砍案曰："吾纵横天下三十年，未逢敌手，有能取得腰间物者，当叩首降之。"时有少年数人，醵[14]于左席，闻之错愕，起问姓名居里。健儿曰："某姓名不传，向尝竖功于边陲，今挂冠微服，牛耳[15]于泗上诸英雄。"少年问能敌几何辈。健儿曰："遇万万敌，遇千千敌。计人而敌，斯下矣！"诸少年益错愕。

健儿饮毕，束装上马。不二三里，一骑追之甚迅。健儿自度曰："殆所云豪客耶？"比至，则一后生，健儿遂不介意。后生问何之。健儿曰："归泗。"后生曰："予小子亦泗人，归途迷失，望长者指南之。"于是健儿前驱，马上谈笑颇相得。健儿谓后生曰："子服弓矢，善决拾[16]乎？"后生曰："习矣，而未闲[17]。"健儿援弓试之，力尽而弓不及彀[18]，弃之，曰："此物无用，佩之奚为？"后生曰："物自有用，用物者无用耳。"乃引自试。时有鸷唳空，后生一发饮羽[19]，鹜坠马前。健儿异之。后生曰："君腰短刀，必善击刺。"健儿曰："然！我所长不在彼，在此。"脱以相示，后生视而噱曰："此割鸡屠狗物，将焉用之？"以两手一折，刀曲如钩，复以两手伸之，刀直如故。健儿失色，筹腰间物非复我有矣。虽与偕行，而股栗之状，渐不自持。后生转以温言慰之。

复前数里，四顾无人，后生纵声一喝，健儿坠马。后生先斩其马，曰："今日之事，有不唯我命者，如此马！"健儿匍伏请所欲。后生曰："无用物，盍解腰缠[20]来献！"健儿解囊输之，顿首乞命。后生曰："吾得此一囊金，差可十日醉。子犹草莱，何足诛锄？"拨马寻故道去。健儿神气沮丧，足循循不前。自思三十金非长物[21]，但半世英雄，败于乳臭儿之手，何颜复见诸弟兄？遂不归泗，向一村墅结庐卖酒聊生。每思往事，辄恧恧[22]欲死。

一日，春风淡荡，有数少年索饮，裘马甚都[23]，似五陵公子[24]，而意气豪纵，又似长安游侠儿。击案狂歌，旁若无人，且曰："涤器翁似不俗，当偕之。"遂拉健儿入座。健儿视九人皆弱冠，唯一总角[25]者，貌白皙若处子，等闲不发一言，一言则九人倾听；坐则右之，饮则先之。健儿不解其故。而末坐一冠者，似尝谋面，睇视之，则向斩马劫财之人也，谓健儿曰："东君[26]尚识故人耶？"健儿不敢应。后生曰："畴昔途中，解囊缠赠我者，非子而谁？我侪岂攘攫者流？特于邮旁肆中，闻子大言恐世，故来与子雌雄，不意竟输我一筹！今来归赵璧耳。”遂出左袖三十金置案头，曰：“此母也。于今一年，子当肖之。”又探右袖，出三十金，共予之。健儿不敢受，旁一后生拔剑努目曰：“物为人攫而不能复，还之又不敢取，安用此懦夫为？”健儿惧，急内袖中，乃治鸡黍为欢。诸后生不肯留。归金者曰：“翁亦可怜矣，峻拒之则难堪。”众乃止。时爨[27]下薪穷，健儿欲乞诸邻，后生指屋旁枯株谓之曰：“盍载斧斤？”健儿曰：“正苦无斧斤耳！”后生踌躇久之，曰：“此事须让十弟，我九人无能为也。”总角者以两手抱株，左右数挠，株已卧矣，遂拔剑砍旁柯燃之。酒至无算，乃辞去，竟不知其何许人。

健儿自是绝不与人较力，人殴之则袖手不报。或曰：“子曩[28]日英雄安在？”健儿则以衰朽谢之。后得以天年终，不可谓非后生力也。

注

① 秦淮：秦淮河。长江下游支流，在今江苏省西南部。此指秦淮河流域。

② 怙恃：父母。怙、恃皆依靠、倚仗之意。因《诗经·小雅·蓼莪》有“无父何怙，无母何恃”之句，后因以之为父母的代称。

③ 鞠于外氏：养育于外祖父母家。

④ 辟易：惊退、逃跑。

⑤ 步武：古代以六尺为步，半步为武。指相距甚近。

⑥ 夏楚：夏，榎木；楚，荆木。古时常用作学校的体罚工具，也作为刑具、体罚的泛称。

⑦ 扑：学校体罚学生用的戒尺等。

⑧ 摈：排除，抛弃。

⑨ 裨将：副将。

⑩ 泗：水名。发源于山东省泗水县陪尾山，流经山东曲阜、鱼台，江苏徐州、宿迁、泗阳等地入淮河。此泛指泗水流域。

⑪ 丙夜：三更时分，半夜。

⑫ 奚：何。

⑬ 瓜扬：瓜洲、扬州一带。在今江苏扬州一带。瓜洲，即瓜洲镇，在江苏邗江县南，大运河入长江处。

⑭ 醵：聚集。

⑮ 牛耳：执牛耳。指主持盟会的人。古时结盟，割牛耳取血，盛于盘中，主盟人持之让参与盟会的人分尝，以示诚信。后因指主持其事或居领导地位的人为执牛耳。

⑯ 决拾：代指弓箭。决，扳指。骨制，射者套于左手大拇指，用以钩弦。拾，臂衣。革制，射者著于左臂，用以护臂。

⑰ 闲：熟练，通“娴”。

⑱ 彀(gòu)：拉满弓。

⑲ 饮羽：箭中目标而深入，掩没箭尾的羽毛。

⑳ 腰缠：指随身携带的钱财，亦泛指拥有的财富。

㉑ 长物：剩余之物。

㉒ 恧恧：惭愧。

㉓ 都：优美的样子。

㉔ 五陵公子：豪门贵族的公子。五陵，汉朝皇帝每立陵墓，都将四方豪富、外戚迁至陵墓附近居住。最著名的为五陵，即汉高帝长陵、惠帝安陵、景帝阳陵、武帝茂陵、昭帝平陵。后遂以五陵作为豪门贵族聚居之地或代指豪门贵族。

㉕ 总角：古代未成年男女多束发为两结，形状如角，故称总角。

㉖ 东君：主人。《左传·僖公三十年》载：秦晋合兵围郑，郑文公使烛之武说秦穆公，称秦若舍郑，郑可以成为秦国的东道主。后遂泛称主人。这里是对店主的尊称。

㉗ 爨(cuàn)：灶。

㉘ 曩：从前、过去的。

鉴赏

本文采自《虞初新志》，是一篇颇有特色的武侠小说。在中国武侠小说史上，与本文类似的故事还有唐康骈《剧谈录》中的"张季弘遇恶新妇"，明宋懋澄《九籥别集》中的《刘东山》，以及凌濛初根据《刘东山》改编的话本小说《刘东山夸技顺城门　十八兄奇踪村酒肆》等。尤其是后者，人物形象、故事情节、思想内容等都与本文非常相近。凌濛初生于公元1580年，卒于公元1644年，比本文作者李渔长40岁，且凌濛初的《拍案惊奇》影响极大，李渔不会不知，因此本文显系摹仿《刘东山》而作。与凌濛初的话本小说相比，本文在思想与艺术方面的特色主要有以下几个方面：

首先是文体不同。凌濛初的话本小说具有话本小说的文体特征，不但是第一人称主观讲述式叙述模式，自始至终充斥着作者的评论和说教，而且前半部分一连讲述了蜈蚣制蛇、汉武帝时西胡月支国所献猛兽、唐康骈《剧谈录》中的"张季弘遇恶新妇"三个故事作为"入话"，以说明"强中更有强中手，莫向人前夸大口"的主题。这一"入话"虽能说明问题，但所占篇幅过多，几近全文的一半，显然有喧宾夺主之嫌。本文则采用了历史散文中人物传记的文体，从"嘉靖中，秦淮民间有一儿"写起，一直写到秦淮健儿"后得以天年终"。自始至终以秦淮健儿为传主，以其生平为线索，不蔓不枝，重点突出，情节集中，所以人物形象更加鲜明生动。

其次是人物形象塑造的艺术特色。话本小说源自“说话”伎艺，“说话”即讲故事，所以话本小说虽然也注意形象塑造，但更突出的特点则是讲故事。所以《刘东山夸技顺城门》在叙述刘东山的故事之前只是简单地交代他是交河县人，“在北京巡捕衙门里当一个缉捕军校的头。此人有一身好本事，弓马熟闲，发矢再无空落，人号他连珠箭。随你异常狠猛，逢着他便如瓮中捉鳖，手到拿来”。纯属介绍，因而形象便略显苍白。本文就大不相同了，不但较为详尽地交代了秦淮健儿的特殊禀赋，而且特意介绍了他“周岁怙恃交失，鞠于外氏”。因为有膂力，善拳击，性善动，不喜读书，所以经常“与群儿斗”，“外氏命就外傅，不率教”，终至“外氏苦之，逐于外”。显然，特殊的禀赋与自幼缺乏良好的家庭教育的童年生活，是他后来好勇斗狠、窃羊盗牛、目空一切的主要原因，从而不但写出了健儿形象性格形成的经过，令人可触可摸，同时也说明了家庭教育的重要性。当然，本文在形象塑造方面之所以取得成功，更重要的还在以下两个方面：其一，作者善于选择最足以表现人物性格的富有传奇性的典型情节和典型细节，塑造典型形象。如写其有膂力，善拳击，只用了“尝以一掌毙一犬”一句话，便写出了秦淮健儿的不同寻常。写其与群儿斗，只用了“纵拳四挥”四个字，即使群儿或啼或号，各抱头归，足见其迥出常人。写其与群儿父兄之斗，则“以两手擎父兄，两胫去地二尺许，且行且止……父兄恐颠仆，莫敢如何，但咭咭笑”。写其盗牛，则不但剧呼，且“倒骑牛背，以斧砍牛臀。牛畏痛，迅奔若风，追之莫及”。写江湖后生之武艺高强，则“时有鹜唳空，后生一发饮羽，鹜坠马前”；“以两手一折，刀曲如钩，复以两手伸之，刀直如故”，如是等等。作品之人物之所以着墨不多而情态毕现，栩栩如生，与作者的这一艺术手法是分不开的。

其次，本文在塑造人物形象时不是平面地、孤立地描写一个个人物，而是将人物形象放在矛盾斗争的焦点上，充分注意人物之间的关系，运用对比与衬托的艺术手法表现典型环境中的典型人物。从全文看，健儿前期之有膂力、善拳击，好勇斗狠，恃能逞强，与下文中见后生之神勇而“股栗之状，渐不自持”，“后生纵声一喝，健儿坠马”，是人物形象自身的前后对比。从局部看，群儿父兄之来势汹汹，至被健儿以两手擎起后则“莫敢如何，但咭咭笑”，系群儿父兄与健儿的对比，衬托了健儿的迥出常人，也通过群儿父兄之前倨后卑写出了他们的戆憨和无奈。而通过江湖后生与健儿的对比描写，九位少年与十弟的对比描写，则不但写出了后生与十弟之神勇，也写出了秦淮健儿的井蛙之见。而作品“强中更有强中手，莫向人前夸大口”的主题思想，显然也是用这一艺术手法表现出来的。尤其是作品的前半段，极写秦淮健儿之豪强，至称“世人皆不足敌，但恨生千载后，不得与拔山举鼎之雄一较胜负耳”，与后半段之“自是绝不与人较力，人殴之则袖手不报”的对比与映衬，不但有映带回合，前呼后应之妙，且极具喜剧色彩，可以让人在轻松幽默中接受人生的启迪。

（王恒展）

谭楚玉戏里传情　刘藐姑曲终死节

——《连城璧》第一卷(节选)

原文

诗云：

从来尤物最移人，况有清歌妙舞身。

一曲《霓裳》千泪落，曾无半滴起娇颦。

又词云：

好妓好歌喉，擅尽风流。惯将欢笑起人愁。尽说含情单为我，魂魄齐勾。　舍命作缠头，不死无休。琼瑶琼玖竞相投。桃李全然无报答，尚羡娇羞。

这首诗与这首词，乃说世间做戏的妇人，比寻常妓女另是一种娉婷，别是一般妩媚，使人见了最易消魂，老实的也要风流起来，悭吝的也会撒漫起来。这是甚么原故？只因他学戏的时节，把那些莺啼燕语之声，柳舞花翻之态，操演熟了，所以走到人面前，不消作意，自有一种云行水流的光景。不但与良家女子立在一处，有轻清重浊之分，就与娼家姊妹分坐两旁，也有矫强自然之别。况且戏场上那一条毡单，又是件最作怪的东西，极会难为丑妇，帮衬佳人。丑陋的走上去，使他愈加丑陋起来，标致的走上去，使他分外标致起来。常有五、六分姿色的妇人，在台下看了也不过如此，及至走上台去做起戏来，竟像西子重生，太真复出，就是十分姿色的女子，也还比他不上。这种道理，一来是做戏的人，命里该吃这碗饭，有个二郎神呵护他，所以如此。二来也是平日驯养之功，不是勉强做作得出的。

是便是了，天下最贱的人，是娼、优、隶、卒四种。做女旦的，为娼不足，又且为优，是以一身兼二贱了，为甚么还把他做起小说来？只因第一种下贱之人，做出第一件可敬之事，犹如粪土里面长出灵芝来，奇到极处，所以要表扬他。别回小说，都要在本事之前，另说一桩小事做个引子，独有这回不同。不须为主邀宾，只消借母形子，就从粪土之中，说到灵芝上去，也觉得文法一新。

却说浙江衢州府西安县，有个不大不小的乡村，地名叫做杨村坞。这块土上的人家，不论男子妇人，都以做戏为业。梨园子弟所在都有，不定出在这一处，独有女旦脚色，是这一方的土产，他那些体态声音，分外来得道地。一来是风水所致，二来是骨气使然。只因他父母原是做戏的人，当初交媾之际，少不得把戏台上的声音，毡单上的态度做作起来，然后下种。那些父精母血已先是些戏料了，及至带在肚里，又终日做戏，古人原有"胎教"之说，他那些莺啼燕语之声，柳舞花翻之态，从胞胎里面就教习起了。及至生将下来，所见所闻，除了做戏之外，并无别事，习久成性，自然不差，岂是半路出家的妇人，所能仿佛其万一。所以他这一块地方，代代出几个驰名的女旦。别处的女旦，就出在娼妓里面，日间做戏，夜间接客，不过借做戏为由，好招揽閫客，独有这一方的女旦不同。他有三许三不许。那三许三不许？

许看不许吃，许名不许实，许谋不许得。

他做戏的时节，浑身上下，没有一处不被人看到。就是不做戏的时节，也一般与人顽耍，一般与人调情。独有香喷喷的那钟美酒，只使人垂涎咽唾，再没得把人沾唇。这叫做“许看不许吃”。遇着那些公子王孙，富商大贾，或以钱财相结，或以势力相加，定要与他相处的，他也未尝拒绝，只是口便许了，心却不许。或是推托身子有病，卒急不好同房。或是假说丈夫不容，还要缓图机会，捱得一日是一日，再不使人容易到手。这叫做“许名不许实”。就是与人相处过了，枕席之间十分缱绻，你便认做真情，他却像也是做戏，只当在戏台上面，与正生做几出风流戏文。做的时节，十分认真，一下了台，就不作准。常有痴心子弟，要出重价替他赎身。他口便许你从良，使你终日图谋，不惜纳交之费，图到后来究竟是一场春梦，不舍得把身子从人。这叫做“许谋不许得”。他为甚么原故，定要这等作难？要晓得此辈的心肠，不是替丈夫守节，全是替丈夫挣钱。不肯替丈夫挣小钱，要替丈夫挣大钱的意思。但凡男子相与妇人，那种真情实意，不在粘皮靠肉之后，却在眉来眼去之时。像极馋的客人上了酒席，众人不曾下箸的时节，自己闻见了香味，竟像那些肴馔都是不曾吃过的一般，不住要垂涎咽唾。及至到口之后，狼飱虎嚼，吃了一顿，再有珍馔上来，就不觉其可想，反觉其可厌了。男子见了妇人，就如馋人遇酒食，只可使他闻香，不可容他下箸。一下了箸，就不觉兴致索然，再要他垂涎咽唾，就不能够了。所以他这一方的女旦，知道这种道理，再不肯轻易接人，把这三句秘诀，做了传家之宝。母传之于女，姑传之于媳。

不知传了几十世，忽然传出个不肖的女儿来，偏与这秘诀相左。也许看，也许吃，也许名，也许实，也许谋，也许得，总来是无所不许。古语道得好，“有治人，无治法”，他圆通了一世，一般也替丈夫同心协力，挣了一注大钱，还落得人人说他脱套。这个女旦姓刘，名绛仙，是嘉靖末年的人。生得如花似玉，喉音既好，身段亦佳，资性又来得聪慧。别的女旦，只做得一种脚色，独是他有兼人之才，忽而做旦，忽而做生。随那做戏的人家，要他装男就装男，要他扮女就扮女。更有一种不羁之才，到那正戏做完之后，忽然填起花面来，不是做净，就是做丑。那些插科打诨的话，都是簇新造出来的，句句钻心，言言入骨，使人看了分外销魂。没有一个男人，不想与他相处。他的性子，原是极圆通的，不必定要潘安之貌，子建之才，随你一字不识，极丑极陋的人，只要出得大钱，他就与你相处。只因美恶兼收，遂致贤愚共赏。不上三十岁，挣起一份绝大的家私，封赠丈夫做了个有名的员外。他的家事虽然大了，也还不离本业。家中田地，倒托别人管照，自己随了丈夫，依旧在外面做戏，指望传个后代出来，把担子交卸与他，自己好回去养老。谁想物极必反，传了一世，又传出个不肖的女儿来，不但把祖宗的成宪视若弁髦[①]，又且将慈母的芳规作为故纸，竟在假戏文里面，做出真戏文来，使千年万载的人，看个不了。这个女儿，小名叫做藐姑，容貌生得如花似玉，可称绝世佳人，说不尽他一身的娇媚。有古语四句，竟是他的定评：

施粉则太白，施朱则太红。加之一寸则太长，损之一寸则太短。

至于遏云之曲，绕梁之音，一发是他长技，不消说得的了。他在场上搬演的时节，不但使千人叫绝，万人赞奇。还能把一座无恙的乾坤，忽然变做风魔世界，使满场的人，个个把持不定，都要死要活起来。为甚么原故？只因看到那销魂之处，忽而目定口呆，竟像把活人看死了，忽而手舞足蹈，又像把死人看活了。所以人都赞叹他道："何物女子，竟操生杀之权。"他那班次里面，有这等一个女旦，也就够出名了。谁想天不生无对之物，恰好又有一个正生，也是从来没有的脚色，与藐姑配合起来，真可谓天生一对，地生一双。那个正生又有一桩奇处，当初不由生脚起手，是从净丑里面提拔出来的。要说这段因缘，须从脚根上叙起。

藐姑十二三岁的时节，还不曾会做成本的戏文，时常跟了母亲做几出零星杂剧。彼时有个少年的书生，姓谭，名楚玉，是湖广襄阳府人。原系旧家子弟，只因自幼丧母，随了父亲在外面游学。后来父亲又死于异乡，自己只身无靠，流落在三吴、两浙之间，年纪才十七岁。一见藐姑就知道是个尤物，要相识他于未曾破体之先，乃以看戏为名，终日在戏房里面走进走出，指望以眉眼传情，挑逗他思春之念，先弄个破题[①]上手，然后把承题开讲的工夫，逐渐儿做去。谁想他父母拘管得紧，除了学戏之外，不许他见一个闲人，说一句闲话。谭楚玉窥伺了半年，只是无门可入。一日闻得他班次里面，样样脚色都有了，只少一个大净，还要寻个伶俐少年，与藐姑一同学戏。谭楚玉正在无聊之际，得了这个机会，怎肯不图？就去见绛仙夫妇，把情愿入班的话说了一遍。绛仙夫妇大喜，即日就留他拜了先生，与藐姑同堂演习。谭楚玉是个聪明的人，学起戏来，自然触类旁通，闻一知十，不消说得的了。

藐姑此时，年纪虽然幼小，知识还强似大人。谭楚玉未曾入班，藐姑就相中他的容貌，见他看戏看得殷勤，知道"醉翁之意决不在酒"。如今又见他投入班来，但知香艳之可亲，不觉娼优之为贱，欲借同堂以纳款，虽为花面而不辞，分明是个情种无疑了，就要把一点灵犀托付与他。怎奈那教戏的先生，比父亲更加严厉。念脚本的时节，不许他交头接耳，串科分的时节，唯恐他靠体沾身。谭楚玉竟做了梁山伯，刘藐姑竟做了祝英台，虽然同窗共学，不曾说一句衷情，只好相约到来生，变做一对蝴蝶，同飞共宿而已。

谭楚玉过了几时，忽然懊悔起来道：“有心学戏，除非学个正生，还存一线斯文之体。即使前世无缘，不能够与他同床共枕，也在戏台上面，借题说法，两下里诉诉衷肠，我叫他一声‘妻’，他少不得叫我一声‘夫’。虽然做不得正经，且占那一时三刻的风流，了了从前的心事，也不枉我入班一场。这花面脚色，岂是人做的东西。况且又气闷不过，妆扮出来的，不是村夫俗子，就是奴仆丫鬟。自己睁了饿眼，看他与别人做夫妻，这样膀胱臭气，如何忍得过？”一日乘师父不在馆中，众脚色都坐在位上念戏，谭楚玉与藐姑相去不远，要以齿颊传情，又怕众人听见。还喜得一班之中，除了生旦二人，没有一个通文理的，若说常谈俗语，他便知道，略带些之乎者也，就听不明白了。谭楚玉乘他念戏之际，把眼睛觑着藐姑，却像也是念戏一般，念与藐姑听道：“小姐小姐，你是个聪明绝顶之人，岂不知小生之来意乎？”藐姑也像念戏一般，答应他道：“人非木石，夫岂不知，但苦有情难诉耳。”谭楚玉又道：“老夫人提防得紧，村学究拘管得严，不知等到何时，才能够遂我三生之愿？”藐姑道：“只好两心相许，俟诸异日而已。此时十目相视，万无佳会可乘，幸勿妄想。”谭楚玉又低声道：“花面脚色，窃耻为之。乞于令尊令堂之前，早为缓颊[③]，使得擢为正生，暂缔场上之良缘，预作房中之佳兆。芳卿独无意乎？”藐姑道：“此言甚善。但出于贱妾之口，反生堂上之疑，是欲其入而闭之门也。子当以术致之。”谭楚玉道：“术将安在？”藐姑低声道：“通班以得子为重，子以不屑作花面而去之，则将无求不得。有萧何在君侧，勿虑追信之无人也。”谭楚玉点点头道：“敬闻命矣。”

过了几日，就依计而行，辞别先生与绛仙夫妇，要依旧回去读书。绛仙夫妇闻之，十分惊骇道：“戏已学成，正要出门做生意了，为甚么忽然要跳起槽来？”就与教戏的师父，穷究他变卦之由。谭楚玉道：“人穷不可失志。我原是个读书之人，不过因家计萧条，没奈何就此贱业，原要借优孟之衣冠[④]，发泄我胸中之垒块。只说做大净的人，不是扮关云长，就是扮楚霸王，虽然涂几笔脸，做到那慷慨激烈之处，还不失我英雄本色。那里晓得十本戏文之中，还没有一本做君子，倒有九本做小人。这样丧名败节之事，岂大丈夫所为，故此不情愿做他。”绛仙夫妇道：“你既不屑做花面，任凭尊意，拣个好脚色做就是了，何须这等任性。”谭楚玉就把一应脚色，都评品一番道：“老旦贴旦，以男子而屈为妇人，恐失丈夫之体。外脚末脚，以少年而扮做老子，恐销英锐之气。只有小生可以做得，又往往因人成事，助人成名，不能自辟门户，究竟不是英雄本色，我也不情愿做他。”戏师父对绛仙夫妇道：“照他这等说来，分明是以正生自居了。我看他人物声音，倒是个正生的材料，只是戏文里面，正生的曲白最多，如今各样戏文都已串就，不日就要出门行道了，即使教他做生，那些脚本一时怎么念得上？”谭楚玉笑一笑道：“只怕连这一脚正生，我还不情愿做。若还愿做，那几十本旧戏，如何经得我念？一日念一本，十日就念十本了。若迟一月出门，难道三十本戏文，还不够人家搬演不成？”那戏师父与他相处，一向知道他的记性最好，就劝绛仙夫妇把他改做正生，倒把正生改了花面。谭楚玉的记性，真是过目不忘，果然不上一月，学会了三十多本戏文，就与藐姑出门行道。

起先学戏的时节，内有父母提防，外有先生拘管，又有许多同班朋友，夹杂其中，不能够匠心匠意，说几句知情识趣的话。只说出门之后，大家都在客边，少不得同事之人，都像弟兄姊妹一般，内外也可以不分，嫌疑也可以不避，挨肩擦背的时节，要嗅嗅他的温香，摩摩他的软玉，料想不是甚么难事。谁料戏房里面的规矩，比闺门之中更严一倍。但凡做女旦的，是人都可以调戏得，只有同班的朋友调戏不得。这个规矩，不是刘绛仙夫妇做出来的，有个做戏的鼻祖，叫做二郎神，是他立定的法度。同班相谑，就如姊妹相奸一般，有碍于伦理。做戏的时节，任你肆意诙谐，尽情笑耍。一下了台，就要相对如宾，笑话也说不得一句。略有些暧昧之情，就犯了二郎神的忌讳，不但生意做不兴旺，连通班的人，都要生起病来。所以刘藐姑出门之后，不但有父母提防，先生拘管，连那同班的朋友都要互相纠察。见他与谭楚玉坐在一处，就不约而同都去伺察他，惟恐做些勾当出来，要连累自己，大家都担一把干系。可怜这两个情人，只当口上加了两纸封条，连那之乎者也的旧话，也说不得一句，只好在戏台之上，借古说今，猜几个哑谜而已。

别的戏子，怕的是上台，喜的是下台。上台要出力，下台好躲懒故也。独有谭楚玉与藐姑二人，喜的是上台，怕的是下台。上台好做夫妻，下台要避嫌疑故也。这一生一旦，立在场上，竟是一对玉人，那一个男子不思，那一个妇人不想？又当不得他以做戏为乐，没有一出不尽情极致。同是一般的旧戏，经他两个一做，就会新鲜起来。做到风流的去处，那些偷香窃玉之状，偎红倚翠之情，竟像从他骨髓里面透露出来，都是戏中所未有的，一般使人看了无不动情。做到苦楚的去处，那些怨天恨地之词，伤心刻骨之语，竟像从他心窝里面发泄出来，都是刻本所未载的，一般使人听了，无不堕泪。这是甚么原故？只因别的梨园，做的都是戏文，他这两个做的都是实事。戏文当做戏文做，随你搬演得好，究竟生自生而旦自旦，两下的精神联络不来。所以苦者不见其苦，乐者不见其乐。他当戏文做，人也当戏文看也。若把戏文当了实事做，那做旦的精神，注定在做生的身上，做生的命脉，系定在做旦的手里，竟使两个身子合为一人，痛痒无不相关。所以苦者真觉其苦，乐者真觉其乐。他当实事做，人也当实事看。他这班次里面，有了这两个生旦，把那些平常的脚色，都带挈得尊贵起来。别的梨园，每做一本，不过三四两、五六两戏钱。他这一班，定要十二两，还有女旦的缠头在外。凡是富贵人家有戏，不远数百里，都要来接他。接得去的，就以为荣，接不去的，就以为辱。

刘绛仙见新班做得兴头，竟把旧班的生意丢与丈夫掌管，自己跟在女儿身边，指望教导他些骗人之法，好趁大注的钱财。谁想藐姑一点真心，死在谭楚玉身上，再不肯去周旋别人。别人把他当做心头之肉，他把别人当做眼中之钉。教他上席陪酒，就说“生来不饮”，酒杯也不肯沾唇。与他说一句私话，就勃然变色起来，要托故起身。那些富家子弟，拚了大块银子，去结识他，他莫说别样不许，就是一颦一笑，也不肯假借与人。打首饰送他的，戴不上一次两次，就化作银子用了。做衣服送他的，都放在戏箱之中，做老旦、贴旦的行头，自己再不肯穿着。隐然有个不肯二夫，要与谭楚玉守节的意思，只是说不出口。

一日做戏做到一个地方，地名叫做□□埠。这地方有所古庙，叫做晏公庙。晏公所职掌的，是江海波涛之事，当初曾封为平浪侯，威灵极其显赫。他的庙宇就起在水边，每年十月初三日是他的圣诞。到这时候，那些附近的檀越，都要搬演戏文，替他上寿。往年的戏，常请刘绛仙做，如今闻得他小班更好，预先封了戏钱，遣人相接，所以绛仙母子，赴召而来。往常间做戏，这一班男女都是同进戏房，没有一个参前落后。独有这一次，人心不齐，各样脚色都不曾来，只有谭楚玉与藐姑二人先到。他两个等了几年，只讨得这一刻时辰的机会，怎肯当面错过？神庙之中，不便做私情勾当，也只好叙叙衷曲而已。说了一会，就跪在晏公面前，双双发誓说："谭楚玉断不他婚，刘藐姑必不另嫁，倘若父母不容，当继之以死，决不作负义忘情、半途而废之事。有背盟者，神灵殛之。"发得誓完，只见众人一齐走到，还亏他回避得早，不曾露出破绽来，不然疑心生暗鬼，定有许多不祥之事生出来也。当日做完了一本戏，各回东家安歇不提。

却说本处的檀越里面，有个极大的富翁，曾由赀郎出身，做过一任京职。家私有十万之富。年纪将近五旬，家中姬妾共有十一房。刘绛仙少年之时，也曾受过他的培植。如今看见藐姑一貌如花，比母亲更强十倍，竟要拚一主重价娶他，好与家中的姬妾凑作"金钗十二行"，就把他母子留入家中，十分款待，少不得与绛仙温温旧好，从新培植一番。到那情意绸缪之际，把要娶藐姑的话，恳恳切切的说了一番。绛仙要许他，又因女儿是棵摇钱树，若还熨得他性转，自有许多大钱趁得来，岂止这些聘礼？若还要回绝他，又见女儿心性执拗，不肯替爹娘挣钱。与其使气任性，得罪于人，不如打发出门，得主现成财物的好。踌躇了一会，不能定计，只得把句两可之词，回复他道："你既有这番美意，我怎敢不从？只是女儿年纪尚小，还不曾到破瓜⑤的时节。况且延师教诲了一番，也等他做几年生意，待我弄些本钱上手，然后嫁他未迟，如今还不敢轻许。"那富翁道："既然如此，明年十月初三，少不得又有神戏要做，依旧接你过来，讨个下落就是了。"绛仙道："也说得是。"过了几日，把神戏做完，与富翁分别而去。

他当晚回复的意思，要在这一年之内，看女儿的光景何如。若肯回心转意，替父母挣钱，就留他做生意，万一教诲不转，就把这着工夫做个退步。所以自别富翁之后，竟翻转面皮来与女儿作对，说之不听，继之以骂，骂之不听，继之以打。谁想藐姑的性子，坚如金石，再不改移。见他凌逼不过，连戏文也不情愿做，竟要寻死寻活起来。及至第二年九月终旬，那个富翁早早差人来接。接到之时，就问绛仙讨个下落。绛仙见女儿不是成家之器，就一口应允了他。那富翁竟兑了千金聘礼，交与绛仙，约定在十月初三神戏做完之后，当晚就要成亲，绛仙还瞒着女儿，不肯就说，直到初二晚上，方才知会他道：

“我当初生你一场，又费许多心事教导你，指望你尽心协力，替我挣一份人家。谁想你一味任性，竟与银子做对头，良不像良，贱不像贱，逢人就要使气，将来毕竟有祸事出来。这桩生意不是你做的，不如收拾了行头，早些去嫁人的好。某老爷是个万贯财主，又曾出仕过，你嫁了他，也算是一位小小夫人，况且一生又受用不尽。我已收过他的聘礼，把你许他做偏房了，明日就要过门。你又不要任性起来，带挈老娘呕气。”

藐姑听见这句话，吓得魂不附体，睁着眼睛把母亲相了几相，就回复道：“母亲说差了，孩儿是有了丈夫的人，烈女不更二夫，岂有再嫁之理。”绛仙听见这一句，不知从那里说起，就变起色来道：“你的丈夫在那里？我做爷娘的不曾开口，难道你自己做主，许了人家不成？”藐姑道：“岂有自许人家之理。这个丈夫是爹爹与母亲自幼配与孩儿的，难道还不晓得，倒装聋做哑起来？”绛仙道：“好奇话。这等你且说来是那一个？”藐姑道：“就是做生的谭楚玉。他未曾入班之先，终日跟来跟去，都是为我。就是入班学戏，也是借此入门，好亲近孩儿的意思。后来又不肯做净，定要改为正生，好与孩儿配合，也是不好明白说亲，把个哑谜与人猜的意思。母亲与爹爹都是做过生旦，演过情戏的人，难道这些意思都解说不出？既不肯把孩儿嫁他，当初就不该留他学戏，即使留他学戏，也不该把他改为正生。既然两件都许，分明是猜着哑谜，许他结亲的意思了。自从做戏以来，那一日不是他做丈夫，我做妻子？看戏的人万耳万目，那一个做不得证见？人人都说我们两个是天地生成、造化配就的一对夫妻，到如今夫妻做了几年，忽然叫我变起节来，如何使得？这样圆通的事，母亲平日做惯了，自然不觉得诧异。孩儿虽然不肖，还是一块无瑕之玉，怎肯自家玷污起来？这桩没理的事，孩儿断断不做。”绛仙听了这些话，不觉大笑起来。把他啐了一声道：“你难道在这里做梦不成？戏台上做夫妻那里做得准。我且问你，这个‘戏’字怎么样解说？既谓之戏，就是戏谑的意思了，怎么认起真来。你看见几个女旦，嫁了正生的？”藐姑道：“天下的事，样样都可以戏谑，只有婚姻之事，戏谑不得。我当初只因不知道理，也只说做的是戏，开口就叫他丈夫。如今叫熟了口，一时改正不来，只得要将错就错，认定他做丈夫了。别的女旦，不明道理，不守节操，可以不嫁正生。孩儿是个知道理、守节操的人，所以不敢不嫁谭楚玉。”绛仙见他说来说去，都另是一种道理，就不复与他争论，只把几句硬话发作一场，竟自睡了。

到第二日起来，吃了早饭、午饭，将要上台的时节，只见那位富翁，打扮得齐齐整整，在戏台之前走来走去，要使众人看了，见得人人羡慕，个个思量，不能勾到手的佳人，竟被他收入金屋之中，不时取乐。恨不得把“独占花魁”四个字，写在额头上，好等人喝彩。谭楚玉看见这种光景，好不气忿。还只说藐姑到了此时，自有一番激烈的光景要做出来，连今日这本戏文，决不肯好好就做，定要受母亲一番箠楚，然后勉强上台。谁想天下的事，尽有变局。藐姑隔夜的言语也甚是激烈，不想睡了一晚，竟圆通起来。坐在戏房之中，欢欢喜喜，一毫词色也不作，反对同班的朋友道："我今日要与列位作别了。相处几年，只有今日这本戏文，才是真戏，往常都是假的。求列位帮衬帮衬，大家用心做一番。"又对谭楚玉道："你往常做的，都是假生，今日才做真生，不可不尽心协力。"谭楚玉道："我不知怎么样叫做用心，求你教导一教导。"藐姑道："你只看了我的光景，我怎么样做，你也怎么样做，只要做得相合，就是用心了。"谭楚玉见他所说的话，与自己揣摩的光景绝不相同，心上大有不平之气。正在忿恨的时节，只见那富翁，摇摇摆摆走进戏房来，要讨戏单点戏。谭楚玉又把眼睛相着藐姑，看他如何相待，只说仇人走到面前，定有个变色而作的光景。谁想藐姑的颜色全不改常，反觉得笑容可掬，立起身来对富翁道："照家母说起来，我今日戏完之后，就要到府上来了。"富翁道："正是。"藐姑道："既然如此，我生平所学的戏，除了今日这一本，就不能勾再做了。天下要看戏的人，除了今日这一本，也不能勾再看了。须要待我尽心尽意摹拟一番，一来显显自家的本事，二来别别众人的眼睛。但不知你情愿不情愿？"那富翁道："正要如此，有甚么不情愿。”藐姑道：“既然情愿，今日这本戏，不许你点，要凭我自家做主，拣一本熟些的做，才得尽其所长。”富翁道：“说得有理，任凭尊意就是。但不知要做那一本?”藐姑自己拿了戏单，拣来拣去，指定一本道：“做了《荆钗记》罢。”富翁想了一想，就笑起来道：“你要做《荆钗》，难道把我比做孙汝权不成？也罢，只要你肯嫁我，我就暂做一会孙汝权，也不叫做有屈。这等大家快请上台。”

众人见他定了戏文，就一齐妆扮起来，上台搬演，果然个个尽心，人人效力。曲子里面，没有一个打发的字眼，说白里面，没有一句掉落的文法。只有谭楚玉心事不快，做来的戏不尽所长。还亏得藐姑帮衬，等他唱出一两个字，就流水接腔，还不十分出丑，至于藐姑自己的戏，真是处处摹神，出出尽致。前面几出虽好，还不觉得十分动情，直做到遣嫁以后，触着他心上的苦楚，方才渐入佳境，就不觉把精神命脉都透露出来，真是一字一金，一字一泪。做到那伤心的去处，不但自己的眼泪有如泉涌，连那看戏的一、二千人，没有一个不痛哭流涕。再做到抱石投江一出，分外觉得奇惨，不但看戏之人堕泪，连天地日月，都替他伤感起来，忽然红日收藏，阴云密布，竟像要混沌的一般。往常这出戏，不过是钱玉莲自诉其苦，不曾怨怅别人。偏是他的做法不同，竟在那将要投江，未曾抱石的时节，添出一段新文字来，夹在说白之中，指名道姓，咒骂着孙汝权。恰好那位富翁坐在台前看戏，藐姑的身子正对着他，骂一句“欺心的贼子”，把手指他一指，咒一句“遭刑的强盗”，把眼相他一相。那富翁明晓得是教训自己，当不得他良心发动，也会公道起来，不但不怒，还点头称赞说：“他骂得有理。”藐姑咒骂一顿，方才抱了石块走去投江。

别人投江，是往戏场后面一跳，跳入戏房之中，名为赴水，其实是就陆。他这投江之法，也与别人不同，又做出一段新文字来，比咒骂孙汝权的文法，更加奇特。那座神庙原是对着大溪的，戏台就搭在庙门之外，后半截还在岸上，前半截竟在水里，藐姑抱了石块，也不向左，也不向右，正正的对着台前，唱完了曲子，就狠命一跳，恰好跳在水中，果然合着前言，做出一本真戏。把那满场的人，几乎吓死，就一齐呐喊起来，教人捞救。谁想一个不曾救得起，又有一个跳下去，与他凑对成双。这是甚么原故？只因藐姑临跳的时节，忽然掉转头来，对着戏房里面道：“我那王十朋的夫啊！你妻子被人凌逼不过，要投水死了，你难道好独自一个活在世上不成？”谭楚玉坐在戏箱上面，听见这一句，就慌忙走上台来。看见藐姑下水，唯恐追之不及，就如飞似箭的跳下去，要寻着藐姑，与他相抱而死，究竟不知寻得着寻不着。

注

① 弁髦：弁，指缁布冠，一种用黑布做的帽子；髦，童子的垂发。古代

贵族子弟行加冠之礼，先用缁布把垂发束好，三次加冠之后，就去掉黑帽子，不再用。用以比喻无用的东西。

② 破题：八股文的第一部分。和后面的承题构成八股文的第一、第二部分。此处是指事情开始的两个阶段。

③ 缓颊：指婉言劝解或代人讲情。

④ 优孟之衣冠：楚相孙叔敖死，其子贫，优孟着孙叔敖衣冠，仿其神态，往楚庄王前为寿，庄王大惊，以为孙复生，欲以为相。优孟因趁机讽谏。于是，庄王召其子，封之寝丘。见《史记·滑稽列传》。后谓登场演戏为“优孟衣冠”。

⑤ 破瓜：古时文人拆“瓜”字为两个八字以纪年，谓十六岁。

鉴赏

本篇采自李渔小说集《连城璧》。《连城璧》又名《觉世名言连城璧》。十二卷。题“觉世稗官编次，睡乡祭酒批评”。由于原文很长，收入时略去了谭刘跳江而死之后的情节。小说叙述一对青年男女假戏真做、为爱殉情的故事。在思想和艺术上都很成功，是李渔短篇小说中的精品之作。

热情地讴歌爱情、赞美人性是本篇小说最突出的特点。在古代社会，娼优隶卒，本天下最贱之人，然而，正如本篇中所说：“第一种下贱之人，却做出第一件可敬之事，犹如粪土里面长出灵芝来。”此其一。第二，从来娼优，一身二兼，既卖身又卖艺，偏刘藐姑出生娼优，却守身如玉，忠于爱情。作者撇开世俗的偏见，为娼优立传，歌颂戏子之间的真挚爱情。立意之新，多出人意料之处。故本书文后睡乡祭酒杜濬有评语曰：“以极淫之妇生极贞之女，一怪也；

以极下贱之人为极高尚之事，二怪也。”作者所赞美的是向为传统所不齿的社会最底层的人民。他肯定人性，赞美爱情，具有明显的反理学、反传统的思想倾向。

在小说中，作者以极大的热情，行云流水般的诗意之笔，叙写了谭、刘爱情生活的苦涩与甜蜜，展示了一幕舞台之恋的悲喜剧。谭、刘二人互相爱慕，却“内有父母提防，外有先生拘管，又有许多同班朋友，夹杂其中，不能够匠心匠意，说几句知情识趣的话。”现实的阻隔，礼教的约束，使他们无法尽心尽意地吐露爱情，只好借角色表露心迹、传达情意。因此“二人喜的是上台，怕的是下台。上台好做夫妻，下台要避嫌疑”。由于假戏真做，男女主角将自己的人生苦乐注入表演之中，“同是一般的旧戏，经他两个一做，就会新鲜起来。做到那风流的去处，那些偷香窃玉之状，偎红倚翠之情，竟像从他骨髓里面透露出来，都是戏中所未有的。一般使人看了无不动情。做到苦楚的去处，那些怨天恨地之词，伤心刻骨之语，竟像从他心窝里面发泄出来，都是刻本所未载的。一般使人听了，无不堕泪”。二人借戏传情，私订终身，喜剧性地昭示他们爱情生活的幸福和甜蜜。随着剧情的发展，小说的悲剧色彩渐浓。某埠有一富翁，贪藐姑美貌，欲纳藐姑为妾。刘绛仙贪图钱财，竟将藐姑许之，藐姑不从。在戏台上，藐姑效《荆钗记》钱玉莲而抱石投江，谭楚玉也随之投江，演出了一场真正的爱情悲剧。这一出假戏真做，是一对青年男女自由恋爱的悲剧。作者把批判矛头直指传统的婚姻道德和婚姻观念，同时对青年男女纯真的爱情、生死不渝的爱的追求给予了最高的礼赞。鲜明地凸显出谭、刘爱情的真正价值。在小说最后的结局中，借助晏公神力，谭、刘二人被莫渔翁救起，得全性命。后谭楚玉刻苦读书，取得功名。随即又弃功名而隐居。谭、刘二人皆得善终。作者为男女主人公设置这样一个结局，虽然不免于俗，入了传统的窠臼。但他借助神灵，再一次肯定了谭、刘爱情的合理性。作品喜剧与悲剧叠加，以喜映悲，以悲见喜，在读者的审美心理上造成回环往复、跌宕不定的艺术效果。

在情节结构上，作者进行了大胆的创造。杜濬在小说末评中说得好："从来作传奇者，皆从实事中演出戏文，此独于戏文中演出实事。"作者结构之妙，妙在把人生舞台与戏剧舞台纠合在一起。假即真，真似假，描绘一幅扑朔迷离、浑然天成的青年男女爱情生活写意画。谭、刘的"舞台之恋"最初发生在舞台上，孕育在戏场中，发展在剧情中。戏是恋爱之媒介，情感沟通之桥梁。生旦净丑，写不尽男女主人公的喜怒哀乐。丝竹云板，抒不完儿女情长。作品写道："若把戏文当了实事去做，那做旦的精神，注定在做生的身上，做生的命脉，系定在做旦的手里，竟使两个身子合为一人，痛痒无不相关。所以苦者真觉其苦，乐者真觉其乐。他当实事做，人也当实事看。"

然而最为人称道的是本篇结尾，作者把剧情中钱玉莲的抱石投江与谭、刘的抱石投江合而为一。当晚，刘藐姑出演《荆钗记》，做到“遣嫁”之时，触着了内心的痛楚，竟泪如泉涌。在痛骂孙汝权之后，效钱玉莲抱石投江，做出了一本真戏，深深感动了在场观众。作者寓真于幻，寓实于诞，看似游戏笔墨，实则严肃有加，寓含着一个深刻的现实话题。

李渔说：“人惟求旧，物惟求新。新也者，天下事物之美称也，而文章一道，较之他物，尤加倍焉。”(《闲情偶寄》)求新求奇，是李渔的刻意追求的目标。除了上述立意、结构的新奇之外，小说的独异之处尚多，如以二郎神为梨园子弟之主，晏公作氤氲使者，撞破神道设教的规矩。最后以莫渔翁带谭、刘夫妇做了高隐之辈，以山林寂寞之气终结这篇爱情篇章，打破了从来爱情小说的旧套。直如杜濬在本书本文后评语中所说：“种种拂情悖理之事，不见怒于观者，亦已幸矣。乃复令人自开卷称奇，直至终篇，无刻不欲飞欲舞，此何故欤？真令人解说不出，只好骂几声作怪稗官、稗官作怪而已。”洵实评也。

（张成全）

诗

断肠诗哭亡姬乔氏

原文

各事纷纷一笔销，安心蓬户伴渔樵。
赠予宛转情千缕，偿汝零星泪一瓢。
偕老愿终来世约，独栖甘度可怜宵。
休言再觅同心侣，岂复人间有二乔！

鉴赏

这是清代著名戏曲家李渔悼念亡姬的七言律诗。乔氏，名复生，山西人，出身贫家。她富有艺术天才，是李渔戏班中最重要的旦角。十三岁，即跟李渔为姬妾，两人情好甚笃。十九岁，因产后失调而病故。李渔悲痛不已，作《断肠诗》二十首以哭之，此为其中的第五首。

“各事纷纷一笔销，安心蓬户伴渔樵。”这反映了诗人对姬妾乔氏的突然亡故，所产生的那种悲痛欲绝的强烈感情。他失去了爱姬乔氏，就仿佛失去了一切一样，把人世间的各种事情都一笔勾销了。爱，是人生的精神支柱，是力量的源泉。爱姬的突然亡故，怎么能不使他伤心得万念俱灰呢？原来有爱姬乔氏做他的亲密伴侣，现在爱姬亡故了，他还有什么兴致享受荣华富贵的生活呢？他只想安心在蓬草搭成的简陋的草房里，跟渔夫、樵夫为伴，来消磨他那孤寂、无聊的晚年余生。如此悲痛、伤感的心情，正是反映了诗人对亡姬乔氏爱得强烈，爱得深沉；对于这般深沉、强烈的爱，人非铁石，谁能不为之动情呢？因此，此诗一开头就如磁石一般，足以把读者的心紧紧吸引住，使之不能不动心，不能不继续往下看去。

读者不禁要问：诗人为什么对亡姬乔氏有如此深厚的感情呢？爱，是心灵的共鸣，情感的交融。爱，始终是双向的，彼此互相吸引的，千丝万缕的情愫的缠绕。因此，诗人在颔联很自然地就回想起，在亡姬生前，他俩那令人刻骨铭心的绵绵情意："赠予宛转情千缕，偿汝零星泪一瓢。"她是那样的温柔多情，赠予给我的总是委曲婉转，百依百顺，如同千丝万缕、绵绵无尽的情愫，缠绕着我的身心，使我感到无比的温馨和甜蜜。而我今天有什么可报答你、偿还你的呢？只有我这伤心不已、零星流淌不绝的一瓢泪水呵！可见这"赠予宛转情千缕"，不只是回答了诗人对乔姬的亡故之所以感到那样伤心的原因，写出了亡姬生前对诗人的千缕之情，而且这又回过来必然更加激发了诗人对乔氏亡故的伤心，伤心的泪水之多足以盛上"一瓢"，把诗中所表达的感情的激荡，又推上了一个新的高潮。

爱姬乔氏不仅生前对诗人非常温柔多情，更为感人至深的是，在她临终前，还焚香祝道："死无可憾，但惜未能偕老，愿以来生续之。"又嘱同辈不要把这话告诉李渔，以免增加他的伤感。死后诸姬始以此语相告，李渔听了，更加抚棺恸哭不已。因此，他在这首诗的颈联中写道："偕老愿终来世约,独栖甘度可怜宵。”上句写乔氏临死前还相约以来世相续,这说明她对诗人是多么一往情深啊!面对这样一位对自己一往情深的亡姬,诗人该怎么办呢?下句就是写诗人表示甘愿以自己的孤眠独栖来报答她的深情。甘,心甘情愿。可怜宵,孤独得使人感到可怜的夜晚。这就是说,他已决心不再娶妾续弦,而甘愿孤独一人度过余生,待死后实现来生与乔氏相约继续做夫妇的愿望。诗人仿佛由此找到了心灵的慰藉,而读者却从中更加强烈地感受到了诗人对亡姬的情深如海,无法抑制住自己感情的激荡。

外界一般人看到李渔为亡姬这么伤心,看到他在乔姬亡故之后一个人这么孤独可怜,不免要劝他再寻觅一个知心相爱的情人结为终生伴侣,可是,李渔的回答却是:“休言再觅同心侣,岂复人间有二乔!”在他看来,人世间除了他的爱姬乔氏以外,再也找不到第二个知心人了。因此他要人家不要再提劝他续弦的事儿。因为他心爱的乔姬已经死了,人世间再也不可能有第二个乔姬。二乔,本指三国时桥公的两个女儿,一嫁孙策,称大乔(桥),一嫁周瑜,称小乔(桥),合称“二乔”。杜牧《赤壁》诗:“东风不与周郎便,铜雀春深锁二乔。”这里是取三国时“二乔”的语意,来关合李渔的亡姬乔氏,意思是说,即使是历史上确有过“二乔”,此时的人世间除了她的爱姬乔氏之外,已经不复再能找到“二乔”了。这里名为诗人劝人家休“言”,而实则反映了诗人自己的心理状态:生怕人家再有“此言”。它一语双关,非常巧妙地表达了这样的深沉意识:无论是亡姬乔氏对诗人的爱,或者是诗人对亡姬乔氏的爱,都是任何人的爱所不可能抵得上的,所不可能代替的。他唯一的办法,只有等到自己离开人世之后,来生再与乔姬夫妇相续。偌大的人世间,竟然再也寻觅不到第二个像乔氏那样可爱的姬妾。这表达了诗人对乔姬的爱是多么地真挚,多么地浓烈,又是多么地深厚,多么地专一啊!这种爱的深情,如同万丈悬崖上的大瀑布,奔流而泻,无可挽回,无法替代,只能听任其滔滔地奔腾不息,在千万观赏者的心头,激起令人赞叹不绝、感佩不已的朵朵浪花。

这首诗的好处,就在于诗人有切身的真情实感,所抒发的感情极为真诚而醇厚,深邃而隽永。真正的好诗,都不是硬做出来的,而是诗人感情的自然迸发。它末尾两句和开头两句前后呼应,当中四句皆是前句写乔姬,后句写自己,使全诗的感情如滚滚大潮,激荡回环,汹涌澎湃,高潮迭起。它表现了爱情对于人生的无比可贵,爱情对于人的巨大感染力量,读来令人不能不激起对于爱情的无限珍惜。全诗的语言风格质朴无华,在明白如话的诗句中,使一对被命运强行拆开的情侣之间,那千缕缠绵的爱情,回旋、激荡得更为清晰可感,悲哀动人。

(周中明)

清明前一日[1]

原文

正当离乱世[2],莫说艳阳天[3]。
地冷易寒食,烽多难禁烟[4]。
战场花是血,驿路柳为鞭[5]。
荒垅关山隔[6],凭谁寄纸钱?

注

① 清明前一日:指寒食节,一般在清明节前一日,此日有禁火、寒食等习俗,是古代民间重要的祭日。
② 离乱:战乱。
③ 艳阳天:阳光明媚的春天。
④ 烽:古代边防报警的烟火,喻指战乱。
⑤ 驿路:驿道、大道,古代传递政府文书等用的道路。
⑥ 荒垅:荒芜的坟墓。

鉴赏

李渔是古代文化史上少有的多才多艺的天才人物,然而却生不逢时,正逢战乱频仍的明清易代之际,其个人命运在时代大潮的裹挟下也不可避免地起伏跌宕。

《清明前一日》便是李渔在兵荒马乱中所写的一首五言律诗。这首诗的具体写作背景,多认为是1646年春,李渔当时正在金华许袁章府衙中帮办公务,由于战火阻断道路,清明节也无法回乡扫墓祭祖,只能异地追思,遂有此诗。也有观点认为此诗是在1646年秋金华被攻破屠城，诗人侥幸逃离之后所写，诗人借纪念寒食节来哀悼死于国难者。虽然具体写作时间略有分歧，但都认为此诗是1646年所作。而当时的金华城正深陷战乱，更在遭遇被攻破后惨绝人寰的屠城。李渔的生活动荡不安，带着一家人东躲西藏，颠沛流离。这一时期，李渔写下了不少反映战争劫难的诗作，《清明前一日》正是此类诗的代表作之一，悲伤、焦虑等情绪在诗中体现得十分明显。

诗题“清明前一日”点明了写作时间——寒食节。寒食节在清明节前一天，同样是传统节日。相传寒食节起源于春秋时晋国大臣介子推被火焚而死，晋文公遂下令此日禁火寒食，借以表达对介子推的怀念。后世沿袭成俗，虽然随着时代的发展，与寒食节相关的风俗渐趋多样，但基本的禁烟火、吃冷食的习俗仍保持不变。

首联“正当离乱世，莫说艳阳天”，揭示了全诗凄冷、哀伤的基调。尽管时逢万物复苏的春天，但是身处战乱之中，能够太平度日都已经成了奢望，哪里还有什么心情去欣赏艳阳高照的春光呢。颔联“地冷易寒食，烽多难禁烟”，这一句联想非常巧妙，寒食节的主要风俗便是寒食、禁烟，而战乱中普通百姓的生活颠沛流离，吃生冷的食物本就是常态。寒食节本来要禁烟火，可是举目望去，烽火遍地，狼烟四起，怎么禁得住呢？在反衬中将百姓逃难的痛苦表现得淋漓尽致，也更加突出了百姓生活的苦难之情。颈联则情景交融，“战场花是血，驿路柳为鞭”一句令人触目惊心，形象地刻画出了当时处处皆战场、满目尽凄凉的悲惨情状。红花、绿柳本都是春天的标志性景物，然而，诗人在这里却以鲜血喻红花，以马鞭喻柳条，让本来象征春色的美好景物瞬间变得血腥而残暴，这其实也从侧面揭露了战争的残酷及其带给人们的种种苦难。尾联“荒垅关山隔，凭谁寄纸钱”一句呼应诗题，可谓言简而意深。寒食节和清明节本来都应该是祭扫坟墓，寄托哀思的日子。可是时局动荡，战乱频仍，就连生命都朝不保夕，又哪里能够去祭扫先人呢？

《清明前一日》语言平易自然，但构思巧妙，能将寒食节特有的习俗与残酷的现实融为一体，达到了情景交融的境界，令人读来有触目惊心之感。李渔笔下的寒食节，周遭的景物都似乎蒙着一层阴影，气氛凄惨，充满了哀伤、彷徨的低沉情绪。这首诗与李渔同时期所作的多篇离乱诗一起，都真实地描绘了战乱所带来的社会动荡与无尽苦难，令人不忍卒读。

（章原）

李渔生平

与

文学创作年表

【纪　　年】明万历三十九年(1611)辛亥
【年　　岁】1
【生平经历】是年八月初七生于如皋(今属江苏)。
【主要作品】
【相关大事】

【纪　　年】万历四十四年(1616)丙辰
【年　　岁】6
【生平经历】在如皋。
【主要作品】
【相关大事】努尔哈赤即汗位于赫图阿拉,建元天命,史称后金,是为清太祖。

【纪　　年】万历四十六年(1618)戊午
【年　　岁】8
【生平经历】在如皋。自谓髫龄即能诗,尝于梧桐树上刻诗纪年。
【主要作品】
【相关大事】

【纪　　年】天启五年(1625)乙丑
【年　　岁】15
【生平经历】在如皋。
【主要作品】作《续刻梧桐诗》。
【相关大事】三月,努尔哈赤迁都沈阳。魏忠贤专权锢杀东林党人。

【纪　　年】天启六年(1626)丙寅
【年　　岁】16
【生平经历】在如皋。
【主要作品】
【相关大事】八月,努尔哈赤卒,第八子皇太极即位,改元天聪,是为清太宗。

【纪　　年】天启七年(1627)丁卯
【年　　岁】17
【生平经历】在如皋。时李渔于诗书六艺之文,已“浅涉一过”,下笔千言矣。
【主要作品】有诗:《丁卯元日试笔》。
【相关大事】

【纪　　年】崇祯元年(1628)戊辰
【年　　岁】18
【生平经历】在如皋。
【主要作品】
【相关大事】陕西饥荒,高迎祥、李自成等发动起义。

【纪　　年】崇祯二年(1629)己巳
【年　　岁】19
【生平经历】在如皋。父病逝,家道中落自此始。
【主要作品】
【相关大事】皇太极大举攻明。张溥等在吴江(今苏州市吴江区)集会,成立复社。

【纪　　年】崇祯三年(1630)庚午
【年　　岁】20
【生平经历】五月,疫病流行,李渔及其妻先后罹病。
【主要作品】
【相关大事】复社举行金陵大会。

【纪　　年】崇祯六年(1633)癸酉
【年　　岁】23
【生平经历】或仍在如皋。

【主要作品】
【相关大事】明将孔有德、耿仲明降后金。复社举行苏州虎丘大会，各地以舟车至者数千人。

【纪　　年】崇祯八年(1635)乙亥
【年　　岁】25
【生平经历】在兰溪。应童子试于金华，以五经见拔。
【主要作品】
【相关大事】

【纪　　年】崇祯九年(1636)丙子
【年　　岁】26
【生平经历】在金华、兰溪。
【主要作品】
【相关大事】四月乙酉，皇太极称帝，建国号大清，改元崇德。五月，清军大举攻明，入居庸关，逼燕京。

【纪　　年】崇祯十年(1637)丁丑
【年　　岁】27
【生平经历】在金华。为府学生。
【主要作品】
【相关大事】

【纪　　年】崇祯十二年(1639)己卯
【年　　岁】29
【生平经历】夏，赴省城杭州应乡试，不第。途中于萧山县虎爪山遇盗匪，幸免。
【主要作品】作《榜后柬同时下第者》。
【相关大事】三月，清军入山东。

【纪　　年】崇祯十三年(1640)庚辰

【年　　岁】30
【生平经历】在金华、兰溪。
【主要作品】作《凤凰台上忆吹箫·元日》,叹功名不就。
【相关大事】

【纪　　年】崇祯十四年(1641)辛巳
【年　　岁】31
【生平经历】金华府同知瞿萱儒赠稚虎一头,李渔带归兰溪故里,万民争观,轰动一时。
【主要作品】作七古《活虎行》,另《归故乡赋》或作于此前。
【相关大事】张溥卒。

【纪　　年】崇祯十五年(1642)壬午
【年　　岁】32
【生平经历】再应乡试,中途闻警折返。母逝。
【主要作品】
【相关大事】二月,明总督洪承畴降清。复社举行虎丘大会。

【纪　　年】崇祯十六年(1643)癸未
【年　　岁】33
【生平经历】在金华、兰溪。与谪居金华之明宗室朱梅溪结交。
【主要作品】
【相关大事】八月,皇太极卒。十二月,浙江东阳诸生许都反,聚众数万,进逼郡城金华,历时三月始平。

【纪　　年】崇祯十七年、清顺治元年(1644)甲申
【年　　岁】34
【生平经历】时局大变,海内骚然,李渔时至山中避乱。
【主要作品】
【相关大事】李自成称帝,国号顺,改元永昌,三月十九日破京师,明崇祯帝朱由检自缢。张献忠入四川,据成都,号大西国王,建元大顺。五月,明福王朱由崧即位于南京,

改元弘光。五月己丑，清睿亲王多尔衮入定京师。十月，皇太极第九子福临入关，时年七岁，定都北京，改元顺治。加封多尔衮为叔父摄政王。凌濛初卒。

【纪　　年】顺治二年(1645)乙酉
【年　　岁】35
【生平经历】在金华。避兵山中。乱后无家，入徐檄彩幕。十月，纳姬曹氏。
【主要作品】作五律《乙酉除夕》。
【相关大事】五月，清兵屠扬州，下江南，入南京，明弘光帝朱由崧被杀。六月，清兵入杭州。明鲁王以海称监国于绍兴。闰六月，明唐王聿键称帝于福州，改元隆武。九月，李自成亡。五、六两月内，清廷连下剃发令。各镇溃兵骚扰浙东。六月，明总兵方国安与驻金华总督朱大典有隙，率兵攻城劫掠，至闰六月二十五日始解围。

【纪　　年】顺治三年(1646)丙戌
【年　　岁】36
【生平经历】在金华。与丁澎谈说时务。悼念丙戌死难者，作七古《婺城行吊胡仲衎中翰》、五律《挽季海涛先生》。清兵至，李渔归兰溪故里。
【主要作品】五律《清明前一日》等诗或于顺治初作于金华。
【相关大事】四月，清廷杀明阁臣黄道周。六月，清兵至绍兴。六月二十六日至七月十六日，清兵围金华，破西门入，守城总督朱大典率宾僚侍从二十余人自焚死。九月，清兵至汀州，朱聿键被执死。郑芝龙降清，其子成功焚儒服入海起兵。十一月，明桂王朱由榔称帝于肇庆，改元永历。十二月，张献忠亡。清廷始开科举。冯梦龙卒。

【纪　　年】顺治四年(1647)丁亥
【年　　岁】37

【生平经历】在故乡兰溪作"识字农"。剃发有感,作七绝《剃发二首》。妻妾养蚕缫丝。
【主要作品】
【相关大事】正月乙丑,《大清律》成,即日颁行中外。陈子龙卒。

【纪　　年】顺治五年(1648)戊子
【年　　岁】38
【生平经历】在兰溪。李渔亲自设计之伊山别业建成。
【主要作品】
【相关大事】四月,毛重倬等坊刻制艺,序文止写干支,不用顺治年号,治罪。九月,诏修《明史》。

【纪　　年】顺治六年(1649)己丑
【年　　岁】39
【生平经历】在乡兴办公益。于乡间"享列仙之福"。是年可能有徙杭之举。
【主要作品】
【相关大事】明鲁王定居舟山。

【纪　　年】顺治七年(1650)庚寅
【年　　岁】40
【生平经历】居家杭州,"卖赋以糊其口"。
【主要作品】
【相关大事】清兵破桂林,明臣瞿式耜、张同敞死之。十二月,摄政王多尔衮卒。吴伟业、宋实颖、尤侗、徐乾学、朱彝尊等于浙江嘉兴南湖举行十郡大社。尤侗等举慎交社。

【纪　　年】顺治八年(1651)辛卯
【年　　岁】41
【生平经历】在杭州。夏,畅游东安(今浙江富阳西南)。为兰溪宗祠立《条约十三则》。

【主要作品】《怜香伴》传奇问世，系笠翁第一部问世之传奇。
【相关大事】顺治帝福临亲政。郑成功取福建同安诸郡，围漳州。清兵克舟山，明鲁王走厦门。

【纪　　年】顺治九年(1652)壬辰
【年　　岁】42
【生平经历】在杭州。
【主要作品】《风筝误》传奇问世。
【相关大事】清廷禁刻琐语淫词。科场之狱起。

【纪　　年】顺治十年(1653)癸巳
【年　　岁】43
【生平经历】游江南通州(今江苏南通)。
【主要作品】《意中缘》传奇问世。
【相关大事】明鲁王自去监国号。慎交社、同声社各在虎丘集会，连舟二十余。

【纪　　年】顺治十一年(1654)甲午
【年　　岁】44
【生平经历】在杭州。结识卫澹足。
【主要作品】
【相关大事】明臣张名振、张煌言率舟师入长江，屯兵京口(今江苏镇江)，以失援，留诗金山寺壁退走。十二月，清廷派军征讨郑成功。时成功强盛，屡攻福建兴化、福州诸府，已而复破舟山据之。侯方域卒。

【纪　　年】顺治十二年(1655)乙未
【年　　岁】45
【生平经历】在杭州。汪然明卒，李渔协助冯云将为之营葬。
【主要作品】冬，作《玉搔头》传奇。
【相关大事】

【纪　　年】顺治十三年(1656)丙申
【年　　岁】46
【生平经历】在杭州。
【主要作品】小说《无声戏》一集问世。与陈麓屏游。
【相关大事】李定国奉明永历帝入滇。郑成功攻浙江温州、台州,明封为延平郡王。二月,大学士陈之遴得罪,徙盛京。

【纪　　年】顺治十四年(1657)丁酉
【年　　岁】47
【生平经历】携妻女住江宁。在杭州谒王汤谷。秋,浙江乡试正考官张瑞徵登门拜访。
【主要作品】《奈何天》传奇问世。小说《无声戏》第二集问世。
【相关大事】清廷购求遗书。顺天、江南乡试科场案发。八月,郑成功攻占浙江台州府。十二月,刑科给事中朱绍凤劾奏河南主考官黄沁、丁澎舞弊,得旨严拿察究。

【纪　　年】顺治十五年(1658)戊戌
【年　　岁】48
【生平经历】仲春,黄鹤山农为传奇《玉搔头》作序。往来宁、杭间。
【主要作品】《无声戏合集》问世。小说《十二楼》问世,署名觉世稗官。
【相关大事】正月,重治科场狱。罪及北闱、江南、陕西、山东主考并有关御史等官员。五月,郑成功攻占浙江瑞安。七月,河南主考黄沁、丁澎涉嫌科场舞弊,刑部议照新例籍没家产,流徙尚阳堡。十一月,江南乡试舞弊案定,主考官被正法,涉案考生及父母兄弟妻子并流徙宁古塔,李渔友方拱乾父子与焉。陈之遴涉贿赂内监,流徙尚阳堡,死徙所。苏州尤侗因《钧天乐》传奇为地方官所疑,走避京师。

【纪　　年】顺治十六年(1659)己亥
【年　　岁】49

【生平经历】在江宁、杭州。七夕,在杭州寓所接待方文(尔止)。
【主要作品】纂辑《古今史略》告成。《李氏五种》问世。《蜃中楼》传奇问世。
【相关大事】正月,清兵三路入滇,明永历帝走缅甸。六月,郑成功率战舰数千,由崇明入江,攻取镇江,进逼江宁,七月十二日围城,二十八日围解。张煌言别取徽、宁诸路。东南大震。

【纪　　年】顺治十七年(1660)庚子
【年　　岁】50
【生平经历】在杭州。八月初七,庆祝五十寿辰。第一子将舒出世。吴伟业为《尺牍初徵》作序。游太仓吴伟业别业梅村。吴伟业作七律《赠武林李笠翁》。与丁耀亢、张惣、丘象随、胡介同游西湖。沈因伯入赘。
【主要作品】纂辑《尺牍初徵》告成。
【相关大事】正月,清廷严禁结社订盟。冬,方拱乾父子纳赎,自宁古塔放还。

【纪　　年】顺治十八年(1661)辛丑
【年　　岁】51
【生平经历】在杭州。夏,晤钱谦益于杭城之适轩。钱为之作《李笠翁传奇序》。第二子将开出世。八月,游桐庐严陵西湖。与宋琬唱和。
【主要作品】《比目鱼》传奇问世。
【相关大事】正月,顺治帝福临卒。第三子玄烨即位,是为康熙帝,时年八岁。遗诏令索尼、遏必隆、鳌拜辅政。郑成功收复荷兰所据之台湾。清廷立界迁海,申严海禁,绝其交通。三月,苏州抗粮哭庙案发。五月,杀苏州秀才倪用宾、金人瑞(圣叹)等十八人。十二月,庄廷鑨《明史稿》案发。

【纪　　年】康熙元年(1662)壬寅

【年　　岁】52

【生平经历】晤韩子蘧于陈定庵席上。由杭州移家江宁。秋，游苏州。喜得第三、第四子。

【主要作品】

【相关大事】二月，明永历帝被俘杀。五月，郑成功卒于台湾。明鲁王卒，葬金门。十二月，陆圻等《明史稿》案犯由杭州起解进京。

【纪　　年】康熙二年(1663)癸卯

【年　　岁】53

【生平经历】游扬州，筹金还债。始识王士禛。

【主要作品】元旦抒怀，作七律《癸卯元日》。纂辑《资治新书》初集告成。

【相关大事】五月，庄氏《明史稿》案狱决，得重辟者七十人，其中凌迟者十八人。

【纪　　年】康熙三年(1664)甲辰

【年　　岁】54

【生平经历】在江宁。

【主要作品】《笠翁论古》(后入全集，改名《笠翁别集》)问世。

【相关大事】明臣张煌言被执死。钱谦益卒。

【纪　　年】康熙四年(1665)乙巳

【年　　岁】55

【生平经历】春，再游扬州。与王士禛、杜于皇、方坦庵、孙豹人等交游。仲冬，游杭州。冒雪归江宁。

【主要作品】作五律《广陵归日示诸儿女》。《笠翁增订论古》四卷问世。《凰求凤》传奇脱稿。

【相关大事】八月，清廷重申顺治五年九月旨意，征集天启四年、七年实录及崇祯元年以后事迹，有记载明季时事之书，亦应送。八月，丁耀亢以《续金瓶梅》被逮。

【纪　　年】康熙五年(1666)丙午
【年　　岁】56
【生平经历】是年远游燕、秦。在京师。始识丁泰岩。第五子将芬生。游秦,至平阳,纳乔姬。冬,抵西安。
【主要作品】
【相关大事】

【纪　　年】康熙六年(1667)丁未
【年　　岁】57
【生平经历】游秦。仲春,为朱石钟昆仲作《古今笑史序》。赴皋兰(兰州)作甘肃巡抚刘斗座上客。纳王姬。始识高欣如。五月,往甘泉。至甘泉,作甘肃提督张勇座上客。夏杪秋初,自甘泉回程。过泾阳。始识梁冶湄。游西岳华山。岁末,抵徐州。
【主要作品】
【相关大事】七月,康熙帝玄烨始亲政。

【纪　　年】康熙七年(1668)戊申
【年　　岁】58
【生平经历】元旦,在徐州。秦游结束,春来花发时节抵家。游粤东西。过临江,作诗和施闰章。抵广州。秋后,过苍梧。游桂林。
【主要作品】《巧团圆》传奇问世。
【相关大事】七月,恢复八股取士。

【纪　　年】康熙八年(1669)己酉
【年　　岁】59
【生平经历】三月初三,方文邀孙承泽入即将落成之芥子园饮酒。四月,游粤归,抵江宁。为潘永因《宋稗类钞》作序。初夏,芥子园落成。
【主要作品】三月,作五律《粤归寄内》。
【相关大事】四月十五日,康熙帝幸太学,释奠先师孔子。严禁天主教。丁澎南归。方文卒。

【纪　　年】康熙九年(1670)庚戌
【年　　岁】60
【生平经历】是年游闽。携《一家言》稿,入闽觅刻资,众姬随行。过故乡金华、兰溪。仲秋初吉,包璿为《一家言》作序。在福州度六十寿辰。回程,重过金华。仲冬,第六子将芳出世。
【主要作品】
【相关大事】

【纪　　年】康熙十年(1671)辛亥
【年　　岁】61
【生平经历】春,蒲松龄邀李渔赴宝应演戏祝寿。初夏,由江宁出发,游苏州。在苏州与尤侗、余怀、宋澹仙诸友观摩戏剧。游拙政园。七夕,作联为朱建三祝寿。立秋日,余怀为《闲情偶寄》作序。为尤侗校雠《钧天乐》。为维护版权而战。腊月,遣使赴京,分送《闲情偶寄》数十部。冬,乔姬诞一女,致病。
【主要作品】十月,纂辑之《六四初徵》问世。《闲情偶寄》于冬季成书。
【相关大事】禁内城开设戏馆。魏裔介乞休。吴伟业、方以智、丁耀亢卒。

【纪　　年】康熙十一年(1672)壬子
【年　　岁】62
【生平经历】新春,吴冠五、周亮工、方楼冈、方邵村、何省斋聚芥子园观诸姬演剧。梅花盛开时节,乘舟游楚。二月,抵汉阳。初登黄鹤楼。三月,游荆南、荆门。夏日,与湖北巡抚董会征隔水校射之会。诸姬罹病。乔姬病故。入冬,汉阳返棹。过九江、游庐山。
【主要作品】五月,作七律《夏寒不雨,为楚人忧岁》。八月七日,作《一家言释义》。作七律《断肠诗二十首哭亡姬乔氏》。

【相关大事】六月,康熙帝颁布训谕十六条。

【纪　　年】康熙十二年(1673)癸丑

【年　　岁】63

【生平经历】春,夜游燕子矶。夏初,挂帆北上,携《笠翁诗韵》稿本及芥子园精制之洒墨笺,再入都门。王绥亭索观《诗韵》。为贾胶侯设计半亩园。索愚庵相国挽留卒岁。岁暮,与李湘北太史集字成诗之会。王姬病故。

【主要作品】作《后断肠诗十首》悼王姬。

【相关大事】夏,李之芳任浙江总督。十一月二十一日,平西王吴三桂反。龚鼎孳、宋琬卒。

【纪　　年】康熙十三年(1674)甲寅

【年　　岁】64

【生平经历】初春,离京南归,途中第七子将蟠出世。寒食后一日抵家。秋,再游杭州。为恩师许豸遗作《春及堂诗》写跋。喜遇丁药园(澎)。访钱塘知县梁冶湄,结识其幕客徐电发。为毛稚黄(先舒)作《朱静子传》。遇老友孙宇台,请为《一家言》初集作评。中秋在鹤浦。抵江宁。致书徐电发,作迁家避乱之谋。为《笠翁诗韵》作序。

【主要作品】

【相关大事】二月,广西将军孙延龄反。三月,靖南王耿精忠反,遣将数道窥浙,举浙震动。五月,李之芳驻兵衢州。七月,与耿军战于衢州坑西。

【纪　　年】康熙十四年(1675)乙卯

【年　　岁】65

【生平经历】是年游浙。春,过苏州。赴杭州为浙江巡抚陈司贞祝寿。五月，游绍兴。夏，晤徐冶公于大人先生席中。送长子将舒、次子将开赴严陵应童子试。秋，抱疴在床。杭城返棹。

【主要作品】

【相关大事】正月，进封尚可喜为平南亲王。十一月，郑经入福建漳州。

【纪　　年】康熙十五年(1676)丙辰

【年　　岁】66

【生平经历】在江宁。准备移家。冬，晤纪愈。为汪懋麟《锦瑟词》付梓作贺词。

【主要作品】

【相关大事】二月，广东讨寇将军尚之信反，幽其父尚可喜。八月十五日，李之芳江山大溪滩大捷。十月初四，耿精忠降。郑经趁机谋取福州，败。十月二十一日，李之芳疏报浙省皆定。

【纪　　年】康熙十六年(1677)丁巳

【年　　岁】67

【生平经历】正月，移家杭州。登燕子矶。过吴门。孟春，抵杭州。居层园。夏初，跌伤。仲夏，送子就试婺州。舆疾而返。八月初七生辰，父女和诗。游湖州。喜食湖州蟹，大作啖蟹诗。重阳，作《不登高赋》。返棹归杭。向都门故人求助。丁泰岩赠金卒岁。

【主要作品】

【相关大事】

【纪　　年】康熙十七年(1678)戊午

【年　　岁】68

【生平经历】春，层园草成。病中为徐冶公《香草亭》传奇作序写评。立秋，为《笠翁别集》撰写弁言。八月，丁澎作《笠翁诗集序》。中秋前十日，作《耐歌词自序》。

冬，尤侗为《名词选胜》作序。

【主要作品】

【相关大事】正月，诏举博学鸿儒。二月，郑经围攻福建海澄，三战三捷。三月初一，吴三桂称帝于衡州，八月十七日病卒，孙吴世璠继位。

【纪　　年】康熙十八年(1679)己未

【年　　岁】69

【生平经历】一病经年，不能出游。仲冬朔，序《千古奇闻》。冬至，作《芥子园画传序》。十二月，为毛声山(纶)评《四大奇书第一种》(《三国志演义》)作序。

【主要作品】

【相关大事】三月初，康熙帝亲试博学鸿儒于体仁阁。取一等彭孙遹等二十人，二等李来泰等三十人，内有李渔友人陈维崧、倪燦、朱彝尊、施闰章、尤侗等十一人。张岱卒。

【纪　　年】康熙十九年(1680)庚申

【年　　岁】70

【生平经历】正月十三日，李渔病逝于杭州。葬杭州方家峪外莲花峰，九曜山之阳。

【主要作品】

【相关大事】二月，始开海禁。

图书在版编目(CIP)数据

李渔曲文鉴赏辞典 / 上海辞书出版社文学鉴赏辞典编纂中心编. —上海：上海辞书出版社，2024
(中国文学名家名作鉴赏精华)
ISBN 978-7-5326-6126-8

Ⅰ.①李… Ⅱ.①上… Ⅲ.①李渔(1611—约 1679)-古代戏曲-鉴赏-词典②李渔(1611—约 1679)-古典文学-鉴赏-词典 Ⅳ.①I206.2-61

中国国家版本馆 CIP 数据核字(2023)第 185339 号

李渔曲文鉴赏辞典

上海辞书出版社文学鉴赏辞典编纂中心　编

责任编辑　吴艳萍
装帧设计　姜　明
责任印制　楼微雯

出版发行　上海世纪出版集团
上海辞书出版社®(www.cishu.com.cn)
地　　址　上海市闵行区号景路 159 弄 B 座(邮政编码：201101)
印　　刷　上海盛通时代印刷有限公司
开　　本　889 毫米×1092 毫米　1/32
印　　张　9.625
字　　数　170 000
版　　次　2024 年 1 月第 1 版　2024 年 1 月第 1 次印刷
书　　号　ISBN 978-7-5326-6126-8/I·559
定　　价　68.00 元